La memoria

1190

DELLO STESSO AUTORE
in questa collana

La ferita di Vishinskij
Gli uomini che non si voltano
Uno per tutti
La fabbrica delle stelle
La congiura dei loquaci
Il delitto di Kolymbetra
Il lusso della giovinezza

in altra collana

La volata di Calò

Gaetano Savatteri

Quattro indagini a Màkari

Sellerio editore
Palermo

I racconti riuniti in questo volume sono apparsi per la prima volta nelle seguenti antologie:
Vacanze in giallo, 2014 («Il lato fragile»); *La crisi in giallo*, 2015 («Il fatto viene dopo»); *Turisti in giallo*, 2015 («La regola dello svantaggio»); *Il calcio in giallo*, 2016 («È solo un gioco»).

Questo volume è stato stampato su carta Arena Ivory Smooth prodotta dalle Cartiere Fedrigoni con materie prime provenienti da gestione forestale sostenibile.

Savatteri, Gaetano <1964>

Quattro indagini a Màkari / Gaetano Savatteri. – Palermo : Sellerio, 2021.
(La memoria ; 1190)
EAN 978-88-389-4167-2
853.914 CDD-23 SBN Pal0339718

CIP – *Biblioteca centrale della Regione siciliana «Alberto Bombace»*

Quattro indagini a Màkari

Saverio Lamanna l'ho incontrato per la prima volta a Roma, cinque o sei anni fa. Credo che allora lavorasse già come portavoce di un sottosegretario o di un ministro, non ricordo bene. Mi sembrava il tipico siciliano brillante e intelligente, disincantato per difesa e per atteggiamento: il giovanotto che dissimulava il proprio ruolo rampante dietro un fuoco di citazioni e battute a effetto, lasciando intuire che custodisse più di quanto svelasse.

Era uno che potevi incrociare in qualche bar nel quadrilatero romano del Potere – tra Montecitorio, Palazzo Madama, Viminale, Palazzo Chigi. Lo trovavi nella sala stampa della Camera dei Deputati, a una festa in una fabbrica dismessa al Gazometro, nei locali dell'aperitivo alla moda, a una mostra di pittura in via del Governo Vecchio, alla prima di un film o alla presentazione di un libro all'Auditorium, spesso in compagnia di amiche belle ed esuberanti. Un presenzialista, si potrebbe dire, anche se in queste occasioni manteneva sempre il profilo di chi sta svolgendo con un certo fastidio un noioso dovere.

Lamanna era stato un giornalista impegnato nella Palermo che anche io avevo lasciato parecchio tempo prima di lui, stanco di una città che si portava dietro troppi ri-

cordi collettivi dolorosi. Poi, immagino per voglia di novità e per necessità economiche, Saverio aveva cambiato mestiere e si era trasferito a Roma, traslocando le sue qualità nel campo della comunicazione politica: destino comune a molti giovani cronisti siciliani che vengono sedotti dalla Capitale e dalle sue promesse di dimestichezza con qualche forma di Potere, promesse non sempre mantenute. E in Lamanna, infatti, il brutale licenziamento dal suo posto di portavoce di un politico – notizia che per alcuni giorni aveva monopolizzato il mondo del giornalismo romano – aveva causato una profonda crisi umana e professionale.

In quei giorni, dopo la clamorosa gaffe che gli aveva fatto perdere il lavoro, per una serie di casualità mi ritrovai a passare le serate con Saverio Lamanna in un'enoteca del quartiere Prati, scambiando malinconiche considerazioni sulla vita, accompagnate da taglieri di salumi e calici di Ribolla gialla. Mi ricordava il Filippo Rubè di Giuseppe Antonio Borgese: una vita non «apparentemente diversa da quella di tanti giovani provinciali che calano a Roma con una laurea in legge, un baule di legno e alcune lettere di presentazione a deputati e uomini d'affari». Al pari di Rubè, Lamanna «aveva portato qualcos'altro del suo, segnatamente una logica da spaccare il capello in quattro, un fuoco oratorio che consumava l'argomentazione avversaria fino all'osso e una certa fiducia d'essere capace di grandi cose».

In realtà, Saverio vi aggiungeva uno spiccato spirito di ironia e di autoironia, esprit de finesse, *senso dell'umorismo, passione per il paradosso e riflessi pronti. Il tutto venato dall'amara, ma non rassegnata, consapevolezza che le cose vanno non per come devono andare, ma per come possono. Ai miei occhi, infine, possedeva il merito di saper demistificare sistematicamente l'impalcatura retorica che ingabbiava e ingabbia la Sicilia, condizionando i comportamenti dei siciliani. Virtù che mi pare gli sia tornata utile al momento di tornare a Màkari.*

Ricordo perfettamente che nello stesso periodo, in una trattoria della Kalsa, in una sera sciroccosa di Palermo, parlai di Saverio Lamanna col mio editore e amico Antonio Sellerio. Da quella conversazione scaturì l'idea, fortemente alimentata dall'editore, di creare le storie di un giornalista disoccupato, rientrato in Sicilia, detective per caso, investigatore divagante: un percorso nella Sicilia di oggi, tuttora metafora dell'Italia e del mondo.

Naturalmente, volevo raccontare proprio di Lamanna e non di un personaggio che gli somigliasse, con altro nome e analoghe caratteristiche, alterate solo per depistare e mistificare. Decisi così di fare leva sulla vanità di Lamanna – qualità o vizio da cui non è esente – chiedendogli il permesso di trasfigurarlo in personaggio letterario. Come prevedevo, non ci fu alcuna difficoltà. Anzi, Saverio aderì con entusiasmo al progetto: cominciò a mandarmi periodicamente per mail l'aggiornamento delle situazioni in cui si ritrovava, con tale frequenza che ormai credo vada a cacciarsi in qualsiasi intrigo pur di fornirmi il materiale biografico al quale attingo per i miei racconti e romanzi. E qui si riapre l'interrogativo se siano gli scrittori che cercano le storie o le storie che cercano gli scrittori (questione peraltro splendidamente sviscerata dai miei compaesani Luigi Pirandello e Andrea Camilleri).

A onor del vero, è giusto precisare che mai Lamanna, nemmeno alla lontana, ha rivendicato per sé o per terzi quote sui diritti di autore o sull'effimera gloria del nome in copertina. Così come devo confessare che molti degli appunti che mi invia sono talmente completi e rotondi che non necessitano di alcuna revisione editoriale: sono già pronti per la pubblicazione e spesso li «calo» integralmente nei miei libri, al massimo apportando solo qualche piccolissima correzione formale. Per cui presumo si possa parlare di uno dei rari casi in cui autore e personaggio scrivono il libro a quattro mani.

Racconto la genesi dei quattro racconti, qui raccolti, in cui esordiva Saverio Lamanna, per spiegare alcune incongruenze o specificità che potrebbero saltare all'occhio del lettore più attento. Mutuando in toto *il linguaggio usato da Lamanna nelle sue mail, ho voluto lasciare la narrazione al tempo presente perché risente del momento in cui Saverio mi informava degli sviluppi delle storie di cui era protagonista. Lamanna era dentro le vicende, quindi non poteva conoscerne l'epilogo. I suoi aggiornamenti periodici descrivevano* in itinere *il suo tempo reale: dubbi, false piste, errori, divagazioni e deviazioni erano quindi il percorso obbligato. Certo, avrei potuto aspettare volta per volta le conclusioni, declinare tutto al passato remoto e farne storie perfettamente compiute con tanto di inizio, sviluppo, finale e morale. Ma avrei tradito il senso dell'impegno di Lamanna – un impegno costruito sul provvisorio – e soprattutto avrei dovuto faticare di più, buttando via tante buone pagine già scritte per riscriverle da capo. Lo ammetto: ha prevalso anche un po' di pigrizia.*

Non conoscevo Peppe Piccionello e Suleima Linch. Prima di incontrarli ne ho letto nelle comunicazioni di Lamanna (oltre alle mail, custodisco pure un fitto archivio di messaggi in chat): assieme e contemporaneamente a Saverio ne ho seguito la crescita di presenza nella sua vita e nelle sue storie.

Non temo di dire che quella con Peppe Piccionello possa iscriversi sotto l'insegna di una grande e, appunto per ciò, complessa amicizia, com'è proprio delle relazioni profonde. Per quanto riguarda Suleima, apprezzo lo spazio che ha guadagnato nel mondo sentimentale di Lamanna, circostanza che mi sembra gli abbia grandemente giovato, con mio personale compiacimento, sottraendolo al cliché del tombeur de femmes *del quale amava ammantarsi. Peppe e Suleima li ho incontrati solo in seguito: non potevano che corrispondere alla minuziosa descrizione che ne avevo ricevuto, malgrado i due interessati sostengano altrimenti. Ma, si sa, ciascuno di noi si avverte diverso da come appare e da come viene dipinto.*

Con una modestia che non gli si addice, ma che ne rivela la lealtà, dopo il buon riscontro che hanno avuto i racconti di cui è protagonista, Lamanna mi ha informato che avrebbe voluto firmare direttamente dei romanzi sulle sue avventure – per ragioni di conflitti commerciali, ovviamente, ha scelto un personaggio con un nome diverso dal suo, ma abbastanza simile – rivolgendosi a un altro editore. Li ho letti e non commento perché l'amicizia farebbe velo al mio giudizio. Gli auguro ogni bene come scrittore, ma ancor più come personaggio. Interessatamente.

G. S.

Non [illegible] di dire che [illegible] con Peppe Piccimello [illegible] sotto [illegible] alcuna [illegible] [illegible] complessa [illegible] [illegible] [illegible] proprio delle relazioni [illegible] di tutto.

[illegible]

Il lato fragile

Il vescovo mi osserva dall'alto del suo scranno.

Cattedrale gremita, folla sulle panche, tutti gli occhi fissi su di me.

Il vescovo dà un colpo di tosse, un invito a iniziare il mio discorso.

Cerimonia solenne, credo di insediamento del prelato.

Salgo sul pulpito. Sento gli sguardi della gente, un bambino laggiù in fondo corre da una navata all'altra, inseguito dalla madre.

Il vescovo sorride compiaciuto.

Metto la mano nella tasca interna della giacca per prendere i fogli della mia prolusione.

Non li trovo. Non li trovo più. In verità, non trovo nemmeno la tasca, nemmeno la giacca.

Il sorriso del vescovo si smorfia di disgusto.

Sono in canottiera, me ne accorgo solo ora. Sul pulpito della cattedrale in canottiera, nel giorno dell'insediamento del vescovo.

Un mormorio turbato risale dalle panche.

Un tuffo allo stomaco.

«Scusi, può allacciare la cintura? Stiamo iniziando la discesa».

La mano della hostess sulla spalla.

Dormivo.

Mi asciugo il filo di saliva all'angolo delle labbra.

Sorrido, con la faccia di chi torna da lontano.

Ringraziando Dio, sono in giacca, sia pure senza cravatta. Per fortuna non porto più la canottiera da quando avevo dodici anni.

Butto un'occhiata all'articolo del «Corriere della Sera» che mi aveva sprofondato nel sonno: «Rapporto Censis sulle piccole e medie imprese. La burocrazia uccide una pmi su cinque». Ficco il fascio dei quotidiani nella borsa. Il tablet è scivolato da qualche parte. Strozzato in pancia dalla cintura di sicurezza annaspo a tentoni per ritrovarlo.

«Scusi, stiamo atterrando. Può spegnerlo?».

Ancora la hostess di prima, già da un pezzo mi osservava con il disprezzo delle assistenti di volo per i passeggeri abituali delle prime cinque file, quelli da Freccia Alata, i più disinvolti, al cellulare fino al momento del decollo e non appena l'aereo tocca terra. In pratica, l'arroganza del volare.

Il mare di qua, Montagnalonga di là. Il volo AZ qualche cosa atterra morbido. Dalle file in fondo un accenno di applauso, consueto entusiasmo di italo-americani in vacanza.

«Benvenuti all'aeroporto Falcone e Borsellino di Palermo. Grazie di avere scelto Alitalia...».

La colonna sonora di *Nuovo Cinema Paradiso* in filodiffusione. Ci mancava questa, ci mancava.

Alfredo! Alfredo! Vattinni, chista è terra maligna! Non tor-

nare più, non ci pensare mai a noi, non ti voltare, non scrivere. Non ti fare fottere dalla nostalgia, dimenticaci tutti.

«Ma che fa, spinge?».

Il solito vastaso vuole farsi spazio prima ancora che l'aereo sia fermo. Mi volto malamente: sono in piedi anch'io, mentre la hostess dalla sua postazione non vede l'ora di dirmi finalmente arrivederci, mandandomi in mente sua a fare in culo.

«Saverio. Tu sei?».

Ma chi è questo?

«Eggià, io sono» sorrido.

«Saverio, non mi riconosci più? Allora ti sei fatto vero stolido. Franco sono, Franco Pitrone!».

Minchia, Franco Pitrone.

Don Franco Pitrone.

«Da dove spunti, Franco?».

«Qui ero, tre file dietro di te. È da quando siamo partiti da Roma che ti guardo, volevo salutarti, ma poi ti sei addormentato».

«Non dormivo, riposavo».

«Dormivi, dormivi. Russavi pure. Ci stava mezzo aereo che rideva. Devi avere fatto un brutto sogno perché sembrava che ti volevi strappare la camicia».

«Non volevo strapparmi la camicia, ma... lasciamo stare. Come ti va, don Franco?».

«Bene, sempre sulla breccia, come vedi. Sono stato a Roma. Sai chi ho incontrato?».

«No, Franco. Come posso saperlo?».

Si spalanca il portellone, i passeggeri premono con

tutta la fretta di chi deve telefonare, fumare, pisciare o riprendere a farsi i cazzi propri.

Franco blocca la fila.

«Si vede che siamo in Sicilia» grida uno da dietro.

«Se non le piace, resti a casa sua» replica Franco.

«Io sono più siciliano di lei».

«Allora vuol dire che ci ha perso l'abitudine» dice a voce alta, senza nemmeno voltarsi indietro.

Raccoglie con calma il suo bagaglio, il cardigan di cotone, un libro.

«L'ultimo di Roberto Saviano. Vuoi sapere cosa ne penso?» mi sussurra.

Non faccio in tempo a saperlo perché la hostess ci tira letteralmente fuori dall'aereo, mandando me – e credo anche Franco – a farci fottere.

Travolto dai passeggeri nel tunnel del finger, resto colpito al naso, credo poco casualmente, da una racchetta da tennis in custodia rigida che uno spilungone in bermuda si trascina dietro per punire i compagni di viaggio con tessera Freccia Alata e la cattiva abitudine di rallentare le file in uscita.

Perdo di vista Franco. Non so perché, mi sento sollevato. Illusione. Franco invece non mi ha mai perso di vista, me lo ritrovo accanto al nastro riconsegna bagagli.

«Hai imbarcato? Chissà quanto ti tocca aspettare».

«Sì, Franco, ho un bagaglio grande. Mi fermo in Sicilia per tutto il mese».

«Capisco».

Che c'è da capire?

Gli squilla il telefono. Risponde, mi strizza un occhio.

«Carissimo, sì, sono appena atterrato. Hai letto l'intervista del ministro su "Repubblica"? Certo, tutte fesserie, però stai attento: a un certo punto hai visto cosa dice? No, questo non è importante. Se leggi bene, dice che è necessario un cambio di passo, parla delle procure più esposte in prima linea. Chiaro, no? È un segnale al tuo procuratore, ma pure al Csm. È quella?».

Franco indica una delle valigie sul nastro.

«No, la mia è rossa».

«Allora è quella lì» punta il dito, sempre al telefono, «no, non parlo con te, sono con un amico. Ma certo che lo conosci: Saverio. Saverio Lamanna».

Con chi sta parlando?

«Saverio, ti saluta Gigi».

«Gigi?».

Mette una mano sul telefono.

«Gigi Savoca, il magistrato» bisbiglia.

«Ah, salutamelo».

La mia valigia è arrivata.

Guardo l'orologio. Tra dieci minuti passa l'autobus per Trapani.

Franco, ancora attaccato al telefono, si congratula con gli occhi perché ho avuto l'abilità di saper raccogliere la mia valigia rossa dal nastro scorrevole.

Che faccio, aspetto?

Se perdo l'autobus per Trapani mi toccherà rimanere altre due ore a Punta Raisi prima che passi il prossimo.

Batto l'indice sul vetro dell'orologio, la mano a far cenno che devo scappare via.

Mi fa ok con il pollice, strizza tutti e due gli occhi, continuando a parlare con Gigi Savoca dell'ultimo congresso di Magistratura democratica.

Guadagno l'uscita. I cani antidroga neppure mi annusano: perfino i pastori tedeschi si accorgono che non ho più l'età per portare un tocco di fumo nelle mutande.

La biglietteria della Segesta chiusa.

Non si vede nessun pullman. Studio l'orario: il bus per Trapani dovrebbe passare fra tre minuti. Il biglietto lo farò a bordo.

Siedo sulla panchina protetta dalla scarsa linea d'ombra delle undici del mattino.

Smanetto sul tablet, la cuffietta nell'orecchio, attivo il programma.

Una mesa para dos, por favor.

«Una mesa para dos, por favor» ripeto.

Me gustaría una mesa junto a la ventana.

«Me gustaría una mesa junto a la ventana».

Un motoscafo fila in mare verso Isola delle Femmine.

Accanto a me c'è uno che fuma con gli occhi stretti al riverbero blu.

«Non si parte» dice.

«Prego?» chiedo, togliendo la cuffietta dall'orecchio.

«È italiano lei? Oggi non si parte».

«Come, non si parte?».

«Non lo sa? I mangiapane a tradimento sono in sciopero».

«Sciopero di che?».

«Sciopero del trasporto pubblico. Li trova tutti davanti alla Regione, a quest'ora sbafano pane e panelle e birra fresca».

«Ma senza preavviso?».

«Di preavvisare, in verità, hanno preavvisato».

«Quando? Dove?».

«Io l'ho sentito stamattina a Tgs».

«Ma com'è possibile?».

«Di possibile è possibile. Se deve andare a Palermo sta venendo a prendermi mio cognato, le posso dare un passaggio».

«Io devo andare a Trapani».

«No, mio cognato a Trapani oggi non ci deve andare. Forse domani».

Domani.

Si vede che siamo in Sicilia.

E si sente. Deve essere scirocco questo caldo umido che mi bagna la camicia.

«Ha una sigaretta?» chiedo.

«Era l'ultima. Ma se aspetta, mio cognato fuma Merit».

«Saverio!». Franco affacciato al finestrino di un'Audi blu.

Allargo le braccia.

Franco scende dall'auto.

«Ti persi di vista. Aspetti l'autobus? Dove vai?».

«Dovrei andare a Trapani, ma c'è sciopero».

«E certo. Lo diceva il "Giornale di Sicilia"».

«Non l'ho letto».

«Guarda, facciamo così» indica il ragazzo alla guida dell'Audi, «Kevin ti accompagna a Trapani, io prendo un taxi e torno a Palermo».

«No, Franco, non devi disturbarti» ma già mi sono fatto convincere.

«Ma che disturbo. Kevin è contento di andare a Trapani. Vero, Kevin?».

Il ragazzo annuisce.

«E visto che accompagni il mio amico Saverio, passa da San Vito Lo Capo, dalla villa del dottor Corsentino che deve consegnarmi un plico».

«Veramente, io devo andare proprio a San Vito» sussurro.

«Perfetto. Sei fortunato, Saverio. E pure tu, Kevin. Siete tutt'e due fortunati».

«Grazie, Franco».

«Ma pure io sono fortunato, Saverio. Ti ricordi che venerdì prossimo c'è il convegno?».

«Cosa c'è?».

«Ma le leggi le mail, Saverio? Gli stati generali della legalità e del diritto. Viene pure il ministro, sai?».

«In questi ultimi tempi sono stato un po' distratto».

Don Franco Pitrone mi poggia una mano sulla spalla. Ora sì che sembra un prete, anche senza clergyman né collarino ecclesiastico.

«Lo so. Mi dispiace molto, Saverio».

«Sapessi a me».

«È arrivato mio cognato» dice l'uomo della panchina, «la vuole una Merit?».

«No, grazie. Ho smesso di fumare».

Mi piacerebbe fumare, adesso.

La brezza del condizionatore annichilisce il giallo delle vallate che da Alcamo scendono a mare. Il golfo di Castellammare è segnato dalle scie dei motoscafi.

«È sabato, sono usciti dal porto tutti quelli che hanno il cabinato» dice Kevin.

Annuisco. L'Audi fila sull'autostrada.

«A Castellammare del Golfo hanno inventato la parola Cosa Nostra».

Guardo in faccia Kevin, ammirato.

«Lo ha scritto un magistrato» prosegue Kevin, gli occhi sulla strada, «da Castellammare arrivavano i primi grandi mafiosi sbarcati negli Stati Uniti: Magaddino, Bonventre, Bonanno. Si scannarono uno con l'altro, infatti lo scontro tra famiglie fu chiamato guerra castellammarese. Per mettere fine alla guerra, furono costituite le cinque famiglie che si spartirono New York».

Sono veramente ammirato.

«Però Joe Bonanno, che nel 1958 partecipò al summit dell'Hotel delle Palme a Palermo, non la chiamava Cosa Nostra. La chiamava la mia Tradizione, con la T maiuscola. Anche lui veniva da Castellammare. All'Hotel delle Palme fu stretto l'accordo tra le famiglie siciliane e quelle americane, per i primi traffici di eroina. La morfina raffinata arrivava dall'Est, si fermava in Sicilia e ripartiva per gli Stati Uniti. E questo succedeva quando in Sicilia nessuno sapeva cos'era la droga».

Sono estasiato.

«Come le sai tu queste cose?» gli chiedo.

«Tutte cose don Franco mi ha spiegato».

Kevin indica con la mano la spiaggia di Castellammare.

«È probabile che le prime casse d'eroina per gli Stati Uniti siano state imbarcate proprio da questa spiaggia».

L'archeologia mafiosa è meglio della storia degli Etruschi.

Però ho voglia di fumare. Devo mangiare qualcosa.

«Le fanno ancora le cassatelle calde?».

«Cassatelle?».

«Minchia, Kevin, sai tutto dell'eroina, della morfina base, di Vito Corleone e Donnie Brasco e non sai che a Castellammare del Golfo fanno le cassatelle calde più buone del mondo?».

Kevin non risponde.

«Adesso ci fermiamo e ti faccio scoprire il più famoso trafficante internazionale di cassatelle. Anche lui di Castellammare del Golfo».

Me n'ero mangiate due. Calde di ricotta, nel caldo dell'ora del pranzo. Acidità di stomaco assicurata. E chissenefotte.

Kevin aveva elogiato la cassatella, con meravigliata sincerità, ma sentivo che a lui non diceva niente di più. Non gli ricordava le estati da bambino, la Fiat 128 verde, mia sorella con le sue bambole, papà che trovava sempre una scusa per fermarsi al bar, le zingarate con gli amici, quella volta in sei sulla Renault 4 di Guido, e quando ci portai Catherine che veniva dalla Scozia e per sentirmi felice bastava ripulirle le labbra dallo zucchero a velo.

Il corso di spagnolo in cuffia: la voce femminile che ho ribattezzato Teresita mi guida nel capitolo «Cibo e Ristoranti».

Me gustaría una mesa en una zona de no fumadores.

«Me gustaría una mesa en una zona de no fumadores» sussurro.

Me gustaría di fumare. Quanto me gustaría.

La radio a volume basso. Kevin guida in silenzio, distratto. Evidentemente, non abbiamo più incontrato luoghi di stragi, porti della cocaina, lapidi di vittime della mafia degni di essere illustrati, a maggior gloria della merda e del sangue di Sicilia.

Quello stronzo.

Non Kevin, poveraccio.

Ma quello stronzo. Ancora mi incazzavo.

Franco Pitrone l'aveva saputo. Tutti l'avevano saputo. Dagospia ci aveva sguazzato per una settimana. Saverio La-canna, mi aveva ribattezzato. E giù a dargli sotto, come se non avessi già i cazzi miei. Amarissimi.

Quello stronzo, lo stronzo per cui lavoravo fino a un mese fa, si trova a un convegno dell'associazione nazionale dei genitori sai-quanto-me-ne-frega. Mi chiama al telefono, ho appena finito, dice, un successone, sto salendo sull'aereo, scusa ti sento male, prepara il comunicato, dice lo stronzo, scrivi che il governo avrà più tolleranza sulle droghe leggere, al resto ci pensi tu, ciao, devo chiudere, ci sentiamo appena arrivo a Roma.

Scrivo in fretta il benedetto comunicato, lo mando all'Ansa, «tanto chi vuoi che lo riprenda mai, era un sabato di giugno, mezza Italia pensava al weekend», forse uscirà qualcosa sui siti, magari chiamo il mio amico di «Repubblica.it», gli chiedo se gli fa fare un passaggio sulla home page, giusto il tempo che lo stronzo se lo legge sull' iPad ed è tutto contento.

Guardo il golfo di Castellammare, il sapore delle cassatelle si è fatto acido a ripensare come tutto è crollato in fretta.

Alle 17 e ventidue esce il lancio Ansa con il mio comunicato. Alle 17 e cinquantacinque «Repubblica.it» riprende la nota di agenzia, ci monta sopra una polemicuzza di inizio estate e strilla un titolo di apertura: «Droghe leggere, bufera nel governo. Il Viminale smentisce il premier: ci vuole più tolleranza». Alle 18 e trentadue lo stronzo, appena atterrato, mi manda un sms: «Mi vuoi fottere? Vediamo come finisce». A quel punto ero già licenziato. C'era poco da discutere: ho provato cinque volte, lo stronzo non mi ha mai risposto al telefono. Ho preso le mie cose e me ne sono andato.

Era un bell'ufficio quello del Viminale, non certo al piano nobile, ma comodo. Mi ci aveva portato lo stronzo quando era diventato sottosegretario degli Interni nel nuovo governo. Non mi era rimasto niente, solo la tessera Freccia Alata prossima a scadere.

Aveva scaricato tutto su di me. E forse aveva pure ragione, perché lui al convegno aveva detto il contrario: ma che ne sapevo? Mai aveva avuto un'idea precisa sulle droghe leggere, né su molti altri argomenti aveva una sua opinione. Ma era furbo e fiutava l'aria. Ingenuamente, avevo creduto che per una volta avesse trovato un po' di coraggio. Avrei dovuto controllare meglio, ma avevo altri pensieri, la fretta di scappare a un aperitivo su un barcone sul Tevere con un'attrice di fiction che avevo conosciuto tre sere prima a una festa. Magari lo stronzo pensava veramente quello che mi aveva detto al telefono oppure avevo inteso male io, vai a capire. Lui è ancora sottosegretario, io senza lavoro e un'estate davanti per ripensare alle mie cazzate. E al mio futuro. Chi se lo prende Saverio La-canna?

La casa è prima di San Vito, nella borgata di Màkari. A mia madre non piaceva, così diceva.

«Appena i figli crescono, e non ci vengono più, la vendiamo» ripeteva sempre a mio padre, mentre quello stava sistemando una grondaia, lo scaldabagno o le tegole portate via dal vento.

«Va bene, appena crescono la vendiamo» le rispondeva papà.

«Tanto io non ci metto più piede, lo faccio solo per i bambini. È troppo piccola, fa troppo caldo e il mare è distante».

«Va bene, come dici tu» diceva papà, trafficando con la cipolla della doccia otturata dal calcare.

«Dici sempre: va bene. Secondo te scherzo?».

«No, lo so che non scherzi» annuiva papà, le labbra serrate nello sforzo di stringere le viti del letto a castello.

«Vabbè, con te non c'è gusto» e mia madre offesa usciva sul terrazzino a guardare Monte Cofano.

Mio padre la raggiungeva, la abbracciava da dietro e le sussurrava qualcosa all'orecchio. Lei rideva. Restavano a fissare il mare, nell'ora in cui la spiaggia è ancora deserta e c'è solo qualche turista francese e una donna con il cane.

Si capisce che non l'hanno mai venduta. Anche quando io e mia sorella passavamo le nostre estati altrove, loro tornavano sempre a Màkari.

Mia madre allora diceva che non c'era un altro posto così, e mio padre sbuffava ché non gli andava di passare le vacanze a riparare rubinetti, tegole portate via dal vento e letti a castello dove non dormiva più nessuno.

«Vendiamo la casa. E finalmente facciamo vacanze in albergo, serviti e riveriti» bofonchiava papà.

«Quando lo dicevo io, mi babbiavi. E ora vuoi vendere? Dovevi pensarci prima. Adesso te la tieni. E sistema la maniglia della cucina che si è staccata» gli gridava mamma dalla sua poltrona in terrazza, guardando Monte Cofano.

Non ci tornavo da sei anni. Dopo la morte di mamma non c'era tornato più nemmeno papà.

«Lì va tutto a rotoli» diceva, con un gesto di fastidio.

Ma era l'unico posto dove passare le mie vacanze forzate, senza spendere troppo. Sul conto mi erano rimasti novemilasettecento euro e non sapevo quanto dovevano durare, prima di ritrovare un lavoro.

Tiro giù la borsa dall'Audi.

«Allora vengo a prenderti venerdì mattina» fa Kevin.

«Venerdì? Perché?».

«Don Franco ha detto che devi venire agli stati generali».

«Io non sono generale».

«Battutona. Don Franco dice che non puoi mancare».

«Ma quando l'ha detto?».

«Mi ha mandato un messaggio».

Mi ha incastrato, pretaccio infame.

«Va bene, ne riparliamo».

«Io venerdì alle nove sono qui. Ciao, buona vacanza».

«Ciao Kevin. E attento alla mafia delle cassatelle: non perdona».

Kevin mette in moto, fa manovra.

«Ehi!» gli grido.

Apre il finestrino.

«Ma perché ti chiami Kevin?» chiedo.

«Mia madre. Era incinta di me quando ha visto *Balla coi lupi*. E mi ha chiamato Kevin».

«Ti è andata bene. Potevi chiamarti Vento Nei Capelli».

Se ne va giù veloce per la discesa, il giovane Balla Coi Lupi.

Da Baia Santa Margherita, da Isulidda, da Acque

Fredde sale il brusio dei bagnanti, qualcuno urla il nome di Marco.

Devo trovare Piccionello. Mi pare si chiami Piccionello.

La valigia rossa sullo scalino, davanti alla porta chiusa.

Piccionello ha le chiavi di casa, così ha detto mio padre.

«Cerca Piccionello, abita a due passi».

Cerca Piccionello.

Busso a una porta. Niente.

Busso a un'altra porta.

Da una finestra la testa di una donna.

«Cu è?».

«Buongiorno, signora, cerco Piccionello».

«Piccionello?».

«Sì, Piccionello».

«Piccionello di Maria o Piccionello di Totò?».

«Non lo so».

«E qua tutti Piccionelli siamo».

«Anche lei?».

«Mia madre era Piccionella, da signorina».

«Sono il figlio del professor Lamanna».

«Saveriuccio, tu sei? E scusami, non ti avevo riconosciuto. Aspetta che scendo giù».

Mi fa entrare, ristagna odore di melanzana fritta, mi costringe a prendere un caffè freddo, si riaddolora per la buonanima di mia mamma, mi chiede come sta papà, vuole sapere dov'è mia sorella, perché è finita a Berlino quando poteva stare bella comoda a Palermo, accanto alla mamma sua, com'era gentile la buonanima, sempre premurosa. Finalmente si ricorda di Piccionello.

«Ti accompagno da mio cugino».
«Cugino?».
«Mio cugino Piccionello di Pasquale. Abita qua dietro».
Facciamo sette passi, dico sette, non di più, arriviamo a casa di Peppe Piccionello di Pasquale.
«Pè, Amelia sono. È tornato Saveriuccio».
Peppe si affaccia alla porta in mutande.
«Qua sei?».
Da quando me lo ricordavo io, sembra ancora più basso del solito. Ma forse perché bambino lo misuravo più alto di quanto veramente sia.
«Saverio, perché non mi avvertivi?».
«Non avevo il numero».
«Ma tuo papà ce l'ha, gliel'ho dato io».
«Mio papà si scorda le cose».
«Non parlare male di tuo padre, Saverio».
«Non parlo male. Si scorda le cose, è fatto così».
«Aspetta che prendo le chiavi. Mah. Un padre campa cento figli, cento figli non campano un padre».
E con la sentenza delle due del pomeriggio posso ufficialmente entrare nella casa che mia madre voleva vendere e dove è morta, proprio sulla poltrona in faccia a Monte Cofano.

«Saverio, allora come va?».
Franco Pitrone chiamava ogni giorno.
Il telefono squillava mentre tentavo di scrostare il calcare dalla cipolla della doccia, quando stringevo le viti del letto a castello, non appena salivo sul tetto per rimettere a posto le tegole portate via dal vento.

Ero diventato mio padre.

Ma a differenza di lui, combinavo solo guai.

Combinavo guai e ascoltavo il mio corso di spagnolo.

He perdido mi pasaporte, diceva Teresita con le sue esse seseanti dense di sensuali promesse.

«He perdido mi pasaporte» ripetevo con lingua di pezza, cercando di riattaccare la maniglia alla porta della cucina.

He perdido mi bolsa, diceva ancora Teresita.

Peppe Piccionello passava ogni pomeriggio, portava i pomodori del suo orto, un melone giallo, i fichi neri. Guardava il lavoro che avevo fatto, scuoteva la testa.

«Saverio, lascia perdere, non è mestiere tuo. Tu sei un intellettuale. Domani mattina vengo a darti una mano».

Prima di andare via mi lasciava la lista delle cose da comprare dal ferramenta: silicone, cemento bianco, flessibili da mezzo pollice, viti autofilettanti, sei vasi di gerani, una pianta di citronella, rete metallica a maglia stretta, sacchi grandi neri da spazzatura.

Alle sette di sera chiamava Franco.

«Saverio, allora come va?».

«Va bene, Franco».

«Lo sai chi viene pure?».

No, non lo so chi viene. Come faccio a saperlo?

«Erminia Fanelli».

«Minchia, allora la cosa è vero importante».

«Ridi, ridi. Erminia Fanelli non si muove da Milano nemmeno per il Papa».

«Ma tu conti più del Papa, Franco».

«Scherza, scherza. Ho pensato di inserirla nel dibattito sulla corruzione dopo Mani Pulite, solo che c'è anche il professor Mascuolo e secondo me i due non si prendono bene, tu che ne pensi?».

«Non lo so, Franco. Se non si prendono è meglio, così litigano e finisci sui giornali».

«Sì, però non vorrei che la Fanelli si possa innervosire. A quanto pare, prima Mascuolo era al Consiglio superiore della magistratura e la Fanelli in quel periodo ha avuto un problema disciplinare...».

Franco Pitrone mi spiegava con dovizia i guai della Fanelli, i rapporti di forza tra Magistratura democratica e Unicost, la questione dell'obbligatorietà dell'azione penale, la riforma del 41bis, l'articolo di Sciascia sui professionisti dell'antimafia, il concorso esterno in associazione di stampo mafioso, e tutto si teneva, si intrecciava, si capiva e si spiegava, mentre io continuavo a rileggere la lista lasciata da Peppe Piccionello – silicone, cemento bianco, flessibili da mezzo pollice – pensando se per cena era meglio un'insalata di pomodori col tonno o riprendere dal frigo le patate assassunate con cipolla e prezzemolo, cucinate e offerte dalla signora Amelia.

«... peraltro hai letto il fondo del "Corriere" di stamattina, che in qualche modo può farci da sponda...».

Quasi quasi vado a cena da Marilù, nella sua terrazza sul mare, e così faccio pure due passi.

«Saverio, ci sei ancora?».

«Qui sono, Franco, ti seguo».

«Ti saluta Kevin, che è accanto a me. Questo ragazzo lo hai stregato, mi parla sempre di te. Ha grande stima e simpatia».

«Ricambio».

«Viene a prenderti venerdì mattina, non fare scherzi».

«Ma che c'entro io?».

«C'è un sacco di gente. Anche per il lavoro, può esserti utile. Ciao. A venerdì».

«A venerdì, Franco».

Resto a guardare Monte Cofano, scuro nel crepuscolo.

Teresita dal tablet nell'altra stanza insiste sempre con la stessa domanda.

¿Estás bien?

¿Estás bien?

Non si zittisce finché non mi sente rispondere. È fatta così.

«¿Estás bien, Teresita?» grido.

Se non fosse per Franco Pitrone, il mio telefono sarebbe soltanto un pezzo di silicio muto. Ho fatto il conto: sei chiamate in quattro giorni, una delle quali per la promozione Tim Estate, mille sms a cinque euro.

Vado da Marilù, qua sotto, al suo albergo con ristorante e terrazza sul golfo. Questa sera ho voglia di trattarmi bene.

Mi guarda le mani.

Porta le linguine con i ricci di mare e mi fissa ancora le mani.

Stappa una bottiglia di bianco d'Alcamo e torna a scrutare le mani.

«Lavoratore» dico sfarfallando i palmi macchiati di vernice.

Arrossisce un po', sembra ancora più bella.

«Ha mani eleganti» mi fa, per togliersi d'imbarazzo.

«Pianista disoccupato. Mi sono presentato ubriaco sul palco della Royal Opera House di Londra, dovevo suonare Rachmaninoff. Mi hanno buttato fuori. Ora mi dedico all'arte astratta, stile Pollock».

«Veramente?».

Rimango serio per poco, la risata mi sfugge dalle labbra.

«Che scema. Ci avevo creduto».

«Però è vero che faccio arte astratta. Devi vedere come sono venute le porte di casa».

Marilù mi lancia un'occhiata dal suo angolo e scuote la testa. Capisce che ci sto provando con la cameriera.

Quando Marilù arrivò a Màkari tutti la prendevano per pazza perché aveva deciso di aprire il suo albergo proprio lì. Ma che ci vieni a fare? Vai a Taormina. Vai a Cefalù. Poi, da un anno all'altro, San Vito diventò di moda. E tutti dicevano: bella forza, lo sapevamo, ma quella aveva i soldi e noi no.

Con Gabriele – ora emigrato in Argentina o in Venezuela, non ricordo – da ragazzi andavamo a nasconderci dietro le siepi per vedere le turiste che prendevano il sole a bordo piscina con le minne di fuori.

Marilù ci scoprì e ci obbligò a ripulire la sua piscina per tre giorni, pena la denuncia immediata ai nostri genitori per atti osceni in luogo pubblico. Da allora, ogni qual volta mi trova a parlare con una donna, strizza l'occhio e fa segno che merito legnate.

E infatti, da lontano Marilù fa così con la mano.

«Secondo? Dessert?» chiede la cameriera.

«Cosa c'è di dolce, oltre a te?» lo so, è una battuta cretina, ma a volte funziona.

«Biancomangiare alla mandorla, mousse di pistacchio, tortino di cioccolato bianco. E pure gelo di melone, ma devo controllare se ne è rimasta una porzione».

Fa per andare in cucina, la trattengo per un braccio.

«Non c'è bisogno. Biancomangiare. E una grappa morbida. Come ti chiami?».

«Suleima».

«Che nome è?».

«Il nome di una farfalla».

«Complimenti».

«Non è colpa mia» arrossisce e sorride.

Una famiglia con due bambini vestiti come lord inglesi scatta foto ai piatti in tavola. Lei bionda, le labbra rifatte, chiama Marilù ogni due e tre per sapere com'è fatto questo e com'è cucinato quello. E sempre conclude allo stesso modo:

«Non c'è aglio, vero? Sono allergica».

Marilù sfodera il sorriso di mestiere. No, non c'è aglio. E nemmeno cipolla, solo un po' di cardamomo, la signora non sarà mica allergica al cardamomo, sennò lo togliamo.

«Ecco il suo biancomangiare».

«Diamoci del tu, Suleima».

«Non posso» col mento indica Marilù.

«Fino a che ora non puoi?».

«Fino a mezzanotte».

«Allora da mezzanotte puoi chiamarmi Saverio».

«Chissà».

Resto al tavolo fin quando se ne vanno tutti. La terrazza si svuota, laggiù brillano le luci di Erice.

Marilù si avvicina, beve una birra per fare compagnia alla mia seconda grappa, parliamo di gente che abbiamo perso di vista, per fortuna non mi chiede niente del lavoro: forse sa, forse non sa.

A mezzanotte e due minuti Suleima esce dalla cucina. Ha un paio di scarpe col tacco alto, i capelli sciolti, le gambe come piacciono a me.

Lascio un bacio sulla guancia a Marilù.

«Ci vediamo presto. Buonanotte».

Marilù fa così con la mano.

«Attento a te, vedi che ti mando a ripulire la piscina».

La sveglia: no.

Il telefono: sì.

«Saverio. Dormivi?».

È Franco. Sono le sette e venti.

«No Franco, a quest'ora do sempre il pastone alle galline».

«Ho capito, dormivi».

«Sentiamoci tra poco, Franco. Ti richiamo» dico a voce bassa.

«Richiama però. È urgente».

Suleima muove le labbra nel sonno. La sfioro, sento che dice qualcosa, sapone o sapore, non capisco bene.

Mi alzo piano, per non svegliarla.

Vado in cucina, apro il frigo, mi attacco alla bottiglia dell'acqua fredda. Non sono ancora le otto e già fa caldo.

Maledetto Franco Pitrone.

«Allora? Dimmi».

«Devi aiutarmi, Saverio. Mi hanno incastrato».

«Addirittura. Parli come un gangster».

«Scherza, scherza. Ieri a mezzanotte mi ha chiamato Sammarco. Lo conosci, no?».

«Purtroppo sì».

«Insomma, la prende alla larga: come va, come non va. Poi mi infila il discorso che al convegno sarebbe giusto invitare Simone Triassi».

«Mica è sbagliata come idea».

«Saverio, ma ci sei o ci fai? Lo sai chi è Simone Triassi?».

«E certo che lo so. Sta in televisione una sera sì e una sera sempre».

«Quello è talebano».

«Di Kabul o di Kandahar?».

«Non fare finta di non capire, Saverio. Ci sono i talebani dell'antimafia, i cobas dell'azione giudiziaria. E Triassi è il loro portabandiera».

«È una tua classificazione».

«Non è mia. È la verità. L'antimafia è divisa in aree...».

«... di riferimento culturale, appena dici così metto giù».

«Dillo come vuoi tu, non importa. Ci sono i talebani, i duri e puri, quelli senza se e senza ma. Ci sono i furbetti, quelli che ci mettono tutti i se e tutti i ma, perché vogliono farsi i fatti loro. E poi ci sono gli sciasciani, idealisti che puntualizzano e distinguono, in nome della legge e del diritto».

«Tu con chi stai?».

«Saverio, ma sei sveglio o dormi? Io non sto con nessuno. Te lo sei dimenticato quando criticavo il sindaco di Palermo, più di vent'anni fa? Criticavo, ma non lo mollavo. Non ero con lui, ma nemmeno contro di lui. Io da vent'anni cerco di mettere insieme i pezzi di questo baraccone che passa il tempo a litigare su ogni cosa. Da quando erano vivi Falcone e Borsellino».

«Allora sai cosa sei? Democristiano».

«Saverio, i democristiani, come li chiami tu, sono quelli che hanno scoperto che l'antimafia aiutava a fare carriera. Secondo te ho fatto carriera io? Prete ero e prete rimango. Manco monsignore mi hanno fatto».

«Ma se vuoi tenerli assieme, allora perché non inviti Simone Triassi?».

«Perché mi sbilancia tutto sul fronte talebano. Triassi è ingombrante, fa cassetta, fa notizia. Con lui, gli stati generali diventano il festival di Triassi».

«E Sammarco vuole Triassi a tutti i costi».

«Certo, mi ha fatto capire che se non c'è Triassi il ministro non viene. Si vede che deve coprirsi su quel lato lì. Puoi chiamare tu Sammarco?».

Questo solo ci manca.

«No, guarda, Franco. Quello è stato il primo a piantarmi i chiodi quando stavo in croce».

«Non essere blasfemo, Saverio. Magari con lui potevi sondare, capire se c'erano margini».

«Chiedimi tutto, Franco, ma non questo».

«Cazzo».

«Franco!».

«Scusa, Saverio, ma quando ci vuole ci vuole. Mi toccherà invitare Triassi».

«E invitalo, Franco. Fammi sapere come finisce, ma non chiamarmi mai alle sette e venti, perché sono fuori a far mangiare le galline».

«Ridi, ridi. La cosa è seria».

Dalla camera da letto spunta Suleima con la mia camicia addosso.

«Ciao, Franco. Ci sentiamo. Qui è spuntato il sole».

E vederla sorridere mentre sbadiglia è già una festa.

Si affaccia alla porta. In mutande, al solito suo.

«Allora?».

Arrampicato sulla scala per sistemare un lampadario, nemmeno rispondo.

¿Puedo besarte?, Teresita è al capitolo «Amore». Il mio preferito.

«Certo che sì».

¿Puedo besarte?

«¿Puedo besarte?» ripeto.

Peppe Piccionello avanza circospetto.

«È permesso? Si può?».

«Peppe, che c'è?».

«Non so, magari non sei solo».

A Màkari si è già sparsa la voce.

«Adesso non sono più solo».

«Dicevo per dire. Per educazione».

Siento algo por ti, annuncia Teresita.

«Ma cu è chista ca parla?» fa Piccionello.

Scendo dalla scala, spengo Teresita, vado a preparare un caffè.

Peppe si appoggia al tavolo.

«Passata bene la notte?».

«Discretinamente».

Ridacchia.

«Peppe, perché giri sempre in mutande?».

«Non sono mutande. Boxer sono».

«Sempre mutande sono».

«Prendo fresco. Il fresco previene le malattie».

«Non lo sapevo. Sto andando a bruciare tutti i pantaloni».

Prendiamo il caffè. Da qualche casa vicina arrivano le notizie del giornale radio della Sicilia.

«... proseguono le indagini sull'omicidio della giovane donna uccisa ieri a Pietraperzia... gli investigatori propendono per la pista passionale...».

«Mah» sospira Peppe.

«Mah» gli faccio eco.

«Novità?».

«Lo scarico del bagno non perde più».

«Te lo dicevo io che era la guarnizione».

«E infatti».

«Ti sei affittato una macchina?».

«No. Perché?».

«Mah, non so, stamattina presto mi era sembrato di vedere una Cinquecento qui davanti».

«E forse c'era».

«Ah, forse c'era? Non è tua?».
«No».
«Strano. Mi sono chiesto: chi viene a parcheggiare qui?».
«Già, chi può venire a parcheggiare qui?».
Peppe finisce la sua tazzina di caffè.
«A volte le ragazze che lavorano da Marilù vengono a parcheggiare qui».
«Ah, sì?».
«A volte, però».
«A volte».
«Continentali sono, vero?». Peppe si lecca il cucchiaino del caffè.
«Chi?».
«Le cameriere di Marilù. Molte vengono dal continente».
«Credo di sì».
«Vabbè, Saverio, me ne vado. Ho capito che non vuoi parlare».
«No, parliamo. Fammi una domanda e ti do una risposta».
«Che siamo a "Vuoi essere milionario"? Se vuoi parlare parli, sennò amici come prima».
Peppe parte per l'uscita.
«Non dovevi aggiustare lo scaldabagno?» gli chiedo.
«Fa troppo caldo adesso. Stasera vediamo».
«Peppe!».
«Sì?».
«Si chiama Suleima, è di Bassano del Grappa, studia architettura a Firenze e lavora per pagarsi l'università. Soddisfatto?».

«Era sua la Cinquecento?».
«Sì, sua».
«Lo dicevo io. Bedda è».
«Sì, vero bedda è».

Scendevo al mare alle cinque del pomeriggio.

L'asciugamano sulla spalla, la borsa di tela del Festival dell'Economia di Trento del 2011 con il volumone dei *Fratelli Karamazov* abbandonato a Màkari un'estate di dieci anni prima che non ero mai riuscito a leggere fino in fondo, il telefonino muto come il servo muto di Zorro e la lista scritta da Piccionello con le cose da prendere dal ferramenta.

Lungo la strada chiamavo papà, per sapere come stava.

Arrivavo in spiaggia all'ora più bella.

Entravo subito in acqua, una nuotata lenta e placida. Il sole cominciava ad abbassarsi, la spiaggia sembrava prendere un ritmo meno convulso, ritmato dal tic toc dei maledetti racchettoni.

Una bracciata dopo l'altra, tenevo a mente le cose fatte, le cose da fare. La casa usciva dall'abbandono grazie alle mie mani, ancor più doveva a quelle di Peppe Piccionello. Le pareti imbiancate, i lavandini sottratti alla ruggine, le porte smaltate, gli infissi dipinti.

Tutto era semplice, logico, solo un po' faticoso. Carteggi il muro, diventa liscio. Dipingi il legno, torna nuovo. Cancellare il passato, scrostare le macchie, e via così.

Tornavo a riva, mi stendevo sulla sabbia.

Tin tin, un messaggio. Suleima.

«Ho comprato il velo bianco. Ci sposiamo domani?».

«Domani no, vado a Palermo» scrivo in risposta.

«Uomini. Tutti uguali. Ogni scusa è buona».

«Matrimonio stanotte?».

«Devo pensarci».

Poi mi manda uno smile e un cuore rosso: mezzanotte.

«Medianoche» confermo.

Tutto semplice, tutto logico. Solo un po' faticoso.

«Che ore sono?».

«È presto, dormi».

«È finita?».

«Dormi, è presto».

«Ho capito. Mi lasci».

Ficca la testa sotto il cuscino. La vado a cercare, fa resistenza, insisto, trovo il suo sorriso, la bacio, si gira, mi bacia, restiamo lì.

«È tardi, tra poco vengono a prendermi» sospiro.

«Vattene, non farti vedere mai più».

«Torno domani pomeriggio».

«Forse non mi trovi. Scappo in Australia a rifarmi una vita».

«Fai bene, ormai sei disonorata».

«Aspetto due gemelli».

«Da quando?».

«Da ora».

«Chi è il padre?».

Mi lancia il cuscino mentre vado in bagno, glielo tiro indietro.

«Ho appena saputo che i gemelli sono tre. Due tuoi, il terzo non so» grida dal letto.

«Lo vendiamo» rispondo a voce alta, tastando il calore dell'acqua della doccia.

Non voglio andare a Palermo. Non voglio sentire il bla-bla-bla di magistrati, giornalisti, professori, preti, sottosegretari e ministri. Non me ne frega niente. Voglio stare con Suleima. Voglio ridipingere la mia casa, sistemare le mensole della cucina, prendere il caffè con Peppe Piccionello e scendere in spiaggia a las cinco de la tarde. E dopo mezzanotte fare l'amore con Suleima.

«Saverio, perché vuoi imparare lo spagnolo?» chiede dal letto.

«Per andare a vendere granite di mandorla a Formentera».

«Quanto sei cretino».

«No, è vero. Ci sono stato due anni fa. In tutta Formentera non si trova nemmeno una granita. Col caldo che fa, pensa che affari» rispondo mentre mi rado la barba.

«Allora è grave. Meglio se eri cretino».

Preparo una borsa veloce, un paio di pantaloni, due camicie, mutande. Cravatta? Una, non si sa mai.

Teresita me la porto, non si sa mai.

Suleima ora dorme, una gamba fuori dalle lenzuola.

Mi avvicino, respira piano, la bacio, mormora qualcosa, amore o sapore, non capisco.

Là fuori il rumore di un'auto.

Esco in strada, il giovane Balla Coi Lupi saluta con la mano.

Al primo bar di Castelluzzo prendiamo un caffè.

Mi dispiace un po' per Kevin, ma non ho molta voglia di chiacchierare. Ho lasciato Suleima sola nel mio letto, sto andando dove non mi piace andare e ho pure sonno.

Sulla carreggiata opposta incrociamo le auto del weekend dirette a San Vito.

Socchiudo gli occhi.

La radio a volume basso. Il Gr Rai Sicilia.

«Palermo, si aprono oggi pomeriggio a Casa Professa gli stati generali per la legalità e il diritto. Un grande appuntamento per fare il punto sulla lotta antimafia in Italia. Un programma fitto di appuntamenti, incontri e dibattiti. Molto atteso l'arrivo di Simone Triassi, soprattutto dopo le accese polemiche delle ultime settimane. Sentiamo l'intervista realizzata dal collega Salvo Marabbino con uno dei promotori dell'evento. Dunque, don Franco Pitrone, la presenza di Triassi è sicuramente il momento decisivo di questa due giorni. Lei non pensa che...».

Kevin spegne la radio.

Riapro gli occhi.

«Che fai?».

«Pensavo che volevi dormire».

«Non ascolti don Franco?».

«L'ho già ascoltato stamattina alle sette. È sempre la stessa intervista».

«Siamo polemici?».

«No. Sono un po' stanco, tutto qui».

Povero ragazzo. Io mi sono alzato presto, ma lui due

ore prima di me per venire a prendere uno che avrebbe preferito essere dimenticato a Màkari.

«Kevin, fermiamoci».

«Cassatelle?» sorride lui.

«Cassatelle calde calde».

Palermo. Tir incolonnati sulla circonvallazione. La Lapa del venditore di cantalupo. L'autobus congelato nel traffico. Palermo. Forse dovrei andare a trovare papà. I motorini che sorpassano a destra. I clacson al semaforo appena diventa verde. Il venditore di pane e panelle. Palermo. Poi uno si chiede come si fa a viverci. Il mulunaro a un euro a fetta bella agghiacciata. La sirena delle auto di scorta. La saracinesca chiusa del bar dove andavamo la domenica a comprare le sfince di San Giuseppe. Il bus 806 scoperto con le ragazze in pareo che vanno a Mondello. Palermo. Poi uno si chiede come si fa ad andarsene via.

¿Puede decirme dónde me encuentro?, sussurra Teresita all'orecchio.

Già, dove siamo? A Palermo siamo.

Kevin ha preso una guida nervosa, del tutto inedita. Svicola, taglia traiettorie, insiste, insulta, primeggia, sfida. Il traffico di Palermo è darwiniano, seleziona la specie più forte.

«Ti regalo cinque euro per ogni pedone che lasci in vita» biascico, attaccato al sedile.

Kevin ride, diventa più feroce.

Si fa improvvisamente clemente per lasciar passare una vecchia sulle strisce pedonali di via Principe di Paternò, redarguito dai clacson infuriati di chi sta dietro.

Palermo.

Via Libertà, Politeama, Massimo, via Maqueda.

¿Puede decirme dónde me encuentro?

Ci infiliamo nei vicoli dei mandamenti del centro storico.

Sbuchiamo al Cassaro, giù verso piazza Marina.

Estoy perdido.

Estoy veramente perdido.

Palazzo Steri, il ficus gigante, il banchetto del pane ca' meusa.

«Qui hanno ammazzato Joe Petrosino» fa Kevin.

«Pace all'anima sua. Il pane con la milza ne ammazza più della mafia».

«Non te ne frega niente, vero?».

«Me ne è fregato fin troppo, quando tu non eri ancora nato. C'è il diritto a dimenticare, no? Viviamo in un paese libero, se non sbaglio».

Il convento di Franco Pitrone.

Scendo dall'Audi, ho il mal di mare da traffico.

Il portale barocco, il chiostro mal tenuto, la scalinata un tempo solenne macinata dai secoli. Kevin mi dice di salire su, lui resta a dare una mano ai ragazzi che caricano su un furgoncino brochure, manifesti, pass, bottiglie di acqua minerale.

Risalgo le scale dominate da un immenso Cristo crocefisso che mi scruta dalla fessura delle palpebre abbassate.

A destra, il salone vasto e vuoto del refettorio. Seguo l'eco dei miei passi per il lungo corridoio.

«Desidera?» una voce alle spalle.

«Cerco don Franco».

«Ah, là in fondo» una vecchia in pantofole mi indica la fine del corridoio, «l'ultima stanza a destra».

Avvicinandomi sento la voce di Franco.

È al telefono, mi vede, fa segno di entrare.

La sua scrivania è ricoperta di carte, mazzette di giornali, un vangelo, il codice penale, una copia di «Micromega», la biografia del Papa, una boccia di vetro con la cupola di San Pietro sotto la neve finta, le *Confessioni di Sant'Agostino* con pagine sottolineate, lo schermo del computer aperto sul sito del «Fatto Quotidiano».

«... ma sai, dal "Giornale di Sicilia" non mi aspettavo molto di più... li ho chiamati, domani dovrebbero darci una pagina... vogliono intervistare Triassi... ho preso tempo... "Repubblica Palermo" invece ci snobba, se puoi intervenire tu, magari posso anticipare le mie conclusioni di domani... grazie, ci vediamo più tardi».

Butto un occhio alla «Stampa» spianata sulla scrivania.

Franco chiude la telefonata.

«Hai visto? Ci citano in un corsivo a pagina otto».

«Chi scrive?».

«Non è firmato, sono poche righe. Ma il titolo è buono: "L'antimafia del futuro nasce oggi?"».

«Hai invitato Triassi».

Allarga le braccia.

«Ubi maior».

«Già, dove maggiore c'è, minore cessa».

«Ti faccio vedere la tua stanza. Anzi, la tua cella».

Mi fa strada per corridoi deserti.

«Ma quanti monaci vivono qui?» chiedo.

«Solo io».

«Hai un convento tutto per te?».

«Che vuoi farci? Crisi delle vocazioni. Pensa che cento anni fa ci stavano sessanta frati. Ormai il mio è un ordine veramente minore. Anzi, minimo».

Ride. Rido.

La camera è monacale, ça va sans dire. Letto singolo, comodino, armadio, sedia, scrittoio, bagnetto.

«Povera, ma onesta» dice Franco.

Lo squillo di un telefono per il corridoio.

«Cercano me» dice Franco, «va avanti così dalle sette di stamattina».

Mi lascia solo.

Sistemo la borsa nell'armadio, mi sciacquo la faccia. Mi butto sul letto, lo sguardo al soffitto bianco, il crocefisso appeso al capezzale.

Dalla finestra aperta una nenia dimenticata.

«Bellu cavuru, ra biella vieru! Uora u sfuinnavu, uora! Chi ciavuru!».

Il venditore di sfincionello.

Palermo.

Come si fa a dimenticare?

¿Cómo se puede olvidar?

Alle cinque della sera risalgo per corso Vittorio Emanuele.

Smaltito il polpo un po' troppo calloso assaggiato al Foro Italico. Smaltito anche il pezzo duro di Ilardo, scorsonera e cannella. Mi manca solo il pane ca' meusa per completare il tour gastronomico del palermitano di ritorno. Rimando all'indomani.

Le mani in tasca, guardo le facce dei passanti. Tamil, pakistani, rumeni, marocchini. Palermo delle cento moschee, Palermo felicissima, Palermo tutto porto. Forse così deve essere.

Piazza Pretoria, fontana della Vergogna, palazzo delle Aquile, università, mi infilo verso Ballarò, per Casa Professa.

L'ultima volta era una sera di giugno del 1992. Un mese prima avevano ammazzato Falcone a Capaci. Nel chiostro di Casa Professa Paolo Borsellino parlò del suo amico Giovanni. Non ricordo bene le frasi, ma ho ancora presente la disperata tensione, la vertigine di stare sul ciglio del vulcano, le labbra strette di Costantino seduto alla mia sinistra e una macchia di caffè sul pantalone che cercavo di mandar via strofinandola di saliva.

Qualcosa come rabbia, il furore di voler cambiare tutto. O forse quella sera cominciai a fuggire da Palermo, come ho fatto per il resto del mio tempo. Borsellino saltò in aria venti giorni dopo. Allora mi voltai e andai via.

Se Franco Pitrone ha scelto Casa Professa, non è un caso.

Le auto blu. Gli sbirri appoggiati ai parafanghi. I carabinieri in divisa. L'ufficiale azzimato appena uscito dall'accademia. I marsupi degli agenti di scorta a nascondere le Beretta 9x21 d'ordinanza.

«Saverio, che ci fai qui?».

Marina Tadde.

«Ciao, Marina. Tu che ci fai? Io sono a casa mia».

«Ah, è vero, tu sei palermitano. Guarda, lascia stare, il giornale mi ha spedito qui e non so nemmeno perché».

«Magari dovrai scrivere un pezzo. Certo, capisco che per te non è una cosa semplice».

«Simpatico. Non ti smentisci mai. A proposito: bella la vita adesso che sei disoccupato, no?».

«Lo puoi dire. Scopo tanto, vado al mare e coltivo melanzane ruspanti».

«Vedi che essere trombati fa bene? C'è ancora speranza su questo pianeta».

«Ma solo per chi merita. Ci vediamo, Marina. Se hai bisogno di me non mi chiamare, sono molto impegnato: sto traducendo il *Finnegans Wake* in siciliano antico».

«Sei veramente uno specialista in cazzate, Lamanna. Ci vediamo in giro».

Saluto altre quattro o cinque persone di cui non conosco nemmeno il nome. Gigi Savoca mi abbraccia come se avessimo combattuto assieme sul Piave, mi racconta di suo figlio che fa un master di biosticazzi a Princeton, mi molla senza manco dirmi scusa per rincorrere il procuratore nazionale antimafia.

All'ingresso della biblioteca vengo bloccato dalle ragazze dell'accettazione. Una storce i piedi sui tacchi alti, mordendosi una ciocca di capelli, senza sapere bene cosa fare. La biondina al tavolo mi piazza in mano una cartellina, un pass da mettere al collo.

«Giornalista?» chiede.

«Cominciamo male».

«Cosa ho fatto?».

«Lei offende».

Si mette a ridere. Mi abbasso sul tavolinetto.

«Allevo struzzi, ma non lo scriva. Qui non sopportano gli allevatori di struzzi, non ho mai capito il perché».

«Scrivo solo allevatore?».

«Sì, senza specificare. Meglio restare in incognito, Aurora Esse».

La biondina copre con la mano il cartellino con nome e cognome puntato appiccicato al bavero della giacca blu, scuotendo la testa divertita.

Entro nell'aula della biblioteca. Minchia caldo. Tutti si sventolano con la cartellina del convegno.

Il perimetro della sala è contrassegnato dagli agenti di scorta in piedi, a gambe larghe, le mani nelle mani, gli occhi mobili dalla platea all'ingresso, dal tavolo dei relatori alle finestre.

Mi sorbisco rassegnato due sostituti procuratori, un gip milanese, due giornalisti, uno scrittore calabrese, un testimone di giustizia napoletano, un procuratore aggiunto, tre universitarie di Torino, un cattolico di sinistra, un cattolico e basta, un prete casertano, un conduttore televisivo, un'attrice teatrale, un sindacalista comunista, un socialista pentito e un mio ex compagno di liceo che non so cosa c'entri visto che ai tempi di scuola si occupava solo di femmine.

Mi manca Teresita.

¿Qué estoy haciendo aquí?

In prima fila Franco Pitrone annuisce, scuote la testa, ridacchia con il vicino di sedia, prende appunti, manda messaggi dal telefonino.

Esco fuori. Ho voglia di fumare.

Penso a Suleima, il piede nudo fuori dalle lenzuola.

La biondina di prima chiacchiera con quella alta.

Il chiostro di Casa Professa è di pietra morbida nel tramonto.

Chiamo Suleima.

«Non posso parlare, sto lavorando. Come ti va?» sussurra.

«Bene. Mi manchi».

«Anche tu. Ci sentiamo stanotte» e chiude.

Sento un applauso forte dalla sala.

La biondina viene a chiamarmi.

«Ora parla Triassi, non vuole ascoltarlo?».

«Aurora Esse, faccio quello che fai tu».

«Io vado, sono qui solo per lui. Sai che palle tutti gli altri».

Così vado a sentire Simone Triassi.

La biondina mi precede correndo sui tacchi alti con un movimento meritevole di grande attenzione.

Franco Pitrone spaccia la sua tirchieria per morigeratezza claustrale.

La cena nel refettorio del convento può definirsi monacale perché di certo antichi codici miniati testimoniano che i fratacchioni mangiavano pasta scotta, panata alla palermitana senza sale e insalata di pomodori mosci.

Sarà stato don Franco a combinare il tavolone lungo da ultima cena? Immagino proprio di sì. Dopo essersi fatto a lungo pregare «la testa reclinata di lato, per modestia», si è piazzato al centro, secondo l'iconografia leonardesca: alla sua destra Simone Triassi, alla sinistra il procuratore nazionale antimafia.

«E la Fanelli?» chiede qualcuno.

«Arriva domani col primo volo da Milano» risponde Franco.

«Certo, quella arriva solo quando ci sono i ministri» commenta un sostituto procuratore di Caltanissetta.

Il procuratore nazionale antimafia ride, dice qualcosa all'orecchio di don Franco. Sghignazzano.

Meno male che Marina Tadde manco voleva venirci a Palermo. Appiccicata tutta la sera a Triassi, lo ha monopolizzato: Simone di qua e Simone di là, posso assaggiare la tua insalata, ti dispiace se prendo un pomodoro dal tuo piatto, ma dai, non dirmi che pure tu passi l'estate a Villasimius.

All'ultima cena non è stata invitata Aurora Esse. C'era il rischio di alzare troppo la media della bellezza, prossima allo zero.

In refettorio saremo sì e no una dozzina, gli ospiti del convento per questa notte.

«Gli eletti» ha detto Franco, allargando le braccia. Ora spezza il pane e versa il vino, ho pensato.

Al lato opposto del tavolo Kevin mangia in silenzio. Non sorride alle battute di don Franco, sembra distante e distratto perfino quando Simone Triassi dà fiato a una filippica che parte dalla strage di viale Lazio, passa per il fallito attentato a Falcone all'Addaura, arriva a Wall Street, torna a Corleone e svela due o tre retroscena quasi inediti – li avevo già letti in un libro – sulla cattura di Bernardo Provenzano.

Mi alzo. Ho voglia di fumare.

«Saverio, dove vai?» chiede Franco.

«Una telefonata».

«Non ci abbandonare, però».

Mentre esco dal refettorio intuisco che parlano di me, presumo con falsa commiserazione.

È mezzanotte.

Mi prende nostalgia di Màkari. Dell'odore di mare e di Suleima.

Quando rientro in sala, la cena è finita, i commensali si muovono a gruppetti verso le loro celle di clausura.

La risata di Marina Tadde nel corridoio, per qualche cosa che ha detto Simone Triassi.

Don Franco, ora al capo del tavolo, parla fitto con Kevin, accarezzandogli la testa. Ritira la mano appena incontra il mio sguardo.

«Saverio, una telefonata importante a quanto intuisco».

«Femmine».

«Non conosco, ma capisco».

«Beato te, Franco. Io più conosco, meno capisco».

Me ne vado. Kevin non ha alzato nemmeno gli occhi per dare la buonanotte. Balla Coi Lupi è contropigliato.

Traffico con l'iPad. Mando qualche messaggio erotico a Suleima. Ci starebbe bene una sigaretta, affacciato alla finestra, il fumo lanciato nella notte di Palermo.

Il convento ha muri spessi, non fa nemmeno caldo.

Vado a cercare su Google il nome del mio sottosegretario preferito, lo stronzo. È stato a Lampedusa, ha prodotto una dichiarazione sui migranti, sulle misure necessarie per fermare l'emergenza sbarchi: aria fritta, al solito suo. L'unica volta che ha detto una cosa di rilievo, era una frase sbagliata. Vorrà dire qualcosa, no?

Accendo Teresita.

La noche es oscura.

«La noche es oscura» sussurro al tablet.

¿Cuál es la forma de salir de aquí?

Vorrei saperlo, Teresita mia, qual è il modo per uscire al più presto da qui.

¿Cuál es la forma de salir de aquí?, si incazza.

Meglio spegnerti, Teresita.

Guardo il quadretto attaccato sullo scrittoio, un vescovo che legge dentro una biblioteca. Mi pare preciso al vescovo del mio sogno. Mi alzo, vado a controllare: «San Girolamo nello studio», Antonello da Messina, 1475 circa, National Gallery, Londra.

Penso che vorrei comprare delle stampe di Maurilio Catalano, belle colorate, da mettere a Màkari. Se ho tempo domani faccio un salto da Arte al Borgo, magari se Maurilio è in galleria mi fa pure lo sconto.

Qualcuno parla a voce bassa. Una risata.

Socchiudo la porta.

Marina Tadde, in sottoveste nera, appoggiata allo stipite, fa la cretina con Simone Triassi in mutande e t-shirt bianca, in posizione plastica sulla soglia della sua camera.

Il corridoio è al buio, dalla vetrata in fondo il chiarore giallo della città.

Spengo la luce, provo a dormire.

Riaccendo la luce, ritorno sul tablet, leggo le ultime del «Corriere.it», tento di appassionarmi a un editoriale sulla riforma della giustizia civile. Niente, non funziona: non trovo sonno.

Mi affaccio alla finestra.

Da qualche parte arriva musica, mi sembra *Summertime*.

Ho voglia di fumare.

Ho voglia di tornare a Màkari.

Appena scade la mia cambiale con don Franco, mi faccio portare indietro e ci rivediamo minimo minimo tra dieci anni.

Ho sete.

Nemmeno mi ricordo come si dice in spagnolo. Ho sete.

Metto i jeans, a scanso di equivoci: non si sa mai incontro Marina Tadde malintenzionata.

Nel corridoio ora c'è silenzio. Dietro una porta qualcuno russa sonoro.

Vado in refettorio a cercare una bottiglia d'acqua.

Previdente, don Franco ne ha fatte lasciare una decina sul tavolo.

Mi attacco a garganella.

Su una panca un pacchetto abbandonato di Marlboro Light. Ma è vuoto.

Cerco attorno, niente.

Dov'erano seduti Kevin e don Franco trovo una cartellina del convegno. La apro. Scarabocchi, come sempre se ne pasticciano ascoltando interessantissime relazioni. Più sono dotte e interessanti, più scarabocchi producono. Potrei scrivere un breve saggio su questo argomento, magari il Mulino me lo pubblica.

Non riesco a leggere, nel refettorio c'è troppo buio. Intravedo stelle, quadrati, croci, teschi. Sarà il gusto barocco di Franco Pitrone.

Una bottiglia in una mano, la cartellina sotto il braccio, torno in camera.

Quello che russa ha cambiato ritmo: prima era un gorgoglio continuo, adesso sussulta in apnea. Gli farà male al cuore, se continua così.

Arrivo alla vetrata illuminata dalle luci di piazza Marina. Spettacolare. Infilo la cartellina sotto la porta dell'ufficio di Franco.

Una sigaretta ci starebbe benissimo, adesso.

Rientro nella mia cella. La misuro a passi: quattro-e-mezzo per tre.

Chissà che direbbe Teresita.

Provo a dormire. Forse ci riesco. Sulla soglia del sonno avverto il rumore di una sedia finita a terra, un respiro affannoso, una specie di risata. Marina Tadde deve aver sgominato le ultime difese di Simone Triassi. Buonanotte.

«Saverio! Saverio!».

Chi è? Peppe Piccionello? No, Franco Pitrone. Mi sveglio nel letto del convento.

La porta della camera sobbalza, presa a pugni.

«Saverio!».

Mi alzo di botto. Apro.

Franco mi scuote, mi tira fuori, mi spinge dentro. Boccheggia. Ansima.

«Saverio!».

Lo prendo per le spalle, stringo forte.

«Calmati, Franco, calmati. Che succede?».

«Triassi. Saverio!».

«Calma, Franco. Prendi fiato. Che succede?».

«Lo hanno ammazzato».

«Chi?».

«Triassi è morto. L'hanno ammazzato».

Cazzo.

«Cazzo».

Esco dalla camera, mi trascino dietro Franco. La porta della stanza di Triassi è aperta. Immobile sulla soglia, la mano sulla bocca, la vecchia custode del convento deve aver perso una pantofola.

Mi affaccio nella camera di Triassi.

Il sangue è la prima cosa.

Impregna le lenzuola. Una striscia scura si allunga verso il bagno, segnata da impronte di scarpe.

Triassi è scomposto sul letto, le gambe penzoloni a terra, la maglietta zuppa di sangue, le mutande tirate giù alle caviglie, un braccio contro il muro, gli occhi sbarrati al soffitto.

Cazzo.

Franco mi riempie le spalle di pugni, spinge per entrare. Picchia con la testa sulla mia schiena. Lo sento singhiozzare.

La vecchia senza una pantofola soffia forte nella mano che le copre la bocca.

Cazzo.

Hanno ammazzato Simone Triassi.

Minchia bordello.

La polizia. Subito. Chiamare la polizia.

Per fortuna il procuratore nazionale antimafia ha preferito andare a dormire altrove, sennò a quest'ora qui c'era lo stato di guerra.

Per fortuna il sostituto procuratore di Caltanissetta è tornato di notte e notte a casa sua, sennò avevamo già i paracadutisti sul tetto.

I giornalisti arriveranno presto. Altro casino da sbrogliare.

Il convegno è morto. Morto come Triassi.

Io non potrò tornare a Màkari stasera.

«Franco, chiama la polizia» grido.

«La polizia, sì».

«Il telefono, Franco. Chiama il 113. Subito».

«La polizia, sì» resta fermo.

«Ho capito».

Corro nella mia cella, afferro il cellulare, torno in corridoio.

Uno uno tre.

«Polizia Palermo, operatore undici».

«È un'emergenza. Chiamo dal convento di don Franco Pitrone, piazza Marina, ha capito? C'è un morto, un omicidio. Guardi, non posso essere più preciso. Mi chiamo Lamanna, Saverio Lamanna. Mandate qualcuno, presto. Sì, io sono qui, non mi muovo, non tocchiamo niente».

Chiudo. Chiudo gli occhi, aspetto il suono delle sirene.

«Che facciamo, Saverio?» chiede don Franco.

«Tu che sai farlo prega, Franco».

«Sì. È una buona idea. Tilde» dice alla vecchia, «preghiamo. L'eterno riposo dona a nostro fratello Simone, o Signore, splenda per egli la luce perpetua. Riposi in pace, amen».

Penso in fretta. Non ho fatto il nome di Simone Triassi al 113.

Meglio prendere un po' di tempo prima che lo sappia tutta Italia.

Che ore sono? Le sei meno dieci.

Fuori è già chiaro.

Si schiude una porta, si affaccia Marina Tadde, gonfia di sonno.

«Che succede?» chiede.

«Puoi scrivere il tuo pezzo».

«Quale?».

«Hanno ammazzato Simone Triassi».

«Non scherzare, dai».

«Magari. Non li senti questi due?».

«... riposi in pace, amen».

Marina Tadde sbarra gli occhi. Le sfugge un sospiro, come un rantolo, si appoggia allo stipite e viene giù, culo a terra.

«Sui gradini un manipolo sparuto si riscaldava di se stesso».

Mi ballano in testa questi due versi, non riesco ad andare avanti.

Una poesia sul calcio, mandata a memoria alle elementari.

Un manipolo sparuto si riscaldava di se stesso.

Il manipolo sparuto degli ospiti del convento.

Ci hanno detto di aspettare qui. E aspettiamo. In silenzio attorno al tavolone del refettorio, gira di mano in mano una moka gigante piena di caffè.

Marina Tadde singhiozza, si sente già vedova.

Nel corridoio via vai di sbirri, squadra mobile, sezione omicidi, scientifica. Un bordello.

La notizia è già sulle prime pagine di tutti i siti. Sotto il convento si sono piazzate le parabole di Sky, Rai, Mediaset.

Franco Pitrone si è calmato. Scuote la testa, sussurra ordini a Tilde: prepara altro caffè, prendi i biscotti, per me un tè e due fette biscottate.

Gli sbirri hanno chiesto i documenti a tutti.

Aspettate qui.

L'assassino è seduto a questo tavolo, penso di botto.

Tilde, la vecchia, è troppo vecchia, non sta manco in piedi.

Marina Tadde? Potrebbe essere. Piange assai. Senso di colpa?

Le tre studentesse di Torino, strette fra di loro, sono troppo insignificanti per ammazzare una persona: nemmeno in tre ci riuscirebbero.

Ci sarebbe il giornalista inglese del «Guardian», non ricordo come si chiama. Ma se uno parte da Londra per ammazzare la gente a Palermo, vuol dire che ignora le leggi fondamentali del mercato: in Sicilia c'è sempre stata più offerta di omicidi che domanda.

Certo, c'è Franco. Un prete può ammazzare un cristiano? Forse sì, anche se non ricordo precedenti illustri. Mai però avrebbe messo a rischio il suo convegno solo per togliersi lo sfizio di uccidere Triassi, per quanto potesse stargli antipatico.

Cazzo.

Ci sono io. Il movente ci vuole. Il movente. Provo a pensare.

Due anni fa Triassi aveva dichiarato in un'intervista che il mio sottosegretario – ma lo stronzo, ai tempi, non era ancora sottosegretario – era socio di un'impresa vincitrice di un appalto per i lavori di ricostruzione dell'Aquila. Non era vero. O meglio: le quote dell'impresa erano intestate alla moglie dello stronzo. Avevo mandato una lettera di smentita alla «Stampa», dura e ironica (ero abbastanza soddisfatto del tono complessivo) contro Triassi, firmandola come portavoce dello stronzo.

Può essere un movente? Semmai è il movente per ammazzare lo stronzo. Oppure il movente di Triassi per ammazzare me, infatti c'eravamo salutati a stento.

Entra uno che ha la faccia di capo degli sbirri.

«Lamanna?».

Dice proprio a me. Mi hanno scoperto.

«Eccomi» mi alzo di scatto. Dal tavolone tutti gli sguardi si sollevano. Forse pensano che ora confesso, come in un telefilm di Ellery Queen.

«Sono il vicequestore Randone. Come stai?».

Mi dà subito del tu, i sospetti contro di me devono essere pesanti.

«Compatibilmente» rispondo.

Mi sudano le mani.

«Mi fa piacere conoscerti di persona, anche se l'occasione purtroppo è quella che è».

Gli fa piacere conoscermi. Perché? Il cacciatore e la preda, il gatto e il topo. Il topo sono io. Gioca.

«Ricambio».

«Lamanna, sei un poco teso».

«I morti prima di colazione mi fanno sempre questo effetto».

Mi prende sottobraccio, mi allontana dal tavolo.

Ci siamo. Ora mi dice: in nome della legge sei in arresto, hai diritto a un avvocato, hai diritto di tacere, tutto ciò che dirai potrà essere usato contro di te.

«Lamanna, ma non ti ricordi? Sono il marito di Giovanna Curtopelle».

Giovanna Curtopelle?

Giovanna Curtopelle!

Certo che sì. Si era fatta raccomandare da una mia prof del liceo per un trasferimento dalla prefettura di Macerata alla Sicilia, dove aveva lasciato marito e due figli. Avvicinamento per urgenti ragioni familiari, ricordo benissimo. Aveva perfino accluso alla richiesta un certificato medico che diagnosticava la grave depressione del marito a causa dell'assenza della moglie. Dunque, il vicequestore Randone è il gravemente depresso.

«Giovanna è finita alla prefettura di Enna».

«Meglio che a Macerata».

«Certo, e ti ringrazio. Però viaggia ogni giorno, in macchina: sai com'è, spese di benzina, disagi, pericoli. Non è che si può fare qualcosa per portarla a Palermo?».

Il gravemente depresso è l'unico in Italia a non sapere che al Viminale non ci posso manco mettere piede.

«Possiamo provare. Tu adesso come stai?».

«Benissimo. Perché?».

«Avevi avuto qualche problemino, se non sbaglio».

«Forse mi confondi con qualcun altro, Lamanna. Ringraziando Iddio non ho mai avuto guai di salute» e si dà una toccata scaramantica.

Hai capito il depresso? Cosa non si fa per la famiglia.

«Bel casino» cambio discorso.

«Già, bel casino. Il capo della mobile è in vacanza e tocca a me sbrogliare questo bordello. Ma fra tre giorni io parto e vado al mare, pure se ammazzano il Papa».

«Si è capito qualcosa?».

«L'hanno ammazzato fra le due e le tre di notte».

«A quell'ora ho sentito dei rumori, ma non ho capito bene, stavo prendendo sonno».

«Tre coltellate, una dritta al cuore, micidiale. È morto quasi subito. Stamattina doveva partire per Roma con il primo aereo, aveva messo la sveglia alle cinque e un quarto. La vecchia era già in piedi per preparare la colazione, sapeva che Triassi doveva andare via. Non lo ha visto arrivare ed è andata a chiamarlo. La porta era socchiusa, ha visto il morto, ha avvertito don Franco».

«Il resto lo so. Mafia?».

«Ma che mafia, Lamanna. Storia di froci».

«Politicamente impeccabile».

«Vabbè, gay, omosessuali, chiamali come vuoi. Stiamo cercando il ragazzo».

«Quale ragazzo?».

«Il biondino che vive nel convento».

«Kevin?».

«Ah, sì, si fa chiamare Kevin. Il vero nome è Salvatore Cucurullo, nato nel 1992, orfano di padre e di madre, piccoli precedenti per furto, sei mesi al Malaspina, disturbi della personalità, infatti è arruso, anzi gay, don Franco se l'era preso al convento per dargli una mano d'aiuto, Triassi forse ha pensato di farselo, hanno litigato, sai come sono questi, Cucurullo probabilmente è andato in cucina, ha preso un coltello e lo ha scannato. Poi è fuggito. Fine della storia».

«Triassi era omosessuale?».

«E chi ci capisce, Lamanna? Questi famosi sai come sono: una botta lì, una botta là».

«E Kevin dov'è? Voglio dire, Cucurullo».

«Non si sa. Lo stiamo cercando. Ma è questione di tempo. Dove vuoi che vada? È Totò Cucurullo, non è mica Matteo Messina Denaro».

«Dottore Randone, che facciamo con i giornalisti? Fanno come i pazzi» grida uno sbirro dal corridoio.

«Minchia, i giornalisti. Che gli dico? Tu sei del mestiere».

«Digli che le indagini si muovono a 360 gradi e non si esclude nessuna pista».

«Lamanna, queste cose qui nemmeno i carabinieri le dicono più».

«E allora digli che è storia di froci».

«Mi pare troppo. Se vuole dirlo il magistrato, cazzi suoi, quando finalmente si degnerà di farsi vedere. Io dichiaro che al momento non ci sono dichiarazioni».

«Bravo, così non sbagli mai».

«Ma che succede? Tu come stai?» messaggio di Suleima.

«Io bene. Hai visto la tv? Hanno ammazzato Triassi» rispondo.

«Visto, terribile. Stasera non torni?».

«Non so. Ti faccio sapere».

«Stai attento, non farmi preoccupare. Ti aspetto. Baci dove sai tu».

Franco è al telefono, ancora nel salone del refettorio.

«Questioni di opportunità, capisco. No, ancora non si sa molto. Terribile, sì, terribile. Una vittima innocente. Vittima della violenza di questo nostro tempo. Quel suo discorso di ieri è un testamento. Sì, abbiamo pure il video, appena posso te lo faccio avere. Salutami il ministro. Per il momento non fa dichiarazioni, vero? Certo, è ovvio, prima bisogna capire meglio».

Don Franco mi viene incontro.

«Sono sconvolto» mi abbraccia.

«Devi essere forte, Franco».

«Lo sai che Kevin è scappato?».

«L'ho saputo. Dicono che è stato lui».

«Non riesco a crederci, Saverio. Come ha potuto?».

«Quel ragazzo ha avuto una vita difficile».

«Sapessi com'è buono, com'è affezionato».

«Lo so».

«Ho annullato tutto. Per fortuna la Fanelli non era ancora partita da Milano. Il ministro, giustamente, vuole capirci meglio. Cosa dice il commissario? Ho visto che parlavi con lui».

«Cosa vuoi che dica, Franco? La cosa è un po' confusa».

«Oddio» si mette le mani nei capelli, «perdonami se ti nomino invano, mio Dio. Capisci cosa significa, Saverio? Una morte così, per passioni nascoste, tenebrose, inconfessate. Dio misericordioso abbi pietà di lui, di noi. Abbi pietà della nostra vergogna, mai dovremmo provare vergogna per i nostri fratelli. Beati i poveri di spirito».

«Franco, squilla il tuo telefono».

«Ah, scusami. Pronto? Grazie, grazie. Una cosa terribile. Terribile. No, veramente, preferisco non dire niente. Capisco che è il tuo lavoro, caro, ma cosa vuoi che dica? Con Simone Triassi avevamo cenato assieme, era sereno: rideva, scherzava. Il suo discorso di ieri al convegno è stato di altissimo livello, un testamento morale. Sì, abbiamo un video, appena posso te lo faccio avere. Mi mandi la tua mail con un messaggino?».

Rintraccio Randone oltre il cordone di plastica bianco e rosso che taglia a metà il corridoio. Lo faccio chiamare da un poliziotto in divisa.

Dalla stanza di Triassi stanno portando fuori la bara di zinco.

«Lamanna, dimmi, non ho molto tempo» fa Randone.

«Ma devo rimanere qui o posso andare via?».

«Vai dove vuoi, basta che resti a Palermo. Tra stasera e domani mattina dobbiamo fare i verbali di testimonianza. Lascia il tuo numero di telefono all'agente, ti cerco io quando ho bisogno».

Ripasso dal refettorio. Marina Tadde scrive al computer, accanto ha un mucchietto di fazzolettini di carta stropicciati.

«Contenta? Finisci in prima pagina» dico.

«È il pezzo più difficile che abbia mai scritto».

Le sussurro all'orecchio:

«Ma te lo sei scopato?».

«Stronzo».

«È la mia natura».

Non gliela posso perdonare a Marina Tadde. Quando mi hanno trombato ha scritto il pezzo più velenoso di tutta la stampa nazionale.

Le tre studentesse giocano con i telefonini. Ridacchiano, forse per smaltire la tensione. Il giornalista del «Guardian», avendo finalmente capito che c'è stato un omicidio, reagisce con flemma inglese intervistando Pitrone con l'iPhone.

«Perché Triassi non aveva sua scorta di protezione? Ma lo Stato italiano sapeva che lui veniva a Palermo dove Cosa Nostra è molto comandante e ha sempre ucciso uomini di antimafia. Don Franco, lei ha paura?».

Scendo la scalinata, una poliziotta con il fratino blu fuma una sigaretta appoggiata alla balaustra.

Mi torna la voglia di fumare.

Sul portone due agenti impediscono l'accesso a estranei e giornalisti. Scivolo fuori, cercando di svicolare nel caos di auto blindate, volanti con i lampeggianti accesi, fly televisive, telecamere, curiosi di passaggio, ragazzini sugli scooter. Giro l'angolo, nessuno si è accorto di me.

«Saverio» mi sento chiamare.

Matteo Pipitone dell'Ansa, seduto su uno scalino, addenta un'arancina.

«Vieni da su?» mi chiede.

«Che vuoi sapere?».

«Hai chiamato tu la polizia, vero?».

«Sì. Le notizie girano in fretta».

«Saverio, faccio questo lavoro da vent'anni. Che sai?».

«Hanno ammazzato Triassi».

«Dai Saverio, non scherzare. Hai notato qualcosa di strano?».

«Era morto, pieno di sangue, buttato sul letto della sua stanza. Va bene così?».

«Hai scattato foto?».

«Foto?».

«Sì, col telefonino. Hai fatto una foto? Un video?».

«Matteo, ragioni o sei diventato cretino?».

«Lo so, Saverio, ma quelli del sito vogliono foto o video. Delle notizie non gliene frega più niente a nessuno».

«Matteo, storia di froci è».

«Vabbè, hai sempre voglia di babbiare».

«Stai attento, Matteo, ti sei sporcato la camicia. Buon lavoro».

Lascio Pipitone concentrato sulla macchia d'olio della camicia, risalgo per via Alloro, arrivo a piazza Magione, sbuco in via Garibaldi. Posso rallentare il passo.

Adelante, con juicio.

Ci vorrebbe Teresita, pure se questa non mi pare frase sua.

Entro in un bar, iris al forno con ricotta e caffè. Àcito e umito sono i mali di Palermo, tanto si sa.

La televisione senza volume su Tgcom, sullo schermo scorre il serpentone delle ultime notizie: «Omicidio Triassi, si indaga sulla pista personale».

«Minchia, si scannano tutti 'ntra iddi» commenta uno sollevando la testa dalla schedina del Gratta e Vinci.

«Parrini e sbirri. Schifìu» replica il barista.

Si scannano fra di loro. Trent'anni fa lo dicevamo dei mafiosi. Il mondo cambia, le parole rimangono le stesse.

Quasi quasi vado a trovare papà. E stanotte dormo lì, nella mia stanzetta da ragazzo, sul muro ancora il poster di Gilles Villeneuve. Non voglio tornare in convento.

Minestra di tenerumi.

Io e papà mangiamo in silenzio al tavolo della cucina.

«Ti piace?» chiede papà.

«Buona, non la mangiavo da anni».

«Quando eri bambino non ti piaceva».

«L'hai fatta tu?».

«Ma che dici? Manco le uova mi so cucinare. L'ha preparata Maricchiedda».

«Ancora viene Maricchiedda? Quanti anni ha?».

«Più vecchia di me e più testona di me. Ci sono discussioni ogni due per tre. Ma che ci vuoi fare, è fidata e sa come prendermi».

È avanzata un po' di pasta con i tenerumi nel fondo della pentola, la spartisco nel mio piatto e in quello di papà.

«A Màkari come va?» fa lui.

«Una meraviglia. Devi venire a vedere».

«Bah, lì va tutto a rotoli».

«Ho sistemato tutto. Pare nuova».

«Piccionello si comporta bene?».

«Una colonna».

«Una colonnetta, semmai. È alto un metro e basta».

I canarini cantano nella gabbia in veranda.

«Non ti fanno pena?» chiedo.

«Chi? I canarini? Gli do da mangiare, gli do da bere. Che vogliono di più?».

«La libertà».

«Saverio, questa cosa della libertà è troppo esagerata. Tu sei libero, no? E che te ne fai?».

«Me la godo».

«E ognuno si gode la gabbia sua. Vabbè, sparecchia tu che io vado a riposarmi. Alle quattro e mezzo passa Mimì, andiamo al circolo a giocare a burraco. Tu che fai?».

«Passo tempo».

«E bene fai. La tua stanza sai dov'è».

Lavo piatti e bicchieri, li metto a scolare sul lavello. Mio padre torna in pigiama.

«Questa storia di Triassi com'è?».

«Storia di omosessuali».

«Brutta morte. Tu hai problemi?».

«I soliti».

«Allora dormo tranquillo. A dopo».

Accendo la televisione. Mi riguardo un pezzo di film su Retequattro con Michael Douglas che fa Gekko.

Giro col telecomando, trovo un tg.

Il vicequestore Randone in diretta.

«... il giovane era da noi attivamente ricercato... abbiamo trovato alcuni inoppugnabili elementi a suo carico... l'analisi del Dna potrà definitivamente dare valore scientifico alle ipotesi di indagine che ormai purtroppo sono abbastanza delineate... una doppia tragedia».

Una doppia tragedia.

Telefono a Franco. Risponde al primo squillo.

«Saverio, Kevin si è impiccato».

Minchia.

«Si è ammazzato per colpa mia».

«Tu non c'entri, Franco».

«Dovevo stargli vicino, Saverio. E ora come faccio?».

Lo sento piangere al telefono.

I canarini cantano forte dalla gabbia.

Cammino per strada, le mani in tasca, a mangiarmi tutti gli odori di Palermo.

Penso a Kevin. Lo hanno trovato ad Acqua dei Corsari, impiccato a una trave di ferro di un capannone abbandonato. Caso chiuso. Addio, Balla Coi Lupi.

Ho sentito Suleima, era al mare con un'amica.

«Tesoro, qui è tutto una follia» le ho detto.

«Questa l'ho già sentita».

«Hai ragione. È un libro di John Fante, l'ho comprato ma non l'ho mai letto. Mi piaceva il titolo».

«Domani a pranzo non lavoro. Che dici se vengo a Palermo e poi torniamo assieme?».

«E me lo chiedi?».

Devo sbrigare la pratica con l'ex depresso se voglio essere libero domani.

Chiamo la questura.

Anzi, no. Non me lo passeranno mai al telefono. Ci vado direttamente. Sono testimone oculare di un delitto, mica possono dirmi: passi più tardi. Percorro corso Alberto Amedeo, infilzo Porta Nuova, sbuco nella Villa Bonanno con le sue palme morte, arrivo alla squadra mobile.

«Il dottor Randone?» faccio al piantone.

«Lei chi è?».

«Lamanna. Devo testimoniare per l'omicidio Triassi».

«Vada lì, lasci un documento e salga su alla sezione omicidi».

Eseguo. I poliziotti a Palermo sono più flemmatici del giornalista del «Guardian». Passano venti minuti buoni prima di certificare la mia esistenza in vita di testimone oculare.

Al piano, Randone mi viene incontro. Sembra contento di vedermi.

«Scusa, Lamanna, una giornataccia, puoi immaginare».

«Passavo di qui».

«Hai fatto bene, così chiudiamo il verbale. Alessi, mettiti al computer e scrivi».

Per fortuna Alessi è veloce alla tastiera.

Facciamo in fretta. Io sottoscritto, eccetera eccetera, identificato a mezzo di carta d'identità numero, eccetera eccetera, trovandomi nella notte a pernottare presso il noto convento, eccetera eccetera, avvertivo alle ore due e trenta circa del mattino rumori ai quali non prestavo particolare attenzione, eccetera eccetera, svegliato di soprassalto dal Pitrone don Franco mi rendevo immediatamente conto dell'accaduto, eccetera eccetera, al che con il mio personale telefono portatile avvertivo il 113, eccetera eccetera, conoscevo superficialmente il Triassi Simone per ragioni connesse al mio lavoro, eccetera eccetera, letto e confermato, Palermo in data odierna, eccetera eccetera.

Firmo, una copia mi viene consegnata, la piego in quattro e la metto in tasca.

«Allora, Randone, sono libero?».

«Libero come l'aria, Lamanna. Magari più in là ti chiamerà il magistrato, ma non credo perché non si farà nemmeno il processo. Reato estinto per morte del reo, si dice».

«Posso andare?».

«Aspetta, Lamanna, vieni nel mio ufficio».

Non finisce mai questa storia.

I calendari appesi alla parete, lo stemma dell'Fbi sulla scrivania, le menzioni e gli encomi incorniciati sopra la poltrona, il modellino di una volante sulla cassettiera, penne stilografiche, la coppa di un torneo di calcio tra forze dell'ordine, il disegno di un bambino con scritto sotto AL MIO PAPÀ, un pacchetto di Camel blu.

«Vuoi una sigaretta?» chiede Randone andando a sedersi.

«Ma qui si può fumare?».

«Qui decido io. Se fumi però apriamo la finestra».

«No, ho smesso di fumare».

«Bravo, pensa alla salute. Lamanna, cosa possiamo fare?».

«Cosa?».

«Per Giovanna, dico, se ci puoi mettere una buona parola e farla avvicinare a Palermo».

«Bisogna trovare una motivazione».

«Mio figlio è un po' dislessico. Non molto, per fortuna; ma forse per il trasferimento può bastare».

«Fammi avere qualche documento e vediamo cosa si può fare».

«Te li mando al ministero?».

«E dove sennò?».

Sulla scrivania di Randone, un fascicolo con il nome Simone Triassi sulla copertina.

«È finita, dunque?» chiedo.

«Per fortuna è finita presto. Fra tre giorni parto e vado al mare».

«Hai detto che ci sono elementi d'accusa inoppugnabili».

«Sì, nella stanza di Triassi abbiamo trovato questo» cerca tra i faldoni accatastati sul tavolo, «dove cazzo è messo? Ah, eccolo».

Un foglio di carta con il titolo del convegno. Al centro una frase a stampatello TRIASSI MORTO circondata da simboli.

Stelle, quadrati, croci, teschi.

«La grafia è quella di Cucurullo» dice Randone, «per scrupolo faremo la perizia calligrafica, ma si vede a occhio nudo che lo ha scritto lui».

Stelle, quadrati, croci, teschi.

«Devo andare, Randone».

«Lamanna, aspetta, prendi un caffè?».

«No, devo andare».

«Ti mando tutto al ministero, allora?».

«Certo. Al ministero. E dove sennò?».

«Giovanna Curtopelle, ricordatelo» mi grida dietro nel corridoio».

«E chi se lo scorda».

Ho il respiro pesante, devo rallentare.

I macellai hanno acceso le lampadine da duecento watt. Nei vicoli di Ballarò è già buio.

Vado di fretta.

Vado di corsa.

Macerie, balconi, portoni, impalcature, tubi Innocenti, lavori in corso, moto smarmittate, pane e panelle, mussu e carcagnolo, divieto di sosta.

Vado di corsa.

Lasciate libero lo scarrozzo, focacceria, carnezzeria, chi butta la munnizza è curnutu, forza Palermo, sciarpe rosanero, accura ca sbandi.

Vado di fretta.

È bellu cavuru è bellu vieru, sfincionello, tastalo chi cuosi belle, babbaluci, cucuzzedda lunga, muluni d'acqua, muluni bianco, semaforo, rosso, fermi, verde, via, accura, ma chi fa nun ci viri.

Non ce la faccio più.

Sono al convento.

I giornalisti si sono spostati da qualche altra parte, è rimasto solo il furgone bianco della Rai.

Mi appoggio al portone chiuso. Devo prendere fiato. Devo riprendere fiato.

La mano al petto. Ora mi viene un infarto, penso. Addio Màkari. Addio Suleima. Addio Teresita. Ci resto secco. Morire a Palermo. E dove, sennò? Non c'è posto migliore per lasciarci la vita.

Il citofono. Busso. Busso ancora.

«Cu è?».

«Signora Tilde?».

«Cu è?».

«Lamanna» non riesco a parlare. «Lamanna sono. Si ricorda? Ho dormito qui questa notte, sono venuto a riprendere la mia borsa».

«Ci apro».

Risalgo piano la scala. Non ho più polmoni. In cima mi aspetta la vecchia in pantofole.

Prendo la borsa, ficco dentro la maglietta usata per la notte, la camicia del giorno prima buttata a terra, il tablet.

«Don Franco c'è?» chiedo, «quanto lo saluto».

«Mischino, don Franco. Troppi dispiaceri».

«A chi lo dice. È nel suo ufficio?».

«Là» indica il fondo del corridoio.

Franco Pitrone al buio, seduto alla scrivania nel vago chiarore della finestra.

«Saverio, tu sei?».

«Sì, Franco».

«Entra».

Mi siedo. Ora siamo solo due ombre.

Due ombre in silenzio.

Franco dice qualcosa. Non capisco bene.

«Cosa dici?».

«Sono andato a trovarlo, povero figlio. Mi ha perdonato».

«Te lo ha detto?» mi pento del sarcasmo.

«Sì, me lo ha detto. L'ho baciato in fronte, sembrava dormisse. Aveva una specie di sorriso sulle labbra. E così mi ha perdonato».

«Ti ha perdonato. Da morto».

«Padre, perdona loro perché non sanno quello che fanno».

«Franco, non fare il prete con me».

«Sono sempre un prete. Con te, con Kevin, con tutti».

Adesso gli tiro un pugno, penso.

Stendo il braccio sopra il tavolo, sopra i suoi libri, i suoi vangeli, i ritagli di giornali, *L'imitazione di Cristo* e l'ultimo numero di «Famiglia Cristiana».

Un pugno e me ne vado. Cosa devo dire di più?

Adelante, con juicio.

Tiro un respiro con la bocca.

«Kevin l'hai ammazzato tu» sbotto.

«Hai ragione. Quando si è presentato qui per la prima volta gli avevo detto di restare, gli avevo promesso che non l'avrei abbandonato mai, che l'avrei protetto dal mondo».

«Franco, lascia perdere le promesse. Gli hai messo la corda al collo».

«Fai bene a dirmi così. Sei un amico, Saverio. Merito i tuoi rimproveri».

«No, Franco, non sono tuo amico».

«Non sei mio amico?» ora la voce di Franco è sorpresa.

«No, non sono tuo amico».

Accende la lampada sul tavolo, la luce illumina le carte, una porzione del suo volto resta nell'ombra.

«Franco, io lo so che tu hai ammazzato Kevin».

«Sei impazzito?» mi chiede allarmato.

«No, io lo so. Il foglio, Franco, quello con gli scarabocchi».

«L'ha scritto Kevin. Il magistrato mi ha detto che la calligrafia è la sua».

«Lo so che l'aveva scritto lui. L'aveva dimenticato in refettorio. Ma sono stato io a infilarlo sotto la porta del tuo ufficio. Solo tu potevi metterlo nella stanza di Triassi. Perché lo hai fatto?».

Da fuori arriva la musica di *Summertime*.

Franco Pitrone tormenta con le dita l'angolo della pagina di un libro.

«Parliamoci chiaro, Saverio».

«Io ho parlato chiaro. Parla chiaro tu, se sei capace».

«Vedi Saverio, questa è una città insanguinata».

«Non girarci attorno, Franco. Perché lo hai fatto?» sto gridando.

«Fammi spiegare, Saverio».

«Perché lo hai fatto?» la voce mi si strozza.

«Simone Triassi stava rovinando tutto. Kevin l'ha ucciso per amore mio. L'ha fatto solo per me».

«E tu lo hai ripagato così».

«Saverio, ti prego, fammi parlare. Palermo è una città insanguinata. Lapidi, commemorazioni, strade, piazze, alberi. Tutto parla di morte. Tutto parla di mafia, ma parla anche di una lotta eroica, grandiosa, titanica tra il bene e il male, tra i giusti e gli ingiusti. Tu lo sai che da una vita cerco di tenere insieme questo fronte. Ma il lato giusto è fragile, esposto alle ambizioni personali, ai fanatismi, alla cecità della buona fede, alla corruzione del potere. Triassi portava scompiglio, divideva con l'accetta del moralismo feroce i buoni dai meno buoni, i puri dagli impuri. Ma per vincere questa lotta ci vogliono anche i meno buoni, gli impuri».

«Impuri come te».

«Sì, come me. I peccatori, quelli che non hanno paura di sbagliare perché sanno che ci sono voluti i morti, gli errori, il martirio e l'ambizione per arrivare dove siamo arrivati oggi. E molto altro ancora c'è da fare. Ma uniti, Saverio. Uniti e non divisi, come voleva Triassi. In pochi, seppure giusti e puri, si perde la guerra. Non esistono eroi solitari, Saverio. Gli eroi solitari vengono sempre sconfitti».

«E Kevin ci ha creduto, vero? Gli hai riempito la testa di queste cazzate, Joe Bonanno, Magaddino, Michele Greco, le vittime, le lapidi, merda e sangue, buoni e cattivi, la lotta del bene contro il male, la grande battaglia del secolo».

«Viveva accanto a me, ogni giorno. Si era legato come un figlio. Più di un figlio, perché lo avevo scelto tra molti. Era sensibile, povero ragazzo. Ogni mio dispiacere era per lui una ferita. Odiava chi mi faceva stare male. Odiava Simone Triassi. Ma io non l'ho mai incoraggiato, mi devi credere, Saverio».

Una sirena d'ambulanza copre le ultime parole di Franco Pitrone.

Afferro un tagliacarte dalla scrivania, colpisco di punta il legno morbido del tavolo. Franco sussulta.

«Era un ragazzo, Franco. Era solo un ragazzo. Ho visto la sua data di nascita: 7 dicembre 1992. Che ne poteva sapere lui di quello che era successo a Palermo? Che ne sapeva delle autostrade che saltavano in aria, della gente che piangeva per strada, della notte di pioggia sulla città, delle luci accese a palazzo di giustizia e delle mani sulle bare? Era un ragazzo, ma gli hai gonfiato i pensieri. Era facile, no? Due storie raccontate bene, quattro ritagli di giornale, qualche foto, la retorica del reduce di quegli anni. Non deve finire mai questa guerra, Franco?».

«Non può finire proprio ora che stiamo vincendo».

«No, Franco. Non finisce mai perché non volete farla finire. C'è sempre un'altra guerra da fare. Solo che quella lì era vera, con i morti ammazzati. Ma questa è una guerra finta, per un titolo di giornale, per una casella sulla scacchiera, per dimostrare chi sta dalla parte più giusta. Perché c'è sempre uno più giusto degli altri, vero Franco? Che ne sapeva Kevin di tutto questo? Credeva in te e gli hai fatto credere che la guerra vera fosse questa qui, lo hai imbottito di risentimento, di disgusto. Gli hai passato i tuoi ricordi, le tue sconfitte, i tuoi desideri».

Franco batte il pugno sul tavolo.

«Che dici? Cosa stai dicendo? Ho fatto il mio dovere. La memoria, Saverio, la memoria di questa città è sacra. È un esempio per il mondo. Certo, inutile spiegarlo a te che sei scappato via per dimenticare tutto».

«Sono scappato via per vivere. Senza questo peso, senza questa zavorra che ti gonfia il petto e ti fa misurare le persone sulla distanza dai morti. Non ne potevo più di quelli come te, Franco, che pesano la loro morale e quella degli altri sulle tombe degli eroi».

«Non ho ammazzato Kevin. E nemmeno Triassi. È stato Kevin, lo sai anche tu».

«Hai ragione. È stato Kevin. Ha ammazzato Triassi per farti un piacere, per eliminare la causa delle tue angustie. Fedele. Come un figlio. Magari dopo è venuto anche a dirtelo».

Franco ha un singulto. Mi sembra stia piangendo, ma non vedo bene. Si è tirato indietro dalla luce, rintanato nell'ombra.

La marmitta di un motorino rompe il silenzio, fa tremare i vetri prima di allontanarsi nella notte, copre le parole di Franco.

«Aveva occhi stralunati, le mani piene di sangue. Ha voluto confessarsi, con un prete, con suo padre. Cosa può fare un prete, un padre? L'ho perdonato, in nome di Dio che attraverso me somministra la sua clemenza. Gli ho lavato le mani, i piedi, come fece nostro Signore Gesù».

«Prima lo hai perdonato, dopo lo hai fottuto. Bravo prete. Bravo padre».

Franco Pitrone non risponde. Abbassa la testa sul petto, con il pugno chiuso si colpisce all'altezza del cuore. Sento il rimbombo della cassa toracica.

«Mea culpa, mea culpa, mea maxima culpa».

«Non ti serve a niente il latino. Perché lo hai fatto?».

«Simone Triassi non poteva diventare un martire. Sarebbe stata la rovina per l'antimafia, per me, per tutti. Triassi era morto, non c'era più niente da fare. Il corpo era sul letto, scomposto, già quasi svestito. Suggeriva qualcosa».

«Gli hai abbassato le mutande per farla sembrare una storia di froci».

«Non usare queste parole, Saverio. Ho pensato che era meglio così. Ho sbagliato, lo so. Ma Kevin sarebbe stato scoperto, prima o poi. Con tutte queste diavolerie di Dna, di polizia scientifica, avrebbero capito che era stato lui. Ho voluto soltanto evitare malintesi, dare una ragione privata a un delitto che poteva altrimenti diventare deleterio per la grande battaglia contro il male assoluto».

«Per non farlo sembrare quello che era, hai sacrificato tuo figlio».

«Saverio, anche nostro Signore sacrificò il suo unico figlio per la salvezza degli uomini».

«Hai messo in croce Kevin e gli hai piantato i chiodi».

Non ce la faccio più. Devo riprendere fiato.

Franco ora piange. Gli viene fuori una voce da bambino grasso.

«Non l'ho ucciso io, non sono stato io. Non ho ucciso nessuno».

Non riesco a sopportare il suo lamento.

Esco dall'ufficio.

Torno indietro.

Pitrone singhiozza al buio.

«Franco, ho dimenticato una cosa. Mi fai schifo».

Gli sputo addosso.

Una nave con tutte le luci accese taglia il mare fermo.

Resto a guardare fin quando scompare dietro Capo Zafferano.

Le automobili corrono veloci alle mie spalle.

Sull'erba secca del Foro Italico tento di indovinare il profilo di Monte Pellegrino.

Si avvicina un ragazzo.

«Hai una sigaretta?».

Allargo le braccia, scuoto la testa.

«Magari».

Le luci del porto brillano nell'afa della notte.

Palermo. Come si fa a vivere qui?

Provo a sentire Teresita.

Niente, tablet scarico.

Batería baja.

L'odore marcio del mare.

Il telefono.

«Dove sei?» chiede Suleima.

«Al mare».

«Domani mattina sono da te».

«Ti aspetto».

«Dove?».

«Mi trovi qui».

«Non ti muovere».

«Non mi muovo».

Da qualche parte, verso Bagheria, si accendono giochi di fuoco. Scoppiano nel cielo buio. Senza rumore.

Il fatto viene dopo

«La smetti di rigirarti come un pollo allo spiedo?».
«Chi è?» rispondo nel sonno.
«La tua cattiva coscienza».
«Quando sei tornata?».
«Da poco» sussurra Suleima.
«Sono le tre».
«C'è stata una cena».
«Lo immaginavo: è un ristorante» farfuglio.
«Cretino. Era una festa, nozze d'oro».
«E cosa avevano da festeggiare?».
«Non puoi capire».
«È vero. Va oltre le mie possibilità».
«Comunque, smetti di rigirarti. Cosa hai mangiato?».
«Melanzane ripiene, le ho prese in rosticceria».
«Una cosina leggera, oggi in effetti c'erano appena trentasei gradi. Hai preso anche la polenta con le spuntature di maiale?» dice Suleima, passandomi la mano fra i capelli.
«No, solo il brasato al barolo. Ma per contorno».
Mi è passato il sonno.
«Per questo ti rigiri».
«Fa caldo».

«E la melanzana si ripropone».

Suleima si appoggia su un gomito. Se non fosse così bella me ne sarei già andato da Màkari, come avevo promesso a me stesso un mese fa arrivando in Sicilia.

«Ma come si fa?» le chiedo.

«A fare cosa?».

«Niente, parlavo tra me».

«E cosa ti raccontavi?».

«Che non ce la faccio ad andare via da te».

«E allora resta ancora un po'».

«Hai ragione, allora parto più tardi» e le rotolo addosso per mangiarla.

C'è quest'ora del mattino, fra le quattro e le cinque, per intenderci, che mi fa sempre una strana impressione. Penso che a quest'ora un uomo torna a casa da solo con le mani in tasca e osserva i semafori della sua città che lampeggiano di giallo. Penso che una donna sta chiamando un taxi da un indirizzo che conosce a malapena per non passare quel che avanza della notte in un letto non suo.

È che mi viene la vena poetica, tra le quattro e le cinque del mattino. E pure voglia di fumare.

L'unica poesia della mia vita – avevo quindici anni, credo sia perdonabile e ora si può perfino confessare senza troppa vergogna – l'ho scritta fra le quattro e le cinque del mattino, seduto al davanzale di una finestra, sull'ultima pagina di un libro di Ungaretti. Poi mi è venuto un sonno profondo, dal quale sono riemerso alle tre del pomeriggio quando mia madre mi ha cacciato fuori dal letto e, rileggendo la poesia, mi sono accorto che era una gran cacata. Ma prima dell'alba ancora funzionava, sembrava quasi vera.

Suleima dorme con un piede fuori dal lenzuolo.

Mi avvicino: mormora qualcosa piano, non capisco se dice piacere o sapere.

Non ho più sonno. Mi prendono i pensieri, a quest'ora qui.

Vado su Google, cerco il nome del sottosegretario che mi ha licenziato – quello stronzo, dopo quattro anni persi a spiegargli la differenza tra un comunicato stampa e una minchiata col giummo – tanto per sapere se è vivo o morto. È vivo, naturalmente, e combatte assieme a noi. Anzi, contro di noi, contro di me.

C'è perfino il video di una sua intervista rilasciata a «Linea Blu». Che cazzo c'entra lui con «Linea Blu»?

Il mare qui davanti è tutto buio e lucido nella notte. Nessun chiarore, è presto per l'alba.

Apro il video. Sulla motovedetta dei carabinieri, incerto sull'onda lunga, vestito come Jack Sparrow alla prima comunione, il sottosegretario che mi ha licenziato dalla mia comoda stanzetta al pian terreno del Viminale si sofferma sulla questione dell'immigrazione clandestina, sottolinea la necessità di più salde misure, invoca l'apporto delle risorse europee, auspica piena collaborazione e sinergia (dice proprio così «sinergia», eppure glielo avevo insegnato a bacchettate sulle dita che questa parola ormai la dicono soltanto gli assessori di paese), concludendo con uno sguardo di tre quarti sul mare aperto che nemmeno l'ammiraglio Nelson avrebbe saputo fare di peggio.

Gli sputo metaforicamente attraverso YouTube. Se vuoi, condividi questo scaracchio sulla tua pagina Facebook.

Il pensiero del sottosegretario che mi ha licenziato perché un sabato di giugno, due mesi fa, ho diramato un comunicato nel quale, per la prima volta, gli facevo esprimere un'opinione sensata sulle droghe leggere – il problema, semmai, stava nel fatto che quella era la *mia* opinione, perché lo stronzo mai ha avuto una qualsiasi idea oltre la linea d'orizzonte dei cazzi suoi – mi fa diventare Elio Vittorini. E così, fra le quattro e le cinque del mattino, sono in preda ad astratti furori. Non dirò quali, non di questo mi son messo a raccontare. Ma bisogna che dica ch'erano astratti, non eroici, non vivi; furori, in qualche modo, per il genere umano perduto.

Dove occorre precisare due cose. Il genere umano sono io. Perduto è il mio conto corrente, a secco da due mesi, e questo spiega il mio ritorno a Màkari. Genere umano perduto a Màkari. Perduto a sistemare la casa dove papà non vuole più mettere piede da quando è morta mamma, perduto a superare quest'estate che non vuole saperne di finire.

Guardo il piede di Suleima fuori dalle lenzuola.

Genere umano perduto, ma non proprio del tutto.

Smanetto su «Repubblica.it», mi assicuro che la crisi economica non sia finita d'improvviso, ma vengo confortato dai dati Istat dell'ultimo trimestre: la recessione c'è ancora, non sono l'unico disoccupato d'Italia, siamo in tre milioni e puntiamo ad essere molti di più.

Vado a controllare il mio conto corrente. Ogni volta sembra di dover leggere le analisi del sangue, oddio, adesso scopro che mi restano sei settimane di vita. Quando lo stronzo di sottosegretario mi ha licenziato, avevo novemilasettecento euro sul conto, un po' se ne sono andati per rimettere a posto la casa di Màkari, un po' per campare, ora sono praticamente sull'orlo della rovina.

Una scritta in verde mi illumina di immenso: è arrivato il bonifico dell'editore. Non è granché, ma tiro un sospiro, come quando il medico dice, niente di grave, però prendi l'antibiotico per cinque giorni.

Quel romanzetto giallo che ho scritto in fretta e furia sulla storia che mi era successa a Palermo – avevano ammazzato uno dell'antimafia a un convegno antimafia e mi ci ero trovato in mezzo per caso – aveva avuto una certa fortuna. Ero riuscito a farlo avere a un editore e a pubblicarlo. Ne avevo avuto il mio quarto d'ora di celebrità. E ora la vera soddisfazione: il bonifico dell'editore, il mio conto corrente salvo dal rischio mortale di asfissia.

Una sigaretta ci starebbe bene, ma devo ricordarmi che ho smesso di fumare.

Apro il sito del «Corriere della Sera», il Papa ha detto qualcosa che rivoluzionerà la Chiesa. Provo a leggere, non capisco bene se c'entra il sinodo o il concilio, alla prima citazione dell'enciclica *Lumen Fidei* passo sull'ultimo video di Rihanna annunciato come scandalo sexy, ma non si vede nemmeno una tetta.

Guardo dalla finestra, il cielo sembra rischiararsi.

«Che fai sveglio? Vieni a dormire» dice Suleima, rigirandosi.

«Aspetta, prima controllo Formentera».

«Uffa, ma allora sei veramente malato».

Inserisco su Google le due parole che rappresentano il mio futuro di imprenditore di successo: granita and Formentera.

Chiudo gli occhi. Li riapro lentamente sullo schermo, temendo la mazzata. Invece niente. A Formentera ancora nessuno vende granite. Se ci arrivo prima degli altri, divento ricco.

«Com'è andata?» chiede Suleima.

«Benissimo, non ci ha pensato ancora nessuno».

«Infatti, non ci sono così tanti imbecilli nel mondo».

«Parla, parla. Vedrai. Lo sai come si dice granita in spagnolo?».

«No, ma sopravvivo lo stesso».

«Granizado».

«Bene. Adesso spegni la luce, per favore».

«Granizado. Suona bene, no? Granizado».

«Spegni la luce».

Spengo. Mi rimetto a letto. Guardo il soffitto, adesso fuori deve essere quasi chiaro.

«Granizado» sussurro.

E sprofondo veloce nel mio sonno granizado.

Mi sveglio tardi. Suleima deve essere già fuori, sono quasi le undici. E fa caldo. Chi dice che in Sicilia non c'è più il clima di una volta, passi stamattina da queste parti.

Raccatto il tablet, controllo la temperatura di Formentera. Caldo e ventilato, cielo terso.

Buenos días!

«Buenos días» rispondo.

Teresita parte in automatico. È fatta così.

¿Dónde vas?

«Non so».

¿Dónde vas?

«¿Dónde vas? ¿Dónde vas?» mi spazientisco.

Quando ho scaricato Teresita sul tablet per imparare lo spagnolo – non si può andare a vendere granizado a Formentera senza sapere una parola di castigliano – avrei dovuto diffidare. Era troppo gratis per essere una buona app. E ora me la tengo così com'è: dispettosa.

¿Hay algún problema?

«No, per fortuna».

¿Hay algún problema?

«¿Hay algún problema?» ripeto, altrimenti non smette più.

No, usted tiene un problema.

«Non tengo nessun problema, Teresita».

No, usted tiene un problema.

Vabbè, ho capito. Meglio spegnere Teresita e preparare un caffè.

Metto i piedi giù dal letto. E scopro che ho l'acqua in casa, ma senza tubi. Il pavimento è allagato.

Usted tiene un problema.

Sì, tengo un cazzo di problema.

Sguazzo nella mia palude personale, c'è acqua dappertutto.

Da dove arriva? Esploro casa. La lavatrice piange a dirotto.

Tiene un problema, è evidente.

Di conseguenza lo tengo anch'io.

Ramazzo, spingo acqua fuori dalla porta, asciugo, strizzo.

Niente da fare. Cerco una valvola, un rubinetto, un interruttore per fermare l'alluvione. Non c'è. Non esiste. O meglio: non so dove minchia è.

La lavatrice se ne sta quieta a eruttare acqua, mentre il Titanic affonda.

Mi carico di coraggio. In mutande, maglietta e ciabatte esco da casa, percorro ventidue metri, busso alla porta verde e tiro un respiro profondo.

La porta si schiude.

Indosso il miglior sorriso del mio guardaroba.

«Ciao Peppe, ho la casa allagata».

Peppe Piccionello mi squadra dalla testa ai piedi. Non risponde.

«Deve essere la lavatrice. Anzi, è la lavatrice. Butta acqua» dico.

Se una notte d'inverno un viaggiatore avesse bussato a casa di Piccionello avrebbe ricevuto migliore accoglienza.

«Tu conosci bene la casa. Sai dov'è la valvola generale dell'acqua?».

«Al posto suo» dice Peppe.

«Peppe, ti prego. Siamo amici».

Intuisco che sto sbagliando.

«Ah, ora siamo amici».

«Siamo sempre stati amici. Mi conosci da sempre, conosci la mia famiglia».

«Lascia stare tuo padre che è un galantuomo e quella santa donna di tua madre, buonanima».

«Va bene, Peppe. Capisco che sei incazzato».

«Ah, capisci?».

«Peppe, credo che tu stia esagerando».

«Hai ragione. Come ho fatto a non pensarci? Mi prendi per il culo, dici a tutti che sono alto un metro e basta, scrivi che giro sempre in mutande».

«Come vedi anche io sono in mutande» provo a scherzare.

«Quelle sono le tue mutande e ci scrivi sopra quanto ti pare, tu invece hai scritto sulle mie mutande».

«Ma guarda che è stata una cosa affettuosa».

«Come no. Affettuosissima. La prossima volta che fai? Mi tiri un calcio nelle palle?».

«Peppe, è solo un racconto. Cose di fantasia».

«Certo, mi ha chiamato pure mia cugina da Vercelli e mi ha sfottuto per mezz'ora al telefono».

«Peppe, ti giuro che non scriverò mai più una parola su di te».

«Chi se ne fotte. Tanto il danno lo hai già fatto».

«Peppe, ho la casa allagata. Dimmi dove sta il rubinetto generale e non ti disturbo mai più».

«No, non te lo dico. Fattelo spiegare da chi ti ha pubblicato il libro».

«Ma che ne sa il mio editore dove sta il rubinetto?».

«Mettici un po' di fantasia. Sei bravo o no?».

E Peppe Piccionello mi richiude la porta in faccia. Ecco i danni della letteratura di consumo.

Ritorno a casa. Lenta e inesorabile, la palude tracima fuori.

Mi viene in mente *Laguna blu*, solo che qui non c'è manco Brooke Shields mezza nuda, ma l'acqua che risale su per i lembi bagnati del divano.

Il telefono. Certo. Se non ora, quando? Da qualche parte esisterà uno studio sulla relazione diretta tra rete telefonica e rete idrica. Vuoi mettere che il Massachusetts Institute of Technology non abbia studiato l'algoritmo in base al quale il telefono suona sempre quando sei sotto la doccia o, come adesso, con la casa allagata?

«Ciao Saverio, come stai?». Il mio avvocato.

Quando ti chiama l'avvocato, il commercialista o la banca sono guai. Valerio Raimondo è un amico, ma sempre avvocato è.

«Con i piedi a mollo, avvocato mio».

«Beato te, sempre al mare».

«Gente che può. Io può».

«Qui a Roma si schiatta di caldo, puoi immaginare. Sei in Sicilia, vero?».

«Sì, qui si schiatta di freddo. Aspetta un momento, c'è un orso polare che vuole un'informazione. Per il ghiacciaio eterno sempre dritto e poi la prima a destra».

«Saverio, ti girano bene le cose, vero? Hai voglia di scherzare».

«Benissimo. C'è gente che muore d'invidia quando passo io».

Con il telefono incastrato tra collo e orecchio continuo a cercare la maledetta valvola generale sotto i lavandini.

«L'altro giorno parlavo di te con Serena Bellavista» va avanti Valerio Raimondo, ignaro del mio dramma idrico.

«Con chi?».

«Serena Bellavista, lavora alla biblioteca nazionale di via Castro Pretorio».

«E che c'entri tu con Serena Bellavista?».

«È venuta da me per una questione legale. Ha un figlio di quindici anni».

«Io non ho responsabilità, vero?» mi allarmo.

«Ahi, ahi, Lamanna, coscienza sporca?».

«Non la vedo da una vita, te lo giuro».

«Lo so, Saverio, so tutto. Ma siete rimasti amici, no?».

«Valerio, vai al punto. Che vuoi da me? Non ho tempo di chiacchierare, qui c'è l'acqua alta».

«Pure in Sicilia? Come a Venezia, insomma».

«No, peggio. Dai, parla chiaro».

«Insomma, Serena ha un problema, tu non c'entri, stai tranquillo. Parlando parlando è venuto fuori il tuo nome. E così ho pensato che forse potresti aiutarla».

«In questo momento sono io che ho bisogno di aiuto. Non sai quanto».

In ginocchio, cerco sotto il bidet qualcosa che somigli a un rubinetto: datemi una valvola, vi asciugherò il mondo.

«Se sei d'accordo, le dico di chiamarti. È in Sicilia anche lei».

«La Sicilia è grande, Valerio».

«Lei è in vacanza dalle parti di Trapani, non è lontano da dove stai tu, giusto?».

«Detto da te che dici sempre che il Pigneto è fuori Roma».

«Roma è Roma, ma la Sicilia è un'isola, quindi deve essere piccola».

«Valerio, hai già deciso. Mi arrendo».

«Allora ti faccio chiamare. Ciao Saverio, divertiti. E attento ai ritorni di fiamma».

Un gorgoglio dalla lavatrice, quasi un risucchio. Provo ad aprire il rubinetto del bidet: una scolatura annuncia la fine del diluvio universale, l'arcobaleno è il segno che Dio si è riconciliato con me e con la mia stirpe. Infatti, si spalancano i cieli e la mia porta di casa.

«Cretino, la valvola generale è all'esterno, accanto al contatore».

Peppe Piccionello, pantaloni di lino bianco, camicia di lino bianco, infradito Havaianas bianche, fa il suo ingresso nello splendore del technicolor, retroilluminato dal sole, camminando sulle acque, mentre si aprono le onde del Mar Rosso.

Sono ancora inginocchiato, nella corretta posizione del peccatore non del tutto pentito. Mi mancano solo i fagioli sotto le rotule per l'espiazione secondo lo stile collegio cattolico irlandese d'anteguerra.

«Lo vedi che scrivi minchiate?».

«Hai ragione Peppe, mi pento e mi dolgo con tutto

il cuore dei miei peccati perché peccando ho offeso te infinitamente buono e degno di essere amato sopra ogni cosa».

«Non è vero che giro sempre in mutande».

«Lo vedo, hai ragione, ho scritto minchiate».

«Bene, adesso vado a cambiarmi perché i pantaloni lunghi portano malattie. E vado a cercare uno che aggiusta lavatrici».

«Hai ragione. Grazie Peppe, sei il mio Noè».

«Non ti allargare, però. La valvola è qui fuori, accanto alla scaletta».

«Terrò a mente».

«Sono tue quelle scarpe che galleggiano?».

«Sì, minchia, le Tod's nuove nuove».

«Così impari a scrivere fesserie».

«E mal me ne incolse».

Peppe Piccionello esce circondato da un'aureola di luce.

Ora mi tocca ramazzare, asciugare, strizzare.

Il telefono. Di nuovo.

«Ciao Saverio, sono Serena. È da un po' che non ci sentiamo. L'avvocato Raimondo mi ha detto di chiamarti. Come stai?».

«A mollo».

«Beato te. Io non ho fatto ancora un giorno di mare».

«Serena, ti dispiace richiamarmi fra mezz'ora? Adesso sono in immersione».

«Col telefono?».

«Sì, è una nuova tecnica: idrotelefonia in apnea».

«Va bene, ti chiamo più tardi».

«A tra poco, scusa la fretta, ma qui sotto c'è un gran traffico, è l'ora di punta del passaggio dei tonni».

«Cos'è successo?».
«Niente, pulizie di primavera».
«A luglio?».
«Lo sai come siamo in Sicilia, sempre un poco in ritardo».
Suleima guarda ancora la casa, lustra e luccicante di bagnato. Scruta il divano, segnato dalla battigia dell'umidità, sul quale sono sdraiato con la schiena a pezzi.
«Non avrai esagerato?» chiede togliendosi i pantaloni.
«Tu pensi? No, mi piace fare le cose perbenino».
Mi viene addosso a cavalcioni.
Lancio un urlo.
«Ti faccio questo effetto?».
«La lontananza sai è come il vento».
«E allora?».
«Fa dimenticare chi non s'ama».
«Che ti è successo?».
«Colpa sua» indico la lavatrice.
«Vabbè, vado a farmi una doccia» fa Suleima, risollevandosi.
«No se puede».
«Why?».
«Colpa sua» accuso la lavatrice.
«È facile scaricare le responsabilità sugli altri».
«Siamo senz'acqua. La maledetta si ribella al dominio dell'uomo».

«Benissimo, niente doccia. Sfumato il primo dei miei desideri per queste tre ore di pausa».

«E l'altro?».

Mi guarda con quel sorriso.

«Non te lo dico. Sei ridotto troppo male».

«Lo spirito è forte, ma la carne è debole».

«Saverio, invecchi a vista d'occhio. Stamattina dimostravi dieci anni di meno».

«Credo dipenda dal buco nell'ozono».

«Hai mangiato?» chiede Suleima.

«No, ma tanta acqua, dicono faccia bene».

«Ti preparo qualcosa?».

«Mi basta un bicchiere di cicuta fresca, con una spolverata di cacao in polvere».

«Giornata allegra, oggi».

«Ho spalato il mare».

Suleima mi stampa un bacio in bocca, mi mette le mani addosso, mi tocca dove l'anima è più sensibile e tutto questo, miracolosamente, funziona da analgesico. Quando ci rimettiamo in piedi sono guarito da ogni male, i miei pensieri lustri e lucidi come il pavimento di casa, un buco di fame al centro dello stomaco.

Sto lì a guardare Suleima che mette su la pentola per la pasta usando due bottiglie di acqua minerale, mentre taglio qualche datterino ben maturo e passo tutto a lei per preparare un sugo fresco. È bello stare così: l'olio che soffrigge, il bollore della pentola, dalla radio una vecchia canzone che ricorda altre estati.

Stappo una bottiglia di Insolia ben fredda.

Non mettiamo nemmeno i piatti, con le forchette peschiamo gli spaghetti pomodoro e basilico direttamente dall'insalatiera.

«Tu hai visto *Nove settimane e mezzo*?» chiedo.

«Saverio, quando sono nata io quel film era già vecchio di vent'anni».

«C'è una scena più o meno così».

«Con gli spaghetti al pomodoro?».

«Non ricordo, se vuoi controllo sull'iPad».

«No, lascia stare, altrimenti quella lì comincia a straparlare».

«Vuoi dire Teresita?».

«Insopportabile».

«Sbagli, lei ti stima molto».

«Ringrazio, ma non ricambio».

Finiamo il vino.

«Domani vado a Favignana. Mi accompagni?» le chiedo.

«Saverio, ti svelo una cosa di me che forse non sai».

«Dimmi».

«Io lavoro».

«Non ci credo. Non ti immaginavo così perversa».

«Purtroppo è una brutta malattia, si chiama bisogno».

«Dio mio, è contagiosa?».

«Sta diventando un'epidemia».

«Ti prego di adottare le opportune cautele».

Forse è meglio così, penso. Forse è meglio andare da solo.

Preparo il caffè.

«Che vai a fare?» mi domanda, girando il cucchiaino nella tazzina.

«Una vecchia amica ha bisogno di un favore».

«Vecchia quanto?».

«Uh, vecchissima».

«Più di ottanta o meno di quaranta?».

«Ad occhio, direi fra i quaranta e gli ottanta, ma più verso gli ottanta».

Mi prende un orecchio, me lo tira.

«Se fai lo scemo te lo stacco e lo servo fritto col cuscus di Marilù».

«Col cuscus no, ti prego, si infila dappertutto».

Due colpi alla porta e si spalanca.

«Interrompo qualcosa?».

Peppe Piccionello di nuovo in mutande. Le buone cose di pessimo gusto tornano sempre.

«Bussare no, vero?» faccio.

«Ho bussato».

«Lo sai come funziona, no? Si bussa, si aspetta, una vocina da dentro chiede chi è, allora si dice sono Peppe, posso entrare, disturbo, c'è nessuno».

Peppe nemmeno mi guarda.

«Suleima, lo ammazzi subito tu o lo faccio io?».

«No, pensaci tu che io vado a farmi mezza doccia con l'acqua Sangemini».

«Tra un'ora è tutto a posto» fa Piccionello.

«È arrivato l'uomo della pioggia» commento.

«Prepara un altro caffè e non dire minchiate, che hai ancora la condizionale. Sta arrivando mio compare Totò Salemi, il mago delle lavatrici».

Come farei senza Piccionello? Mi dispiace non poter scrivere più niente su di lui. È un vero peccato perdere uno così. Ma devo decidere: l'uomo o il personaggio. È il solito dilemma di noi autori di stampo pirandelliano.

La musica dei Tinturia in cuffia non riesce a coprire la frequenza vocale della bionda seduta dietro di me. Nella traversata in aliscafo da Trapani a Favignana imparo alcune cose decisive sulla vita della sconosciuta alle mie spalle che chiacchiera con un'amica.

Nell'ordine: l'ex marito non paga da un anno gli alimenti, lo scorso inverno non è potuta andare a Sankt Moritz, il tizio che l'aveva invitata in barca per quest'estate è scomparso con tutta la barca per sfuggire alle tasse, Londra non è più quella di una volta, Milano non è più quella di una volta, New York non è più quella di una volta, Dubai non si sa se è quella di una volta, ma forse meglio così, gli hotel a cinque stelle superior non offrono più i servizi di una volta, la crisi ormai è mondiale, bisogna scappare dall'Italia, questo non è un paese serio perché è sempre quello di una volta.

All'approdo a Favignana mi studio ben bene la vittima numero zero della crisi mondiale: al netto di chirurgia plastica, valigie Louis Vuitton, Rolex e bracciale d'oro del peso di un'arancina al burro, leggo la disperazione tra le rughe. Se anche i ricchi piangono, le loro ex mogli sono devastate dal segno meno davanti al Pil. Riesco a immaginarla in una mattina d'autunno, nel suo loft milanese, senza trucco, bip bip dell'iPhone sui dati trimestrali Istat e giù lacrime amare. Sapesse contessa, quanto mi pesa il Dow Jones.

Metto al massimo la voce di Lello Analfino con la sua canzone sulla vita del precario, lascio il passo alla bionda depressa Vuitton, sbarco in porto. Mi guardo attorno, Serena deve essere qui, da qualche parte.

Tre colpi di clacson, eccola, appoggiata a una Mehari bianca.

Me la ricordavo bella, ma dimentico che d'estate quelle belle si fanno ancora più belle.

«Stai bene» mi fa.

«Lo stesso non posso dire di te. Stai benissimo».

«Non cominciare a fare il cretino» sorride.

«Prendiamo un caffè?».

«Sì, ma poi andiamo al mare. Hai portato il costume?».

«Claro que sí, chica».

«Bene, però smonta quell'aria da Gran Seduttore, ci sono già cascata una volta».

«Pentita?».

«Fino a un mese fa avrei detto di no, adesso ti piglierei a legnate».

«Un mese fa?».

«L'avvocato non ti ha detto niente?».

«No».

«Quello è peggio di te».

Nuotare a bracciate lente nell'acqua fredda di Cala Azzurra. Accanto a Serena. Ora mi torna in mente perché mi piaceva: sapeva apprezzare il silenzio. Come adesso, a filo d'acqua, dove si attutisce il brusio della spiaggia.

Torniamo a riva, stesi al sole, le palpebre socchiuse nel bagliore.

La coscia di Serena sfiora la mia.
«Ci pensi mai che poteva andare diversamente?» sussurro.
«Sì, poteva andare. Ma è andata così».
«Mi hai lasciato tu».
«Non cambiare le carte in tavola, sei stato tu».
«Non ricominciamo, tanto non saremo mai d'accordo. Allora, di che si tratta?».
«Speravo che Valerio Raimondo ti avesse anticipato la cosa, ecco perché ho preferito che ti avvisasse lui».
«In effetti mi è sembrato strano che non hai chiamato direttamente tu».
«È un po' difficile da spiegare».
«Provaci».
«Antonia Aimondi».
Mi sollevo su un gomito, gli occhi sbarrati.
«Ma che gioco è?».
«Magari fosse un gioco, Saverio».
«È una storia di vent'anni fa».
«No, non è di vent'anni fa. È una storia di oggi».
Mi lascio andare sul telo da spiaggia, sconfitto.
«Dio mio, ma il passato non passa mai?».
«Saverio, lascia perdere il melodramma. La storia è semplice: un mese fa, a scuole finite, mio figlio Guglielmo è andato a Palermo da suo padre, sai che siamo separati».
«E che c'entra Antonia Aimondi? E io?».
«Ascolta. Insomma, Guglielmo va a una festa in un locale a Mondello. Una cosa tranquilla, ha solo quindici anni, i suoi amici sono ragazzi a posto. Ma succe-

de qualcosa, un piccolo litigio con altri coetanei. Per farla breve, Guglielmo fa lo spaccone, spinge di qua, spinge di là, reagisce e se la prende con un ragazzo dell'altro gruppo. Quello cade, sbatte contro un vaso e si spacca il naso».

«Tutto qua? Anche a me una volta hanno spaccato il naso con un pugno».

«Non è tutto qua. Il ragazzo ferito finisce all'ospedale, gli dicono che ha il setto nasale rotto, gli fanno un intervento. Io mi incazzo con Guglielmo, lo minaccio di tenerlo in punizione tutta l'estate, cerco di rintracciare i genitori, telefono e scopro che è il figlio di Antonia Aimondi».

«Non ci credo».

«Ci devi credere. Dunque Antonia fa finta di non conoscermi, mi dice che di qua e che di là, purtroppo c'è la legge, purtroppo le famiglie non fanno il proprio dovere, purtroppo la responsabilità penale e civile, purtroppo la crisi dei valori e mi annuncia che vuole denunciarmi».

«Minchia».

«Qualche giorno fa mi è arrivata la citazione per danni, Antonia Aimondi chiede settantamila euro».

«Minchione».

«È tutto quello che sai dire?».

«Ma sei proprio sfigata».

«Grazie della consolazione».

«E io che c'entro?».

«Tu hai combinato il guaio e tu adesso lo risolvi. Le vai a parlare e le dici che io non ho una lira».

«Io?».

«Saverio, le corna ad Antonia Aimondi le hai messe tu».

«Con te, giusto?».

«Ho capito. Ma quella ce l'ha ancora con me per colpa tua».

«Non avrei mai creduto di finire in un romanzo d'appendice. Questa è peggio del *Conte di Montecristo*».

«Lo so che adesso ti sei messo a scrivere romanzi. Evita, perché se scrivi una sola parola su questa storia il naso te lo spacco io, con tutti i sentimenti».

Quanto può durare il senso di colpa?

Cinque anni per fatto lieve, dieci anni per fatto grave, tutta la vita per peccato mortale. Mettere le corna alla tua ragazza con una sua amica è fatto lieve, grave o peccato mortale?

Guido da Trapani a San Vito lungo la litoranea di Pizzolungo nell'ora che precede il tramonto accompagnato da Radio Italia, solo musica italiana. Un po' di Lucio Battisti, un po' di Pino Daniele, un po' di Franco Battiato, perfino un Fred Bongusto.

Aggravanti: Serena Bellavista e Antonia Aimondi erano quasi amiche, non proprio intime, ma frequentavamo la stessa tacca, così si diceva ai tempi per indicare una comitiva di ragazzi.

Attenuanti: avevamo meno di venticinque anni, con Antonia stavamo assieme da un anno e le cose andavano così così, lei decise di andare per tre settimane a Stratford-upon-Avon a perfezionare il suo inglese, ci salutammo all'aeroporto di Punta Raisi dicendo che questo tempo ci sarebbe servito per riflettere un po' su noi due.

Attenuanti: tecnicamente era una pausa di riflessione, in pratica significa che ciascuno si fa i fatti suoi.

Attenuanti: Serena era bella da tirare via il fiato.

Aggravanti: Antonia Aimondi scopre che sto con Serena perché glielo dice sua madre – la quale non mi sopportava – che ci ha visti sbaciucchiare davanti alla Torre di Mondello.

Aggravanti: per puro gusto letterario avevo scritto due lettere ad Antonia nelle quali sembravo il giovane Werther, straziato dall'assenza.

«Dove sei?» chiede Suleima al telefono.

«Sto tornando da Trapani».

«Io devo andare al ristorante, ci vediamo stanotte».

«Ti aspetto sveglio».

«Ti devi far perdonare qualcosa?».

«Sono pulito, puro e immacolato».

«Allora non c'è gusto, gli innocenti sono noiosi».

«Innocente mai, non cominciamo ad offendere».

«C'è qui Totò Salemi che ti aspetta».

«Chi?».

«Totò Salemi, quello della lavatrice».

«Si è rotta di nuovo?».

«No, ti deve dire qualcosa. Non ha voluto spiegare».

«Digli di aspettare».

«È con Peppe Piccionello, li lascio a casa».

«Magari avrei voluto godermi un po' di intimità con me stesso».

«Troppo tardi, hanno già preso la bottiglia di amaro Averna».

«Perché non sono scontroso e solitario?».

«Ma tu sei scontroso e solitario».

«Anche tu mi piaci moltissimo».

L'amaro Averna è quasi finito, l'ultima scolatura se la beve Totò Salemi.

Ancora non mi ha spiegato cosa vuole da me. Abbiamo parlato di lavatrici, di lavastoviglie, dei frigoriferi di una volta che erano migliori di quelli di adesso, di Custonaci che una volta era meglio di adesso, della Sicilia che una volta era meglio di adesso e dell'amaro Averna che una volta era uguale ad adesso.

«Be', possiamo venire alla nostra questione» dico a un certo punto.

«Voglio ammazzare il cavaliere Noce» dice Totò Salemi, l'Antico Toscano spento all'angolo della bocca.

«Mi fa piacere. Chi è?» chiedo.

«Il proprietario della cava di marmo dove lavorava Totò» spiega Piccionello.

«Quel gran cornuto» precisa Totò Salemi.

«Un gran cornuto» sottolinea Piccionello.

«Mi sembra una valida ragione per ammazzarlo».

«Saverio, c'è poco da scherzare. Totò ha lavorato per quindici anni nella cava del cavaliere Noce».

«Meccanico specializzato».

«Meccanico specializzato» precisa Piccionello. «Un anno fa il cavaliere Noce non ha pagato più gli stipendi, ha detto che c'era la crisi, che il mercato era fermo, che l'antimafia aveva bloccato tutti i lavori pubblici, che la gente era scantata e non spendeva più e che nessuno si faceva più le scale di marmo, i bagni di marmo, i pavimenti di marmo».

«E noi abbiamo aspettato. Un mese, tre mesi, otto mesi. Dopo un anno di questa storia il cavaliere Noce ci ha licenziati senza darci una lira».

«È la crisi, appunto» dico.

«Sì, ma quel cornuto del cavaliere Noce ha licenziato dieci padri di famiglia e ha affittato la cava ai cinesi».

«I cinesi?» dico.

«Sì, i cinesi. Hai presente quelli gialli con gli occhi a mandorla?» mi fa Piccionello.

«Ne ho sentito parlare. Mi dispiace tanto, ma io che posso farci?».

Totò Salemi prende dalla tasca della giacca il mio libro.

«Quando sono venuto qui l'altro giorno a riparare la lavatrice, perché mi do aiuto con questi lavoretti, non sapevo che vossia era un grande scrittore».

«Andiamoci piano».

«Grande. Sono entrato dal tabaccaio di Custonaci e c'era il suo libro».

«Non significa niente».

«Significa, significa, signor Lamanna, perché a me mai era capitato di incontrare uno che scrive libri».

«Sembra così, invece è anche uno sveglio. Ha risolto un caso di omicidio» dice Piccionello.

«Vabbè, lasciamo perdere. Non capisco cosa posso fare io con il cavaliere Noce e con i cinesi».

«Vengo e mi spiego. Io voglio ammazzare il cavaliere Noce, giusto?» dice Totò Salemi, parlandomi manco avessi sette anni.

«Giusto».

«Vengo da lei e racconto questa storia. Vossia che è un grande scrittore scrive che c'è uno, Totò Salemi, che vuole ammazzare il cavaliere Noce, perché c'è stata la crisi, perché lo hanno licenziato, perché sono arrivati i cinesi, con tante bellissime parole. Una cosa tipo *Rambo*, ha presente il film?».

«E poi?».

«Appena esce il libro ne parlano tutti i giornali, la televisione, la radio, pure la Rai e la Mediaset e già così quel gran cornuto del cavaliere Noce si mette paura. Ma la cosa non finisce qui».

«Ah, no?».

«Ascolta bene, Saverio: la cosa è interessante» dice Piccionello cercando negli armadietti della cucina, «non hai un po' di grappa?».

«C'è una bottiglia di rum sul frigo. Dunque, esce il libro e che succede?».

«Io vado dal cavaliere Noce con il libro appena uscito, entro nel suo ufficio e gli dico così: la realtà può superare la fantasia. Bastano queste parole e quello capisce che ho intenzioni serie, ma non mi può denunciare perché io non vado armato, ma porto con me solo un libro. Si può ammazzare uno con un libro? No. Ma là dentro c'è già scritta la fine del cavaliere Noce. Poi fuori dall'ufficio ci sono tutti i giornalisti, chiamiamo pure Barbara D'Urso, Striscia la notizia, le Iene, il Tg3 Sicilia e tutti raccontano di Totò Salemi e che la realtà supera la fantasia. Facciamo parlare mezzo mondo, no?».

«Ma non è più semplice chiamare subito i giornalisti e dire che siete stati licenziati?» chiedo, un po' perplesso.

Totò Salemi allarga le braccia sconfortato.

«Signor Lamanna, ma vossia lo vede il telegiornale? C'è gente che si ammazza, che si dà fuoco, che piange miseria, bambini morti di fame, imprenditori falliti, e a nessuno gliene importa una minchia. L'altro giorno, mia moglie, che mischina sa bene quanto soffre la nostra famiglia, appena è spuntato in televisione uno che aveva perso il lavoro, lo sa che mi ha detto? Cambia canale che ci vediamo la replica del commissario Montalbano, almeno non ci deprimiamo».

Piccionello versa il rum nei bicchieri.

«Saverio, Totò ha ragione. Della crisi non frega più niente a nessuno, solo a quelli che hanno le pezze al culo. Ma non fanno più notizia. Con questa storia del libro, invece, può diventare una cosa internazionale».

Butto giù l'Havana 7. Può essere che la realtà supera la fantasia, ma può essere pure che mi trovo in mezzo a due pazzi da catena.

«Non mi convince» dico.

Delusione sulla faccia di Totò Salemi.

«Vossia è un grande scrittore».

«Non sono un grande scrittore».

«Ma se non fate niente voi che sapete tenere la penna in mano, a noi poveracci chi ci difende?».

«Non lo so».

Totò Salemi beve il suo rum, abbandona il mozzicone di Antico Toscano nel posacenere, rimette il libro nella tasca della giacca, si alza per andare via.

«E se scriviamo che ammazzo qualcun altro?».

«Chi?».

«Non so, uno più importante».

«Non cambia».

«Buonanotte e scusate il disturbo».

Lo vedo uscire dalla porta. Sembra più piccolo di statura, quasi si sia ristretto. C'è ancora qualcuno che crede nei libri, proprio ora che non servono quasi più a niente.

Capitolo shopping. Importante.

¿Dónde está la zona comercial?

«¿Dónde está la zona comercial?».

¿Cuánto es?

«¿Cuánto es?».

Estoy cansada.

«Cansada?».

Cansada. Buenas noches!

Teresita si spegne. Riprovo a farla ripartire. Maledetta e ostinata, ha il carattere tosto dei galiziani.

È mezzanotte. Teresita ha chiuso bottega.

Mi torna voglia di fumare.

Perdo tempo sul tablet, vado a cercare Custonaci su Wikipedia.

Centro noto per l'importante attività di estrazione marmifera, in particolare del pregiato Perlato di Sicilia, di colore avorio chiaro e con chiazze di calcite pura, ma anche di altri marmi di vario colore. Si contano circa duecento cave di marmo nel territorio, su una superficie di tre chilometri quadri. È esportato in tanti paesi e in particolare è molto richiesto nella penisola arabica.

Ci sarà crisi nella penisola arabica? Lì ficchi un dito nella sabbia e spunta petrolio. E bravo il cavaliere Noce, se ne sta a fare niente, prende l'affitto della cava e il lavoro duro lo fanno i cinesi.

Totò Salemi ha dimenticato sul tavolo il pacchetto di Antico Toscano. Quasi quasi ne accendo uno.

Scrivo: crisi marmo Custonaci. Sessantacinquemila risultati su Google. Prima riga: il settore è da tempo in grave sofferenza.

Provo a cambiare, magari trovo la replica del commissario Montalbano e smetto di deprimermi.

Accendo il toscano. La prima boccata mi stordisce, il sigaro non è fumare. E il toscano non è un sigaro.

Il «Corriere.it»: borse a picco, Milano la peggiore in Europa.

Il sito di «Repubblica»: giornata nera a Piazza Affari.

Provo sul «Fatto Quotidiano», sperando che a quel giornale delle borse non gliene freghi niente. E infatti mi consolo: 60 miliardi il prezzo della corruzione, Italia prima in Europa.

«Il Sole-24 Ore», con il suo solito tatto, mi avverte che lo spread è aumentato di 7 punti. Non è grave, non si muore.

Tento con il «Giornale di Sicilia»: operai dell'Eni di Gela da dieci giorni sulla ciminiera, vogliamo il lavoro.

Meno male che non ho più un lavoro, penso, altrimenti mi sentirei come un panda in metropolitana.

Mi verso un dito di Havana Club 7 Años. Antico Toscano e rum, ho appena costituito l'associazione italo-cubana.

Ha ragione Totò Salemi. La sua vita non è una notizia, al massimo un elemento statistico.

«Ehi, che fai tutto triste e solo?».

«Suleima. Meno male che sei tornata, stavo per tagliarmi le vene dei polsi».

«Si vede che non hai niente di meglio da fare. Cos'è questa puzza di sigaro?».

«Aria di disperazione. A te come è andata?».

«Al solito, lavoro».

«Ti prego, ripeti questa parola».

«Quale?».

«L'ultima che hai detto».

«Lavoro?».

«Posso toccare una specie in via di estinzione?».

«Ma ci sei o ci fai?».

«Tu sei la perla nera, Suleima, tu sei una rarità, tu sei il dodo delle Mauritius prima della scomparsa, tu sei il bisonte dell'Oregon, il visone marino, la foca monaca caraibica, il coguaro orientale».

«E tu sei un imbecille allo stato brado».

«In quanto tale non rischio l'estinzione».

«Infatti, per questo non ho intenzione di moltiplicarmi con te».

«Unione senza moltiplicazione, va bene?».

«Ti è andata buca a Favignana?».

«Ho vinto un appalto senza nemmeno partecipare alla gara».

«Che devi fare?».

«Riconciliare due vecchie fidanzate».

«E perché avevano litigato?».

«Per colpa mia».

«E adesso devi riconciliare? Saverio, non mi sembri l'uomo adatto».

«Lo pensi anche tu?».

«So come ragiona una donna».

«Che vuoi, sensi di colpa da scontare».

«Mentre sconti, io mi butto sotto la doccia».

«Nuda?».

«No, vestita da palombaro».

«Sei sexy col tuo scafandro a pois».

Si spoglia andando verso il bagno, una vertigine di pelle che mi costringe a seguirla fin là dentro.

Cassatella calda alla ricotta e caffè al bar di Castellammare del Golfo, pit stop obbligatorio nella tratta San Vito Lo Capo-Palermo-San Vito.

«Che dice?» chiedo a Peppe Piccionello, impegnato sul «Giornale di Sicilia».

«Forse riaprono la Fiat di Termini Imerese».

«Non mi dare cattive notizie, ho puntato tutto sul fallimento della Sicilia prima del 2020».

«Sei ottimista».

«È più forte di me».

Peppe Piccionello ordina un secondo caffè ristretto.

«Perché ti sei messo questa maglietta?» gli faccio.

Sul petto ha una scritta rossa: «Kiù longa è la penzata, kiù grossa la minkiata. Sicilian style».

«Ti piace? Le fa la figlia di mia cugina. Quella è un cervellone».

«Si capisce da lontano».

«Ha studiato all'università».

«Infatti. La cultura accademica rovina i giovani».

«Pensa a te, piuttosto. Ti sei messo in un guaio».

«Lo pensi veramente o lo dici per dispetto?».

«Ma come fai a presentarti da una che ce l'ha con te?».

«Sbagli. Antonia Aimondi non ce l'ha con me. Ce l'aveva con me, ma qualche anno fa ci siamo rivisti una sera a Roma, ci siamo messi a parlare del passato, un po' di malinconia, il giardino dei sentieri che si biforcano, i destini che si allontanano, patapum e patapam».

«E allora non capisci, Saverio».

«Cosa?».

«Quella si è riavvicinata perché prima o poi te la deve far pagare».

«Ma cosa mi deve fare pagare? Una storia di vent'anni fa? Ha un figlio, un marito ricco, un attico in via Principe di Belmonte, una villa a Trabia. Se restava con me doveva perfino lavorare».

«Sì, però a quell'altra la sta facendo pagare».

«Quell'altra è la buttana, io sono soltanto un povero maschio di carne debole».

«Come dici tu».

«Andiamo che si è fatto tardi».

«Dove hai appuntamento?».

«A casa sua, a Palermo».
«E ti aspetta?».
«Non si è nemmeno fatta pregare, dovevi sentire: ma che bello, ma che gioia, ma che felicità, gaudio magno e alleluia».
«Non mi convince, questa ti mangia nelle scarpe».
«Peppe, non fare Cassandra».
«L'ho visto quel film, non era male. Basta che mi lasci da Euronics e poi ci rivediamo quando hai finito».
«Che vai a fare da Euronics?».
«Guardo i televisori».
«Devi comprarne uno?».
«No, ma ogni volta che ci torno c'è un modello nuovo che costa sempre meno. Voglio vedere fino a che punto arrivano».
«E qual è il punto d'arrivo?».
«Ci sarà un giorno che me ne regalano uno».
«Peppe, ti devo dare una brutta notizia: Babbo Natale non esiste».
«Fidati. Ci vuole solo pazienza».

Mio padre apre la porta.
«Che ti è successo? Hai una faccia strana» dice.
«Niente, devo incontrare una persona».
«Un giudice?».
Mio padre ha paura dei giudici.
«No, una vecchia amica. Ma forse dovrei evitare».
«Allora evita. Entra dentro, sto facendo la borsa».
Lo seguo in camera da letto. C'è una sacca con due racchette, asciugamano e maglietta.

«Da quando giochi a tennis?» gli faccio.
«Da vent'anni».
«Non lo sapevo».
«Non leggi i giornali sportivi».
«Ma ti farà bene con questo caldo?».
«Perché, sono malato?».
«No, ma alla tua età».
«Alla mia età, cosa?».
«La televisione lo dice sempre: evitate le ore più calde».
«Mangiate molta frutta e verdura, bevete molta acqua e state all'ombra. Tu ci credi? A Palermo la gente mangia pane ca' meusa, arancine, birra agghiacciata e campa lo stesso».
«Palermo non c'entra».
«Hai ragione. Palermo è a parte. Resti qui stanotte?».
«No, torno a Màkari. Perché non vieni anche tu?».
Mio padre controlla la sacca, sistema meglio un paio di scarpe sportive. Da quando è morta mia madre, non vuole più mettere piede a Màkari.
«Che ci vengo a fare? Lì va tutto in rovina» dice.
«Non è vero, ho sistemato la casa».
Fa un gesto con la mano. Forse non ci crede, forse non gli interessa.
«Hai scritto un libro?» mi chiede, andando verso il bagno.
«Sì, te ne ho fatto mandare una copia».
«Lo so, ma l'ha presa Mimì, voleva dare un'occhiata» dice a voce alta, da là dentro.

«E tu nemmeno lo hai sfogliato?».

«Ce l'ha ancora Mimì, ma ho visto il tuo nome sulla copertina: faceva figura» grida.

«Grazie, mi piace quando sprizzi entusiasmo».

«Se scrivevi una canzone, la cantavo. Siccome hai scritto un libro, dammi il tempo di leggerlo» spiega, rientrando in camera.

«E anche tu hai ragione» mi arrendo.

«La vuoi un po' di granita?».

«Da dove viene?».

«Dal bar qua sotto, l'ha portata Maricchiedda stamattina presto».

«Con la brioscia?».

«Pure la brioscia».

Brioscia a pezzetti nella granita ormai liquefatta. Io e papà al tavolo della cucina. Ci deve essere qualcosa che mi ricorda una mattina di tanti anni fa, la sensazione che tutto sia già successo.

«Hai smesso di fumare?» chiede mio padre.

«Sì, da un mese».

«Si vede, sei un po' ingrassato».

Il canarino lancia un assolo dalla veranda.

«Perché non lo liberi?» faccio.

«Certo, tanto a te che te ne frega se poi se lo mangiano i gabbiani?».

«Ma sei sicuro?».

«Quello non sa vivere senza di me».

«In gabbia, però».

«E pure io sono in gabbia. Non lo vedi?».

«Ma, quando vuoi, vai a giocare a tennis».

«Se passa Mimì a prendermi, sennò resto qui in gabbia. E canto».

«Buona questa granita. Lo sai come si dice in spagnolo?».

«Granizado».

«Come fai a saperlo?».

«Una volta sono andato a Siviglia con tua madre».

«E c'era la granita?».

«Di prima qualità. Meglio di quella del bar di Salina».

«Non ci credo. Mi sfotti».

«Granita, granita. Sei fissato con la granita. Quand'eri bambino volevi imparare a fare la granita, dicevi che dovevi andarla a vendere in America».

«Dicevo questo?».

«Ne dicevi tante minchiate. E questa fra le tante».

«Un destino segnato».

Mio padre toglie i bicchieri della granita, li mette nel lavello, ripulisce il piano del tavolo dalle briciole.

«Quando hai appuntamento con questa qui?» chiede.

«Chi?».

«La tua vecchia amica».

«Adesso, fra un'ora. Devo chiederle un favore per un'altra amica».

«Ahi Maria».

«Che significa?».

«Che non ti devi mettere in mezzo fra due donne».

«Comincia a venirmi questo sospetto».

«E allora lascia perdere».

«Senso di colpa».

«Verso chi delle due?».

«Tutte e due».

«Ti vedo e ti piango, figlio mio».

Suona il citofono. È arrivato Mimì.

«Io scendo. Se vuoi stare un altro poco, quando esci tira la porta» dice papà.

«Va bene, stai attento».

«Appena Mimì ha letto il tuo libro, ti dico cosa ne penso».

«Lui legge e tu giudichi».

«È un caro amico, abbiamo le stesse opinioni, più o meno».

«Grazie, papà. Stai attento».

«Peppe Piccionello sta bene? È tanto che non lo vedo».

«L'ho lasciato da Euronics. Aspetta che gli regalano un televisore».

«Ancora questa storia? È cominciata che c'era ancora la tv in bianco e nero».

«Che vuoi farci, è un tipo ostinato. Ciao, papà. Stai attento».

«Ciao, Saverio. Stai attento tu, ne hai bisogno».

La saracinesca chiusa della gioielleria. Vendesi. Affittasi. Locali commerciali, 500 metri quadrati, disponibili da subito. Qui all'angolo mia madre comprava i pigiami per me e per mia sorella. Cessazione attività. Vendesi. Affittasi. Vicino all'edicola c'era uno che fabbricava camicie spacchiosissime, destrutturate, colletti flosci, puro stile anni Ottanta. Quando ha chiuso, al suo posto hanno aperto una jeanseria, poi un negozio di articoli da regalo. Adesso niente. Sulle vetrine impolverate e sporche hanno attaccato dei manifesti. No Tav. No Ponte. No Renzi. Con lo spray qualcuno ha scritto SUCA, che funziona sempre per tutto.

Prima di piazza Politeama incontro quello che da venticinque anni, ogni volta che metto piede nel centro di Palermo, mi vende accendini, penne biro, fazzolettini di carta.

«Parrino, mi regali cinque euro?».

Lo conosco da quando era un ragazzino. Stiamo invecchiando assieme. Mi chiama parrino, presumo per rispetto di età, perché potrei essere suo padrino. Di battesimo? Di cresima? Parrino, comunque.

«Cinque euro?» gli faccio.

«C'è crisi, parrino, c'è malura».

«E invece prima?».

«Prima era diverso, parrino, venivo da te e mi regalavi cinque euro».

«E ora?».

«E ora fai questioni. Perché c'è crisi».

«Prima chiedevi un euro, adesso ne chiedi cinque, hai aumentato i prezzi».

«Con i clienti come te, parrino, mi posso permettere. Ma c'è crisi».

«Tre euro».

«Quattro euro, parrino. C'è troppa concorrenza: turchi, zingari, africani, nivuri».

«Cinque euro, ecco».

«Dieci penne, parrino, guarda che bei colori: rosa, giallo, fucsia. Ti piace questa nera?».

Me ne infila un mazzo in tasca. E passa a un altro seduto al bar.

«Mi regali due euro, parrino?».

Mi sento toccare su una spalla. Uno mi sorride.

«Che ci fai a Palermo?» mi stampa un bacio per guancia.

Non so chi è. Buio totale.

Mi prende sottobraccio. Dalla camminata mi pare uno che fa politica.

«Proprio l'altro giorno stavo per chiamarti» dice.

Com'è che appaio sempre a quelli che stanno per chiamarmi?

«Caro Saverio, sono tempi duri. Questa città è al capolinea. La spending review, il patto di stabilità, l'Europa, la Merkel».

«Certo, l'Enciclica, le lavatrici, il marmo perlatino, lo spread».

«Ci intendiamo, appunto. Vedi che disastro?» indica via Libertà con un gran gesto della mano.

A me non pare un gran disastro, forse a guardare meglio, ma potrei farlo solo se questo qui si togliesse di mezzo. Ma non si toglie.

«Pensavo a te, caro Saverio, perché in questo momento, tu sai com'è la situazione politica, sai meglio di me quello che sta succedendo alla Regione, sarebbe necessario un intervento forte, qualcosa che dia una scossa, un nuovo assetto, un progetto innovativo».

Ho capito.

«Purtroppo non lavoro più col sottosegretario» dico, liberandomi dalla sua presa.

«No? E da quando?». È stupito.
«Da un mese, più o meno».
«Non sapevo nulla». Adesso è quasi risentito. Com'è che non l'ho avvertito subito? Avrebbe dovuto essere il mio primo pensiero.
«Divergenze ideologiche».
«Capisco. Allora ne riparliamo in un altro momento».
«Sì, un altro momento mi sembra il momento perfetto».
«Tu hai il mio numero, no?» mi fa.
«Certo, sempre in prima linea».
«Bravo, Saverio, sempre in prima linea».
Se ne va di fretta. Appena gira l'angolo mi ricordo chi è. Lo chiamano Mezzuovo, quando era assessore comunale in un paese delle Madonie chiedeva la tangente sulle uova per la refezione scolastica: metà del costo di ogni uovo finiva nelle sue tasche.

Plin plon, l'ascensore all'ultimo piano.
Si apre la porta, mi accoglie una donna filippina o tamil o bengalese, non so, con borsa da mare sottobraccio.
«Signora ti aspetta?».
Non capisco se è una domanda o il suo accento.
«Sì, signora mi aspetta».
«Io esce?».
«Io entra».
«Tu aspetta qui in salone?».
«Sì, aspetto qui».
«Tu amico signora con marito o senza marito?».
«Senza, credo».

«Io vado mare con amica?».

«Ne hai facoltà».

«Ciao allora?».

Divani bianchi, lampada Arco Flos, chaise longue Le Corbusier, cassapanca dell'Ottocento siciliano, tappeto persiano d'epoca, un quadro di Croce Taravella, uno di Alessandro Bazan, un piccolo Lojacono con una veduta di Monte Pellegrino, tre Marilyn di Andy Warhol. Faccio il conto: almeno trentamila euro, escludendo le serigrafie di Warhol di cui non giuro sull'autenticità. Mi piace fare i conti in tasca alla gente.

«Sei tu, Saverio?» la voce di Antonia dall'altra stanza.

«Confermo».

«Vuoi bere qualcosa? Guarda nel frigo dentro il mobile antico».

«Grazie».

«Dammi ancora qualche minuto».

Trovo acqua minerale, succo d'arancia rossa, Campari Soda e Coca-Cola. Se ci fosse l'Havana mi farei un cuba libre. Scelgo succo d'arancia: guardo attorno, non vedo bicchieri, mi attacco alla bottiglia.

«I bicchieri sono nell'altro sportello» grida Antonia.

«Già trovati, grazie».

Ne sporco uno di succo, per cancellare le tracce dell'abuso.

Mi avvicino al tavolo di vetro spaziale – se è il Nomos disegnato da Sir Norman Foster saranno più o meno tremila euro – su un leggio di plexiglas trasparente c'è una copia del libro bullonato di Depero. Non ne capisco niente di libri d'arte, ma il mio amico Giancarlo ne parla sempre, dice che è uno dei volumi più belli del Novecento (e anche dei più costosi). Lo sfoglio piano.

«Bellissimo, vero? Vale quasi trentamila euro» dice Antonia spuntando alle mie spalle.

Non era granché da giovane, ma ormai migliora col tempo, immagino contribuiscano molte ore di trattamenti estetici, lezioni individuali di pilates, qualche interventino di bisturi e un tocco di botox.

Shorts, maglietta leggera, sandali col tacco, colpi di sole ai capelli e palese assenza di reggiseno la collocano d'ufficio nella categoria milf agiate di prima classe. Bottana industriale, direbbe Giancarlo Giannini.

Mi stampa un bacio sulla guancia, forse un po' troppo vicino alla bocca.

«Stai bene» mi fa.

«Tu meglio».

«Hai bevuto qualcosa?».

Indico il bicchiere sporco.

«Succo d'arancia».

«Lo sai che sono proprio contenta che ti sei ricordato di me?».

«E come dimenticarti?» faccio io, la coscienza sporchissima.

«Ti sono mancata?». Accavalla le gambe sul divano bianco. Sa di avere sempre gambe spettacolari.

Sfoglio ancora il Depero bullonato.

«Trentamila euro non sono un po' troppi?».

«Lo penso anch'io, ma mio marito è fissato».

«Fa sempre il commercialista degli evasori fiscali?».

Antonia ride.

«Vieni a sederti qui vicino» e batte la mano sul divano.
Eseguo.
«Saverio» dice, passandomi una mano fra i capelli.
«Già» faccio io.
«Saverio».
«Questo l'hai già detto».
«Sono passati tre anni dall'ultima volta».
«Quattro».
«No, tre, sono sicura. Certe notti me lo sogno, sai?».
«Spero che tu non parli nel sonno».
«Non parlo, ma sospiro forte, troppo forte».
Il telefono. Il mio telefono.
«Cucù. Stai attento a te».
Suleima.
Faccio un cenno ad Antonia, mi alzo dal divano e vado verso la porta affacciata sulla terrazza con i banani.
«Ciao, dove sei?».
«A casa, non cambiare discorso. Guarda che so tutto».
«Ma cosa?».
«Hai capito. Fai il cretino e ti rompo il naso».
«Non ci credo. Sei una donna di mondo».
«Ti illudi. Ne ho già seppelliti due prima di te».
«Ci vediamo stasera».
«Se mi trovi».
«Dove vai?».
«Il mio maestro di sci vuole portarmi a Monte Carlo».
«Non è mai stato il tuo sport preferito».
«Lo diventerà. Adieu, mon amour».
Antonia si smuove sul divano.

«È la tua fidanzata?» chiede.
«Sì».
«È una cosa seria?».
«È una cosa».
«È già qualcosa. Andiamo al mare? Dai, come ai vecchi tempi».
Sì, meglio uscire da qui, perché tanto so come va a finire.
Travolti da un insolito destino nell'azzurro mare d'agosto. Anzi, di luglio.
Antonia prende la borsa, le chiavi della macchina, mi spinge contro un muro e mi stampa un bacio in bocca con tutti quanti i sentimenti.
«Non credere che mi arrendo così. Tu oggi sei mio».

La Smart cabrio di Antonia brucia i semafori, sorpassa a destra, svolta con striscia continua. Veloce compendio di ammutinamento al codice della strada.
Uno con Lapa carica di vecchi televisori ci grida dietro un insulto, Antonia tira fuori la mano dal finestrino col dito medio alzato. Noblesse oblige.
Devo trovare il coraggio. Ora o mai più.
«Antonia, devo confessarti una cosa».
«Parla, gioiuzza» mi mette una mano sulla coscia.
«Non ho il costume».
«Non ti preoccupare, al circolo ne troveremo uno».
Il circolo, certo. Antonia non è tipo da spiaggia libera. È più facile che un cammello passi per la cruna di un ago che un palermitano rinunci al suo circolo al mare.
Scendiamo giù per la discesa di Valdesi. Guardo il

cielo, spezzato dalla corsa degli alberi, la pietra rosa di Monte Pellegrino. Alzo una mano a fermare il vento.

«Saverio, ti ricordi quando andavamo a Capo Gallo in Vespone?».

«Il Vespone blu 125».

«Ero proprio innamorata di te».

«Anche io».

«Non quanto me».

«Lo dici tu».

«No, lo dicono i fatti».

Antonia frena di botto, devo mettere le mani avanti per non sbattere contro il parabrezza.

«C'è un parcheggio» grida.

I clacson urlano dietro di noi. Antonia se ne frega, svolta a sinistra, costringe un autobus a inchiodare, infila la Smart accanto a un cassonetto pieno di immondizia. Il traffico riprende, dai finestrini qualcuno impreca:

«Pulla e figlia di pulla».

Caffè al Bar Alba. Antonia riscuote successo, lo capisco dagli sguardi degli avventori maschi che se la spizzicano manco fosse un nove di cuori a chemin de fer. Con quelle gambe.

«Però ti voglio ancora bene» fa Antonia, da dietro la sua tazzina di orzo macchiato.

«Ci mancherebbe altro. Eravamo così giovani».

«Però mi hai fatto soffrire tanto».

«Mi devi ringraziare. Ti ho salvata da una vita infelice».

«Non lo so. Dai, andiamo che ho voglia di nuotare».

Prima di uscire butto un'occhiata sulla cronaca di Palermo del «Giornale di Sicilia».

Tramonta un'epoca, chiude il Bar Mazzara. A quei tavoli Tomasi di Lampedusa scrisse il suo capolavoro. La proprietà: «È colpa della crisi».

Tramonta un'epoca. L'avrò letto almeno trecento volte da quando sono maggiorenne, pertanto posso considerarmi un reperto archeologico.

«Che fai? Sbrigati» mi richiama Antonia, tra gli sguardi ammirati dei clienti convinti in cuor loro che, minimo minimo, sono finocchio o cornuto pacifico perché Gesù dà i biscotti solo a chi non ha denti. Li capisco, anch'io spesso mi consolo così.

Il mare di Mondello è chiaro, sembra quasi pulito.

Nuoto a bracciate lente nel costumino Colmar rosa stinto dimenticato negli spogliatoi da qualche avvocato civilista, immagino habitué delle enoteche del centro e del ristorantino di Gigi Mangia in via Belmonte.

Antonia è riuscita a presentarmi a raffica come ex fidanzato storico a una sua amica arredatrice, alla moglie di un deputato regionale, a un componente dell'ufficio di presidenza di Confindustria Sicilia, a un magistrato della procura e a un indagato per tangenti. Ora intuisco perché mi ha portato qui, sono la sua preda quotidiana: si vede che deve far espiare qualcosa a suo marito.

«Ciao bell'uomo, il mare è troppo grande per te».

Mi avvinghia con le gambe sott'acqua, mi stringe modello polpo e mi bacia.

Siamo alla giusta distanza dalla spiaggia del circolo.

Giusta per far capire che tra noi sta succedendo qualcosa.

«Arriviamo al molo» e parte avanti in perfetto stile libero. Al liceo era campionessa provinciale nei duecento metri.

Arranco fin laggiù. Merito un premio, le sue mani dentro il costume rosa stinto riescono a togliermi il poco fiato che mi è rimasto.

«Allora ti piaccio ancora?» mi sussurra nell'orecchio.

«Ho un sistema nervoso sensibile».

«Molto sensibile» ride, prima di scappare via, questa volta a delfino.

Quando torno in spiaggia, la trovo già sul lettino, cosparsa di protezione 15, occhiali da sole Persol, sfoglia l'ultimo numero del magazine «I Love Sicilia».

Mi stendo sulla sdraio.

Il mare di Mondello è azzurro pallido, come il titolo di quel libro lì sulla scrittura femminile, non ricordo l'autore, ma mi aveva annoiato abbastanza.

«Vai alle Seychelles, alle Maldive, alle Figi, ma come il mare nostro non ce n'è» sta dicendo una dietro di me.

«Certo, ormai questi viaggi te li vendono a due lire» le risponde un panzone con un panama bianco in testa.

«Ma non è per la spesa, sai. È che dopo tre giorni in quei posti ti annoi. Si mangia pure male».

Tento di distrarmi dalla conversazione dei due esploratori intercontinentali, controllo il telefonino: una chiamata persa di Piccionello. Lo richiamerò dopo.

Uno in bermuda blu e maglietta bianca, con lo stemma del circolo sul petto, si avvicina al lettino di Antonia.

«Signora, scusi se la disturbo, è da tempo che cerco di contattare suo marito per discutere quella situazione».

«Ne parli con lui» fa Antonia, senza alzare gli occhi dalla rivista.

«Appunto, non riesco a rintracciarlo».

«Sa, mio marito lavora. La farò chiamare».

L'uomo in bermuda resta piegato in avanti fin quando non intuisce che è arrivato il momento di smammare.

Devo aprire il discorso con Antonia. Da dove comincio?

«Fabrizio». Antonia si solleva di colpo sul lettino, chiama qualcuno.

Il ragazzo ha spalle larghe, profilo affilato, sorriso simpatico. Posa un bacio sulla guancia di Antonia.

«Ciao mamma».

«Saverio, questo è mio figlio Fabrizio».

Mi saluta con la gentilezza degli adolescenti ai quali risultano indifferenti tutti coloro che abbiano più di vent'anni.

«Io tra poco torno a casa» dice Fabrizio a sua madre.

«Papà non c'è. È a Catania, torna stasera».

«Lo so, ci siamo sentiti. A dopo».

Antonia si toglie gli occhiali, lo segue con lo sguardo fino a quando Fabrizio raggiunge un gruppetto di suoi coetanei.

«È bello, vero?» mi chiede con orgoglio.

«Sì, un bel ragazzo. Quanti anni ha?».

«Quindici, ma sembra più grande».

«Vedo che il naso gli è guarito».

Ho detto la mia cazzata. Ma quando me ne rendo conto è troppo tardi.

«Che ne sai tu?» mi fa Antonia.

Non posso bluffare.

«Me l'ha raccontato Serena».

«E tu che c'entri?».

«Antonia, parliamoci chiaro».

«Sì, parla chiaro. È meglio».

«So che hai fatto causa a Serena. Non ti sembra esagerato?».

«Sei venuto a trovarmi per questo?».

«Non solo per questo. Ma perché non la risolviamo da vecchi amici?».

«Serena sarà amica tua, non certo mia».

«Non ho detto che è amica tua. Ma perché devi farle causa?».

«Suo figlio ha spaccato il naso a mio figlio».

«Ho capito, ma è una cosa da ragazzi. È stato un incidente. Vuoi farlo condannare all'ergastolo?».

«Se sua madre non sa educare il figlio, allora ci penserà il tribunale».

«Antonia, le hai chiesto settantamila euro. Ma che te ne importa? Sei ricca, tuo marito è il principe dei commercialisti. Perché vuoi rovinare quella poveraccia che campa con uno stipendio da fame?».

«Saverio, perché non ti fai i cazzi tuoi?».

«Io capisco che ce l'hai con Serena. Ma sono passati tanti anni».

Antonia scoppia a ridere. Una risata finta.

«Pensi che ce l'ho con lei per colpa tua? Piccolino mio, ma quanto ti senti importante? Non sono così stupida, Saverio. Siete stati due stronzi, va bene, ma è passato un secolo. Non sono una quarantenne infelice né una casalinga disperata, vivo allegramente e ogni tanto, distrattamente, penso a te».

Il telefono. Piccionello.

«Peppe, ti richiamo io».

«Ascolta, Totò Salemi ha preso in ostaggio il cavaliere Noce. Dice che vuole parlare solo con te».

«Minchia. Arrivo».

Antonia si rimette gli occhiali da sole, si stende sul lettino e riprende a sfogliare «I Love Sicilia».

«Antonia, devo scappare via. È un'emergenza».

«Bene, restituisci il costume».

«Una sola domanda, Antonia».

«Prego».

«Se non lo fai per vendetta, perché lo fai?».

«Si chiama senso di giustizia, Saverio. Ma tu non puoi capire».

«Sì, è vero. Non posso capire».

Cerco un taxi, un autobus, qualcosa che mi riporti a Palermo.

Si ferma uno scooter Honda Vision, da sotto il casco una voce giovane.

«Deve andare a Palermo? Le do un passaggio».

Lo riconosco: è Fabrizio.

«Accetto».

«Allora è meglio che questa borsa la porti lei».
«Fabrizio, dammi del tu».
«Come vuole lei».
«Mi chiamo Saverio».
«Come dice lei, cioè tu, Saverio».
Mi carico sulla spalla la sua borsa da palestra, Fabrizio mi passa un casco e salgo in sella.
Attraversiamo la Favorita, qualche matto a bordo strada fa jogging a trentasei gradi, di corsa verso l'infarto.
«Dove vai a scuola?» chiedo, la solita domanda idiota per adolescenti studenti.
«Cosa? Non ho sentito».
«Che scuola fai?».
«L'Umberto».
«Che anno?».
«Terzo, cioè primo liceo».
«Come va?».
«Così così».
Così così. Fine della conversazione. Mica gli posso chiedere chi gli ha spaccato il naso. Sulla borsa leggo la targhetta col nome: Fabrizio De Gregorio.
Sbuchiamo in piazza Leoni.
«Lei dove deve andare?» mi fa.
«Non ci diamo del tu?».
«Tu dove devi andare?».
«Non ti preoccupare, lasciami dove ti viene più comodo».
«Io sono già arrivato, la mia palestra è qui vicino».
«Scendo qui, allora».
Gli restituisco casco e borsa.

«Che sport fai?» gli chiedo, seconda domanda idiota per adolescenti. La terza è: che musica ti piace?

«Pesi».

«Bravo».

Si fa pensieroso, immagino si stia sforzando per trovare una domanda cortese e adeguata alla mia veneranda età.

«Sei su Facebook?» mi fa.

«Sì. Saverio Lamanna».

«Allora ti chiedo l'amicizia».

«Bene. Grazie, Fabrizio».

Raggiungo a piedi via Libertà, prendo il 101 al volo, senza biglietto. Mi sento ragazzo, quando restavo vicino all'uscita dell'autobus per scendere in fretta all'arrivo del controllore.

«Dove sei?» insiste Peppe Piccionello al telefono.

«Sto arrivando. Aspettami davanti Euronics».

«Sono qua fuori da mezz'ora. Lì Totò Salemi sta facendo il matto. È arrivata la polizia, l'esercito, dobbiamo fare presto».

«Non volo, ma sto imparando».

«Non sai fare proprio niente».

«Il televisore te l'hanno regalato?».

«La prossima volta».

«Non sai fare proprio niente».

Non ho nemmeno il tempo di scendere dall'auto. Il mucchio selvaggio di telecamere e giornalisti mi accerchia.

«Lamanna, da quanto tempo conosce Salemi?».

«Perché chiede di lei? Cosa vuole?».
«È vero che lei è un investigatore privato?».
«Sapeva che in passato Salemi è stato condannato per rissa?».
«Quando vi siete incontrati l'ultima volta?».
«Salemi è pericoloso? È armato?».
«Le aveva mai detto di voler sequestrare il cavaliere Noce?».
Un capitano dei carabinieri mi mette un braccio sulle spalle. Sono cosa sua, adesso.
«Ragazzi, il signor Lamanna adesso non può rispondere».
«Capitano, solo una battuta per il telegiornale».
«Mi dispiace, ragazzi, abbiamo altre priorità. Signor Lamanna, venga con me».
Passiamo sotto i nastri rosso-bianchi che tengono a distanza giornalisti e curiosi. Tre ragazzi scattano foto col telefonino verso il container che ospita gli uffici della Marmi e Graniti Cav. Noce Srl.
«Sono il capitano Mendolia».
«Com'è la situazione?».
«Molto semplice. Due ore fa il soggetto...».
«Il soggetto?».
«Salemi Salvatore, nato a Custonaci il cinque sette sessantuno, ivi residente in via Scurati, coniugato, pregiudicato».
«Pregiudicato?».
«Condanna per rissa, aggravata dai futili motivi».
«In che anno, scusi?».
«Millenovecentosettantotto».

«Ma aveva diciassette anni».

«Lamanna, i precedenti sono precedenti».

«Precedono, infatti. Torniamo al soggetto».

«Il soggetto, le dicevo, verso le ore dodici e trenta si presentava negli uffici della cava, ben sapendo che nell'ora di pausa non avrebbe trovato gli altri lavoratori».

«I cinesi».

«I cinesi?».

«Niente, è una lunga storia. Andiamo avanti, capitano».

«A questo punto, avendo sorpreso il cavaliere Noce che solitamente si sofferma in ufficio nell'orario di pausa, il Salemi ha chiuso dall'interno porte e finestre, si è asserragliato e ha chiamato la caserma».

«Lui stesso?».

«Sì, ha chiamato la caserma dicendo di avere in ostaggio il cavaliere Noce e ha chiesto espressamente di voler parlare con lei. Non avendo i suoi recapiti siamo riusciti a raggiungerla attraverso il signor Piccionello».

«Sapete se è armato?».

«Non lo sappiamo. Per questo consiglio un contatto via filo».

«Via filo?».

«Al telefono».

«Va bene».

Trin, trin, trin. Sento il telefono squillare dentro il container.

«Salemi, sono il capitano Mendolia. È arrivato Lamanna. Resti in linea, glielo passo».

«Totò Salemi, sono Saverio».

«Lo so, la vedo da qua dentro».
«Bene, Totò, cosa vuoi fare?».
«Stanotte non ho dormito. Ho pensato, ho pensato, ho pensato».
«E cosa hai pensato?».
«Se vossia il racconto non può scriverlo prima, può scriverlo dopo, no?».
«Dopo che cosa, Totò?».
«Dopo che vossia ha parlato con i giornalisti, così fa sapere a tutti quant'è cornuto il cavaliere Noce e che ci vuole scrivere un libro su questa storia».
«Dov'è il cavaliere Noce?».
«È qui, sta benissimo. Vero, cavaliere?».
«Sto benissimo» trema la voce del cavaliere.
«Sei armato, Totò?».
«Ma a vossia ci pare che sono cretino?».
«Sei armato, Totò?».
«Ho portato un quaderno, così vossia ci scrive il romanzo» sussurra al telefono.
«Certo, Totò, ma appena parlo con i giornalisti tu esci fuori senza fare danni. Me lo prometti?».
«Parola di Totò Salemi».
Ripasso il telefono al capitano.
«È armato?» chiede il capitano.
«Dice di no. Ha un quaderno».
«Un quaderno?».
«Per me. Devo scrivere la sua storia».
«Bene, cosa vuole?».
«Vuole che parlo con i giornalisti».
«Non posso autorizzarla».

«E non mi autorizzi. Mi autorizzo da solo».
«E cosa deve dire?».
«Cosa vuole che dica, capitano? Faccio la storia del marmo di Custonaci, dalle origini ai nostri giorni».
«Lamanna, faccia poco lo spiritoso. Guardi che posso arrestarla per oltraggio a pubblico ufficiale».
«Bene, così poi ci pensa lei a tirare fuori Salemi e il cavaliere Noce».
«Lamanna, chiudiamo questa storia che va avanti già da troppo tempo. Maresciallo, faccia avvicinare i giornalisti, il signor Lamanna rilascerà una breve dichiarazione per conto del soggetto».
Il gruppetto dei giornalisti mi stringe.
«Bene, ragazzi, il Salemi ha chiesto che il signor Lamanna rilasci una dichiarazione. Nessuna domanda, vi prego» spiega il capitano.
Sento il ronzio delle frequenze dei microfoni.
Si va in scena.
«Totò Salemi mi chiede di raccontarvi la sua storia. La storia di un uomo che per quindici anni ha lavorato in queste cave, che da quasi un anno non riceve lo stipendio e che poche settimane fa è stato licenziato dal cavaliere Noce che ha dato in gestione l'attività a una società cinese. Il suo è un gesto di protesta, per far conoscere la sua situazione e quella dei suoi dieci colleghi rimasti senza lavoro».
«Colpa della crisi?» chiede un giornalista.
«La crisi c'entra sempre».
«Salemi è armato?» interviene un altro.
«Non è violento».

«Fine delle domande, grazie» interviene il capitano Mendolia.

«Lamanna, scriverà qualcosa su questa storia?» mi chiede una bionda, tirando fuori dalla borsa il mio libro. Già la stimo moltissimo, anche per la sua quarta di seno.

«L'ho promesso a Salemi. Sarà uno dei protagonisti del mio prossimo racconto».

Mi allontano, lasciando i giornalisti a prendere nota del titolo del mio ultimo libro, ben inquadrato dalle telecamere. Un po' di pubblicità non guasta mai, penso. Mi pento subito di averlo pensato: sono così cinico?

«Salemi, sono il capitano Mendolia. Le passo Lamanna».

«Totò, tutto fatto. Adesso puoi uscire».

«Prima voglio vederlo in televisione».

«Cosa dice?» chiede il capitano.

«Vuole vedersi in televisione».

«Me lo passi. Salemi, chiudiamola subito. Sta arrivando il magistrato e le cose poi si complicano».

«Mi faccia parlare con Piccionello».

«Cosa dice?» chiedo al capitano.

«Adesso vuole parlare con Piccionello».

Faccio segno a Piccionello di avvicinarsi. È appoggiato alla macchina, a testa bassa.

«Vuole parlare con te».

«Totò, che succede?».

«Perché non venite dentro tu e Lamanna? Così aspettiamo il telegiornale».

«Cosa dice?» chiede il capitano.

«Dice se andiamo dentro io e Lamanna, così aspettiamo il telegiornale».

«Non se ne parla. Non posso autorizzare» scuote la testa il capitano Mendolia.

Il gruppo di giornalisti sbanda all'arrivo di una Lancia Thema blu. È il magistrato da Trapani.

«Minchia, adesso cominciano i guai». Il capitano si toglie il berretto e si passa una mano fra i capelli.

Il magistrato avrà sì e no trent'anni, jeans e maglietta Lacoste color lilla.

«Non vi muovete» fa il capitano e gli va incontro.

Guardo negli occhi Peppe Piccionello. Ci siamo capiti. Dieci passi e siamo davanti al container.

«Totò, apri. Sono io con Lamanna» dice Peppe.

La porta si apre, entriamo dentro. Sento la voce del capitano che grida:

«Fermi, non siete autorizzati».

Ma ormai la porta si è richiusa alle nostre spalle. Qui si sta freschi, c'è pure l'aria condizionata.

Totò Salemi sorride. Abbraccia Piccionello, abbraccia me.

«Cavaliere Noce, i miei amici Piccionello e Lamanna. Come le dicevo, cavaliere, questo è un grande scrittore».

Ci presentiamo con la solennità e il sussiego dei soci del Rotary Club.

Il cavaliere Noce è anziano, avrà quasi ottant'anni. Seduto alla sua scrivania ha la smorfia di chi sta perdendo tempo.

«Tutto bene, cavaliere?» chiedo.

«Benissimo, non lo vede? Vediamo di chiudere questa storia, io alle cinque ho il battesimo della figlia di mia nipote».

«Il cavaliere è diventato bisnonno» dice Salemi.

Prendo Totò da parte, gli sussurro all'orecchio:

«Pensavo che l'avevi legato alla sedia».

«Macché, il cavaliere mi conosce da quando ero ragazzino. È un gran cornuto, però capisce la situazione. E poi che doveva fare? Non lo vedi quant'è? Un soffio e vola via».

La televisione accesa, mancano tre quarti d'ora al tg locale.

«Che vogliamo fare?» dice Piccionello.

«Cavaliere, ce l'ha un mazzo di carte?» fa Totò Salemi.

«Mi pare di sì».

«Ci facciamo una briscola in quattro. Cavaliere, io e lei facciamo coppia contro Piccionello e Lamanna».

Sbircio fuori da sotto le tendine abbassate. Il capitano Mendolia parla fitto con il magistrato, gli indica il container. Il ragazzotto si gratta il mento, forse gli hanno spiegato che i pubblici ministeri devono essere gravi e pensosi.

«Briscola a coppe» fa Totò Salemi.

Alla prima mano ci stracciano, il cavaliere e Salemi si intendono con un battito di ciglia. Alla seconda riusciamo faticosamente a recuperare qualche punto.

«È l'ora» dice il cavaliere.

Piccionello aumenta il volume della tv.

Taratà taratà taratà.

«Buongiorno a tutti i nostri ascoltatori. Ore drammatiche a Custonaci dove un uomo, Salvatore Salemi, operaio disoccupato, ha preso in ostaggio tre persone negli uffici della cava di marmo della ditta Noce. Ma sentiamo in diretta la nostra inviata».

«Anche noi due siamo ostaggi?» mi chiede Piccionello.

«A quanto pare lo siamo diventati».

«Silenzio» fa il cavaliere Noce.

La giornalista ci spiega chi è Totò Salemi, chi è il cavaliere Noce, chi siamo io e Piccionello, ci racconta la crisi del settore marmifero, la disperazione dell'operaio disoccupato, il gesto insano, il raptus di follia, il pericolo immanente, il rischio crescente, la paura, l'ansia, l'allarme e, soprattutto, il mistero. Non si sa se Salemi sia armato.

Totò Salemi mi indica con un sorriso il quaderno nero sulla scrivania.

«Il noto scrittore Saverio Lamanna, prima di entrare negli uffici della Marmi e Graniti, ha rilasciato una dichiarazione per conto del sequestratore. Se la regia può far partire il contributo».

«Hai sentito? Sequestratore» dico a Salemi.

Ecco, sono in onda. Dovevo darmi una sistemata ai capelli, hanno una forma strana.

«Bene, adesso possiamo andare via? Devo ancora cambiarmi per il battesimo di mia nipote» fa il cavaliere Noce, sempre più incazzato.

«Che dici, Totò, la chiudiamo qua?» gli faccio.

«Secondo voi la mandano in onda anche stasera?».

«Sicuro, questa è la notizia del giorno» confermo.

«Allora, prima esce il cavaliere Noce, poi noi due e tu stai in mezzo» fa Piccionello a Salemi.

«Prima di uscire, voi due date dieci euro a me e a Totò» dice il cavaliere Noce.

«Perché?».

«A briscola avete perso».

«Cavaliere, ma le sembra il momento?».

«I piccioli sono piccioli. Non mi interessa niente».

Fuori gracchia un megafono.

«Ssa, ssa, prova, prova. Salemi, sono il sostituto procuratore Tallarito, ho preso il controllo delle operazioni, so che mi sta ascoltando, esca fuori con le braccia in alto».

Sbircio dalla finestra. Quello lì è convinto di stare in un film americano. Ha fatto disporre i carabinieri armati in prima linea. Si è immedesimato nell'ispettore Callaghan. Il capitano Mendolia, accanto a lui, si passa una mano sulla faccia.

«Salemi, le faccio presente che lei incorre nella fattispecie prevista dall'articolo 605 del codice penale, punibile con la reclusione fino a 8 anni, senza tenere conto delle aggravanti specifiche».

«Scherza?» fa Salemi.

«No, Totò. Secondo me questo non scherza» gli dico.

«Cavaliere, glielo spiega lei, vero?» dice Salemi.

«Totò, se mi fai perdere il battesimo di mia nipote ti faccio finire in galera per vent'anni».

La voce al megafono, ancora:

«Salemi, non ha alcuna possibilità di farla franca. Rilasci gli ostaggi, si arrenda, altrimenti sarò costretto a fare irruzione con le forze dell'ordine».

«Questo è matto, meglio che veniamo fuori subito» dice Piccionello.

«Peppe ha ragione, meglio che usciamo subito. Cavaliere Noce, vada avanti lei» annuisco.

«Finalmente» e il cavaliere Noce esce fuori.

«Dai, Totò, andiamo» dico.

Le telecamere puntano il cavaliere Noce che cammina sullo sterrato tirandosi su i pantaloni. Gli si avvicina un'infermiera, immagino gli chieda come sta, ma il cavaliere Noce la manda a quel paese. Pensa solo al battesimo.

«Salemi, non faccia pazzie. Non le faremo del male» dice ancora il sostituto Tallarito al megafono.

«Non mi fido» mormora Salemi.

«Dai, Totò, andiamo» Piccionello gli mette una mano sottobraccio.

Salemi è un po' intronato, adesso. Prende il quaderno nero.

«Questo è per vossia. Scriva tutto, bene bene».

«Certo, Totò, andiamo» gli dico.

Apriamo la porta, usciamo piano, tenendo Totò Salemi sottobraccio.

Le telecamere sono puntate su noi tre. Il capitano Mendolia tira un sospiro. È andata. Ora il sostituto Tallarito deve solo stare zitto per un po'. Invece:

«Salemi, abbandoni l'arma, abbandoni l'arma, è un ordine, apro il fuoco, apro il fuoco. Fuoco».

Pam.

Un colpo di pistola. Secco. Rimbalza l'eco sulle pareti della cava.

Mi abbasso d'istinto, le mani sulla testa.

Qualche cretino ha sparato in aria.

Totò Salemi si divincola, sento il suo braccio scivolare via, scappa dietro il container, scompare.

Il capitano Mendolia strappa quel cazzo di megafono all'ispettore Scimunito Callaghan.

«Ma che cazzo fa?» grida Mendolia.

«Era armato, era armato, aveva qualcosa in mano» strepita il genio dei sequestri.

«Era un quaderno».

«Un quaderno?».

«Sì, un cazzo di quaderno dove non c'è scritto niente».

«Secondo me è un'arma».

«Dottore, con tutto il rispetto, secondo me lei è un cretino».

«Come si permette?».

«Lamanna, cosa tiene in mano Salemi?».

«Un quaderno».

Le telecamere puntano in alto, verso la parete della cava. Come ha fatto Salemi ad arrivare fin lassù?

«Totò, scendi, non ti succede niente» grido.

«Totò, non fare minchiate» grida Piccionello.

«Salemi, stia tranquillo, adesso la veniamo a prendere, non le succederà niente» grida il capitano Mendolia al megafono.

Il sostituto procuratore Tallarito si gratta il mento.

«Sembrava un'arma, però».

La voce di Totò Salemi arriva piano.

«Non ci voglio andare».

«Cosa?» gridiamo tutti.

«Non ci voglio andare in galera. Ho due figli».

«Non ci vai in galera, Salemi. Parola d'onore» grida il capitano Mendolia.

«Non è vero, non ci credo» urla Salemi, e mi sembra di sentirlo piangere.

Lo vedo. Lo vediamo. Lo vedono le telecamere. Lo vedo io. E lo vede Piccionello. E i giornalisti. E i ragazzi che fanno il video con i telefonini. E il capitano Mendolia.

Non c'è rumore. È una scena muta. Salemi è sul ciglio del blocco di marmo.

Si lascia cadere giù.

Lo vedo volare, le braccia un po' distanti dal corpo. Un oggetto nero si stacca da lui, volteggia nell'aria, uno sfoglio, un gioco di pagine bianche nel vento, plana piano. Totò Salemi deve essere già arrivato a terra, ma da qui non riusciamo più a vedere niente. Niente.

«Chi è?».

«Sono io, posso entrare?».

«Peppe, non fare il cretino. Entra».

Piccionello ha la faccia bianca di cera. Scuote la testa. Posa un quaderno impolverato sul tavolo.

«Me l'ha dato il capitano Mendolia. Per te».

Passo una mano sulla copertina del quaderno, la polvere mi resta sui polpastrelli.

«Il cavaliere Noce pagherà i funerali. E anche gli arretrati degli stipendi alla moglie di Totò» dice Piccionello.

«Almeno la soddisfazione di avergli rovinato il battesimo della nipote».

Suleima prende fra le mani il quaderno. Ha gli occhi rossi.

«Ho bisogno di bere qualcosa» fa Piccionello.

«Sul frigo c'è la bottiglia di Havana 7».

«Questi toscani sono tuoi?» chiede Peppe.

«No, sono di Totò Salemi. Portali qui che fumiamo».

Torna al tavolo con la bottiglia di rum e i toscani.

«Non avevi smesso di fumare?» dice Piccionello.

«Ho cambiato idea».

Accendo un toscano, dalla radio *We are the Champions* dei Queen.

C'è poco da dire. Beviamo Havana 7, nel fumo del toscano di Totò Salemi.

«Non riesco a crederci» dice Suleima.

«Il fatto viene dopo» dice Peppe Piccionello.

«Che minchia significa?» chiedo.

«Lo diceva sempre un mio amico. Il fatto viene dopo».

«Non capisco».

«Significa che il fatto non conta, ma conta quando te ne rendi conto».

«E allora?».

«Abbiamo visto cadere Totò Salemi, ma solo ora ci stiamo accorgendo che è morto».

«Mi sembra una minchiata» dico, e mi verso un altro bicchiere di rum.

«Ha ragione Peppe, il fatto viene quando lo sai, non mentre accade» commenta Suleima.

«Spiegatemelo, perché io continuo a non capire» intigno.

«Pensa alla moglie di Totò Salemi» dice Suleima. «Per cinque ore non sono riusciti a trovarla perché era andata a Trapani al centro commerciale, non sapeva niente, anche se il fatto era già successo. Il fatto è venuto dopo, quando tornando a casa ha trovato i carabinieri».

«Ecco, il fatto viene dopo» fa Piccionello.

Gli soffio una boccata di fumo addosso.

«Sei fatto filosofo, adesso?».

«Ma ce l'hai con me?».

«No, perché? Ti sei fatto convincere da Totò Salemi, gli hai fatto credere che ero un grande scrittore e che un libro gli avrebbe risolto i guai. Invece di dirgli: Totò, questa tua pensata è una gran minchiata, gli hai dato ragione. E quello, mischino, si è persuaso. Risultato: Totò Salemi è morto e noi ci fumiamo i suoi sigari. In effetti hai ragione: perché dovrei avercela con te?».

«Saverio, non è colpa mia o tua» dice Piccionello.

«Non è colpa di nessuno. È colpa della crisi, dei cinesi, del magistrato, del capitano, della malasorte, delle scarpe scivolose, dell'enciclica papale».

«Non fare così, Saverio» dice Suleima, poggiando una mano sulla mia.

«Non faccio così. Non è colpa tua, non è colpa mia. È colpa del giornalismo, del sistema, di Adam Smith, del capitalismo, dell'euro, del libero mercato, del comunismo, del buddismo, dello scontro di civiltà, di internet, ma non è mai colpa nostra. Totò Salemi è morto, succede, è successo, succederà. È la lunga strada verso il progresso, vero? Qualcuno muore e qualcuno campa, as usual. Noi che c'entriamo?».

«Vabbè, io vado a casa» fa Piccionello.

«Bravo. Vai a casetta, aspetta il tuo televisore in regalo, prepara le polpette di sarde e campa sereno».

«Saverio, Totò Salemi era mio amico da sempre. Sono stato al suo matrimonio, ho visto nascere le sue figlie, gli ho prestato soldi quando era in difficoltà, forse sono più addolorato di te. Non venirmi a fare la morale».

«Saverio, Piccionello ha ragione».

«Avete tutti ragione. Avete ragione tutti. Però Totò Salemi è morto e noi beviamo rum. Vado a farmi una doccia, buonanotte».

Piccionello e Suleima si scambiano un'occhiata di compassione.

Mi infilo sotto la doccia. Sarà l'acqua sulla faccia, ma mi viene da piangere. Il fatto viene dopo, è vero.

Entra luce dalla finestra. Mi sveglio. Sono le sette.

Suleima mormora nel sonno, dice qualcosa che non capisco, come forte o morte.

Un messaggio sul telefonino. È di Serena.

«Novità?».

Fin troppe. Mi preparo un caffè. Guardo fuori, il mare è piatto, Monte Cofano ammagliato di foschia. Oggi farà caldo.

Accendo l'iPad.

Buenos días.

No, Teresita, non è la giornata giusta. Spegniti.

¿Estás triste?

Quanto basta, grazie.

Apro «Repubblica.it». La notizia della morte di Totò Salemi è in fondo alla home page, mischiata con altre. «Sicilia, operaio disoccupato suicida. Brescia, imprenditore si dà fuoco». Il «Corriere.it» nemmeno la riporta. Su «LiveSicilia» l'hanno messa fra le prime cinque, accompagnata da una dichiarazione del presidente regionale di Confindustria: «La crisi ormai è un disastro sociale». C'è anche il video della mia dichiarazione: «Lo scrittore Lamanna: la tragedia di Salemi nel mio prossimo libro». Grazie Totò, ora sì che sono veramente un grande scrittore.

Passo su Facebook. Messaggio privato. Un giornalista di Milano: «Ti ho visto al tg, ti ricordi di me?». A questo l'amicizia non la do, quando l'ho conosciuto era uno stronzo, non credo che su Facebook possa migliorare.

Rileggo il messaggio di Serena. Ora le rispondo che va tutto male.

Richiesta di amicizia: Fabrizio Iron.

Iron?

C'è la foto. Ho capito, il figlio di Antonia Aimondi.

Amicizia accettata, scartabello un po' sulla sua pagina, tanto per capire chi è.

Qualche video di cantanti hip hop, femmine nude, forza Palermo, meglio un giorno da Borsellino che mille da Ciancimino, la foto di una brunetta con qualche migliaio di cuoricini, la squola è finita, stasera ci vediamo a Mondello, ciao Fabri sei megghio di Mike Tyson.

Che c'entra Mike Tyson?

Facciamoci una carrettata di cazzi altrui.

Vado a curiosare nell'album delle foto. E spunta Fabrizio Iron De Gregorio con guantoni, paradenti e casco di protezione sul ring di una palestra. Scarico la foto, la allargo: sullo sfondo c'è un cartello. Superboxe Palermo.

Aspetta aspetta. Guarda guarda.

Vado su Google. Scrivo: Superboxe Palermo.

Chiudo gli occhi, li riapro.

Superboxe, scuola di pugilato, kick boxing, free fight, via del Bersagliere, 90143 Palermo.

L'altro giorno mi ha lasciato proprio lì, all'angolo di via del Bersagliere.

Hai capito il buon Fabrizio Iron? Fa a botte ogni giorno, ma appena prende una sventola da un ragazzetto si fa spaccare il naso.

Rispondo al messaggio di Serena.

«Forse novità».

Mi vesto, bacio Suleima mentre dorme.

«Che ore sono?» chiede.

«Le otto».

«Di mattina?».

«Sì».

«Perché sei sveglio a quest'ora? Dimmelo».

«Cosa?».

«Dimmi che sei gravemente malato».

«Sono gravemente malato».

«Dove vai?».

«A Palermo».

«A fare cosa?».

«Cure specialistiche».

«È malattia contagiosa?».
«No, puoi continuare a dormire. Ci vediamo più tardi».
«Guarirai?».
«Sì, domani mi sveglio alle undici. Te lo prometto».
«Saverio, sono triste».
«Anch'io. È normale».
«La scrivi davvero la storia di Totò Salemi?».
«Non credo, le storie vere finiscono sempre male».
«Avevi promesso».
«Non avevo promesso niente».
«Fallo adesso».
«Ci penserò».

Granita e brioscia al Bar Sicilia. Ho tempo per la mia colazione, sono scivolato dentro Palermo veloce veloce, il traffico di fine luglio è leggero.

Non sono ancora le nove e mezzo del mattino. Arrivo a piedi in via del Bersagliere. La Superboxe è nel seminterrato di un palazzo.

«Desidera?» chiede uno che sta alzando la saracinesca.

«Lei è il proprietario?».

«A lei che ci interessa?».

«Volevo dare un'occhiata, vorrei iscrivermi».

«Guardi che fra due giorni noi chiudiamo per tutto agosto».

«Io vorrei iscrivermi a settembre, ma siccome passavo da qui».

«Prego, si accomodi».

La palestra è al buio. Al centro il ring, i sacchi appesi al soffitto, i manifesti alle pareti, i pesi in fila sulle rastrelliere.

«Vuole vedere anche gli spogliatoi?» mi chiede il tizio.

«Sì».

«Ecco, qui ci sono le docce. Sono state rifatte nuove due mesi fa».

«Bene».

«Lei che sport vuole fare?».

«Boxe».

«Boxe?». Il tizio mi studia con una smorfia.

«Qualcosa che non va?».

«È faticoso, lei lo sa?».

«Immagino».

«Io sono l'allenatore di boxe».

«Piacere, Lamanna».

«Venturino».

Mi stritola una mano, vuol farmi capire chi è il più forte. E infatti capisco.

«Ma a lei chi ce lo porta qui?».

«Me l'ha consigliato Fabrizio».

«Fabrizio chi?» chiede, mentre torniamo verso il ring.

«Fabrizio De Gregorio».

«Ho capito, Iron».

«Esatto, lo chiamano così».

«No, è lui che si fa chiamare così. È solo un ragazzino, la prima volta che gli hanno spaccato il naso non è più voluto entrare nel quadrato».

«Gli hanno spaccato il naso, perciò?».

«Prima o poi succede, per questo alcuni se lo fanno rompere prima, ma questo vale solo per i professionisti. Eravamo in allenamento, sarà stato una mesata fa, ha incassato male un destro, non mi ascolta mai quel ragazzo, e patapummete è caduto a terra con il naso rotto».

«È grave?».

«Ma che grave? Prima o poi succede. Solo che si è spaventato, è scappato via e ora si dedica solo ai pesi. È ancora convinto di fare boxe?».

«Ha detto un mese fa?».

«Sì, più o meno. Ma a lei che ci interessa?».

«Mi ricordo di averlo visto in quei giorni con la faccia gonfia così».

«Sarà stato il 10 giugno, perché quella sera abbiamo fatto la cena di fine corso con tutti gli allievi e lui non è venuto».

«Va bene, allora ci rivediamo a settembre» ma evito di stringergli la mano per salutarlo.

«Ci pensi bene».

«Non le sembro adatto per la boxe?».

«Vuole la verità?».

«Sì».

«Qua vicino, alla Favorita, c'è un campo da golf. Perché non prova lì?».

«Grazie della stima».

«Di niente».

Seduto sugli scalini della statua della Libertà, dal lato in ombra, mi accorgo che non ci avevo mai messo piede prima di oggi. E non ci ho mai visto nessuno. Ci sono piazze che nascono deserte, secondo me c'entra De Chirico.

Accendo un altro Antico Toscano dal pacchetto abbandonato da Totò Salemi, appoggio le spalle al granito, butto il fumo contro il cielo.

Mi era già successo un'altra volta. Avevo vent'anni e prima di partire per Barcellona con l'Erasmus, collaborai per sei mesi al giornale «L'Ora». Mi occupavo della movida palermitana, era il periodo in cui i palermitani scoprivano le gioie della città by night, scrivevo minchiate sulle feste, i locali, chi c'era e chi non c'era. Una sera inciampai in una notizia: all'Arenella c'era stata una rissa, una ventina di ragazzi si presero a legnate nemmeno ricordo per quale motivo, quando arrivò la polizia fermarono uno con un coltello a serramanico, era il figlio di un consigliere comunale che un giorno sì e un giorno sempre tuonava contro la deriva delle notti palermitane, contrarie alla decenza e all'ordine pubblico (immagino credesse confusamente che Palermo fosse una piccola Lugano).

Prima di portare la notizia al giornale girai per due ore in città, mi avvicinavo alla redazione e poi cambiavo strada. Ero l'unico a sapere quel retroscena – me l'aveva confidato un poliziotto figlio di un vicino di casa –, mi eccitava custodirlo. Detenere un segreto, malgrado non fosse la verità sul disastro di Ustica, dava quasi la vertigine. E mi pareva un peccato portare la notizia al giornale, farla diventare cosa di tutti. Purtroppo, quando decisi di presentarmi in redazione per scrivere, il giornale fece ammuffire le mie trenta righe in un cassetto, fin quando il «Giornale di Sicilia» non pubblicò la cosa senza fare nomi e non facendo capire niente. Almeno mi restò a lungo il ricordo di quelle ore in cui solo io sapevo.

La stessa cosa mi capita adesso.

Tiro un'altra boccata dal sigaro, penso a Totò Salemi.

Il fatto viene dopo. Forse ho capito.

Chiamo Serena.

«Ciao, sono Saverio. Tuo figlio ha litigato con quel ragazzo verso il 10 giugno?».

«La sera dell'11 giugno. Perché?».

«Niente, una mia idea. Ci sentiamo più tardi».

Un'auto della polizia municipale si ferma ai bordi della piazza, scende un vigile e si avvicina sistemandosi il berretto in testa.

«Buongiorno, si sente male?».

«No, perché?».

«Siccome abbiamo visto che era seduto qui ci siamo insospettiti» e indica il suo collega rimasto in auto.

«Questa è la statua della Libertà. C'è libertà di sedersi, dunque».

«La libertà c'è, ma non lo fa mai nessuno».

«Perché la gente non sa che c'è la libertà».

«O forse non gli interessa».

«E allora che libertà è?».

«Libertà inutile».

«Me ne vado, allora».

«No, se vuole può restare. Ma non c'è nessuno, vede?».

«Ha ragione. La libertà è una cosa troppo vuota».

Plin plon. L'ascensore all'ultimo piano.

Antonia è già sulla porta, dopo lo stupore al citofono.

«Ancora tu?».

«Ma non dovevamo vederci più?».

«Ti ho perdonato, basta che non mi parli di quella lì. Entra».

Gira con un caffettano di lino, mi pare che sotto non porti niente.

«Vuoi bere qualcosa?».

«Un goccio di Havana 7?».

«Forse sì, aspettami» e va lì dentro.

Il Depero da trentamila euro è sulla stessa pagina che avevo aperto io. Non è un libro dalla trama irresistibile.

«Ghiaccio?» grida Antonia dall'altra stanza.

«Sì, grazie».

Torna con il bicchiere.

«Non è un po' presto per il rum?» mi fa.

«A Cuba lo bevono a colazione».

«Ma non siamo a Cuba. Accomodati. Cosa c'è?».

«Antonia, lascia perdere».

«Sei tornato per rompere le palle?».

«No, sono tornato per darti un consiglio da amico».

«E sarebbe?».

«A tuo figlio il naso lo hanno rotto in palestra».

«Che stai dicendo?».

«Ho i testimoni. Ti dico anche la data: 10 giugno, se non sbaglio era un martedì».

«L'hanno visto tutti che il figlio di quella lì ha spinto Fabrizio e lo ha fatto cadere».

«Certo, lo hanno visto cadere. Ma il naso ce l'aveva già rotto, magari questo non lo hanno visto o se lo sono dimenticati. Sono ragazzi, sai».

«Ho il referto medico».

«Sicuro. Perché l'indomani, appena hai capito la cosa, lo hai portato al pronto soccorso. E hai pensato di approfittarne».

Antonia si alza, il caffettano le scopre le gambe. Non mi lasciano mai indifferente, nemmeno adesso.

«Dimmi solo una cosa, Antonia. Tuo figlio la sa questa cosa o hai organizzato tutto tu?».

«Lascia stare Fabrizio, lui non c'entra. È minorenne».

«Ma tu sei maggiorenne».

«Hai una sigaretta?».

«No, solo toscani».

Si avvicina alla porta aperta sulla terrazza, nel controluce ricevo conferma: sotto il vestito niente.

«La legge è legge. Non posso fare altro» dice, guardando fuori.

«Puoi ritirare la denuncia».

«Per fare un piacere a te o alla tua amichetta?».

«Antonia, questa storia non regge».

«Le cose non sono andate come dici tu».

«Ti ricordi cosa mi hai detto quella volta a Capo Gallo?».

«Che c'entra adesso?».

«Mi hai detto che non mi avresti mentito mai. Il bugiardo sono io, tu sei la ragazza che dice sempre la verità».

Resta in silenzio. Guarda fuori. Col dito scrive qualcosa sul vetro. Una sirena passa lontano, da qualche parte in città.

«Saverio, non capisci. Quei soldi mi servono. Ci servono».

Scoppio a ridere.

«Vi servono? Settantamila euro? Ma se solo in questa stanza ci sono duecentomila euro».

«È tutto pignorato, Saverio».

«Che dici?».

«La casa, i mobili, i conti, i quadri, pure questo cazzo di libro è pignorato» addita il Depero.

«Ma se tuo marito è il principe dei commercialisti».

«Ma li leggi i giornali, Saverio? Non ci sono più soldi, non paga più nessuno. Mio marito da anni deve ricevere soldi dalla Regione, dai Comuni, dalla Asl, da tutti. E nessuno paga. Non ci sono più soldi, dicono. L'altro giorno un suo cliente gli ha portato una gallina scannata per sdebitarsi. Capisci? Una gallina! Come un secolo fa».

«E pensavi di rifarti su quella poveraccia di Serena».

«Solo la gente onesta paga ancora, Saverio. Serena paga, a costo di vendersi la casa. Ma i clienti di mio marito sono enti pubblici ed evasori fiscali. I primi non hanno più soldi, e gli evasori dicono di non averne mai avuti. Risultato: puff, tutto sparito».

«Vendete tutto, allora».

«Stanno già vendendo tutto. Le banche ci stanno vendendo le sedie da sotto il culo. Non so come campare, Saverio. Non pago la cameriera da sei mesi, infatti quella stronza ormai vive qui come una signora, a tipo albergo. Va e viene quando le pare».

Speriamo che non pianga. Speriamo che non pianga, penso. Piange, invece.

La abbraccio, mi bagna di lacrime la camicia.

«Scusami, Saverio».
«Non ti preoccupare, Antonia. Forse è meglio che vado via».
«Sì, è meglio» e mi lascia un bacio sulla guancia.
Mi accompagna alla porta.
«Non dirlo a nessuno, però» mi dice.
«No».
«Nemmeno a Serena. La chiudiamo qui».
«Ciao».
Scendo giù in strada. Passo dal ristorantino di Gigi Mangia. Ordino per tre: ravioli di capesante in ragù di gamberoni, aragostine grigliate, semifreddo d'arancia e due bottiglie di inzolia.
«Gigi, puoi mandare tutto a casa del dottor De Gregorio, quello che abita qua vicino?».
«Certo, fanno centotrentasette euro, per te centotrenta».
«Grazie, sei sempre un amico».
«Devo dire qualcosa al dottor De Gregorio?».
«Buon appetito».

Alla curva del belvedere di Castellammare del Golfo sento la fame. Mi fermo al furgoncino: pane, panelle e cazzilli con birra Moretti Baffo d'Oro.
Vado a sedere sul bordo del parapetto.
«Com'è finita?». Serena al telefono.
«Bene, Antonia ritira la denuncia».
«Come hai fatto a convincerla?».
«Non ha mai smesso d'amarmi».
«Neanche io».

«Non siete le sole».
«Cretino» sento che ride.
«Adesso devo lasciarti, ho molti impegni».
«Ti aspetto a Favignana. Anche con la tua ragazza, se non è gelosa».
«Non mischiamo le carte».
«Fai come vuoi. Cretino».
«Anche io ti voglio bene».
Al centro del golfo di Castellammare c'è una barca a vela, sembra immobile.
Da qualche parte arriva un canto di cicale.
Mio padre si fermava sempre qui, scendeva dalla 128 verde, mentre mia madre si lamentava perché perdevamo tempo: papà portava me e mia sorella al parapetto e respirava il mare del golfo. Non diceva niente, solo il gesto di chi mostra un quadro.
Avrò avuto nove o dieci anni. Giro la testa per vedere se c'è la 128 verde con mia madre che si fa aria col ventaglio, ma trovo due ciclisti che riprendono fiato.
Finisco il panino. Ottimo: panelle e cazzilli sono buoni solo se fritti con olio di motore e polvere di strada.
Mi domando per quanto tempo ancora quei due ragazzi, Guglielmo e Fabrizio, si ricorderanno del loro litigio a Mondello, mi chiedo se sapranno mai di essere più vicini di quanto credono nel gioco degli incontri e degli addii.
Mi scolo la Moretti.
Cerco nella giacca i fazzolettini per ripulirmi le mani dall'unto. Nella tasca della giacca trovo un quaderno. Il quaderno di Totò Salemi.

Lo apro. Al centro della prima pagina c'è scritto qualcosa in stampatello. Riconosco la grafia di Suleima.

Il fatto viene dopo.

Questa storia la devo scrivere. Per Totò Salemi. Per Suleima. E pure per me.

La regola dello svantaggio

«Non capisco».

«È semplice, signor Lamanna. Millenovecentocinquanta euro, più sei uomini, più piano cottura, più forno. Fanno duemilaseicentocinquanta. Arrotondiamo a duemilaseicento e non ne parliamo più».

«Sei uomini? Ma se eravate in due».

«Due uomini, tre giorni. Uguale sei uomini».

«Saverio, è semplice. Due uomini per tre giorni di lavoro, significa sei uomini a cinquanta euro al giorno. Più il forno e il piano cottura» interviene Peppe Piccionello.

«Sono molto felice del tuo Nobel per l'economia, ma non mi trattare come un minus habens».

«Ti offendi?» fa Piccionello.

«Non mi offendo. Ma non capisco. Mastro Pietro, ricominciamo da capo».

Mastro Pietro guarda Peppe Piccionello. I due premi Nobel dell'economia si scambiano un'occhiata di compatimento, quasi fossi l'alunno ripetente di terzo liceo.

«Mattoni, cemento, sabbia, massetto in calcestruzzo, quattrocentocinquanta. Ci siamo?».

Mastro Pietro sottolinea col dito sul foglio fitto di numeri scritti a mano.

«Ci siamo» annuisco con la faccia di chi non ha ancora afferrato i misteri dell'algebra.

«Scasso, incasso, tubi, posa dei tubi, raccordi idraulici, valvola generale, rubinetteria, doppio lavello in acciaio, impianto elettrico, scasso, incasso, tre deviatori, tre cassette, due prese, un interruttore, un relais: cinquecentocinquanta euri. Ci siamo?» dice mastro Pietro, con la stessa pignoleria della mia vecchia professoressa di fisica e matematica.

Annuisco.

«E siamo a mille. Ci siamo?» puntualizza Piccionello.

«Grazie Euclide, preciso come un teorema».

Adesso mi sto incazzando.

Piccionello allarga le braccia: santa pazienza.

«E non fare sceneggiate alle mie spalle» lo avverto. «Andiamo avanti, mastro Pietro».

«Mattonelle, dieci per dieci, di Caltagirone, per metri quadrati due, uguale seicento euro. Ci siamo?».

«Seicento euro?».

«Sono di Caltagirone».

«Di Caltagirone sono» conferma Piccionello.

«E che sono venute in taxi da Caltagirone?» domando a mastro Pietro.

«Signor Lamanna, la roba buona si paga. Più due metri lineari di mattonelle col bordo, sempre di Caltagirone, duecento euro. Dieci euro a piastrella. Decorate. Ci siamo?».

«Dieci euro a mattonella?» mi rivolgo a Piccionello.

«Decorate. E col bordo. Capisci, no?».

Peppe mi poggia una mano sulla spalla. Voglio credere sia un gesto di solidarietà.

«No, non avevo capito. Adesso però ho capito. Andiamo avanti, mastro Pietro».

«E questo è tutto. Mille euro, più ottocento di mattonelle fanno milleotto, più intonacatura, gessatura, trattamento impermeabile per la ceramica fanno millenovecentocinquanta. Più il resto: sei uomini, forno a incasso e piano cottura Electrolux. Duemilaseicento euro e non ne parliamo più».

«Mastro Pietro, veramente lei mi aveva detto che con millecinquecento euro, al massimo, facevamo tutto».

«Potevo saperlo io che bisognava rifare i tubi che erano tutti marciti? E pure l'impianto elettrico. Potevo saperlo io che i fili erano tutti marciti?».

«Saverio, li volevi lasciare tutti marciti?» fa Piccionello.

«Per carità, non mi permetterei mai» rispondo con mezzo sorriso, ma sento che vorrei ammazzare Piccionello e mastro Pietro.

«Un tempo si poteva fare, signor Lamanna, ma ora con tutte queste regole dell'Europa c'è rischio che uno passa i guai» dice sconsolato mastro Pietro.

«E certo. Infatti sto andando a Bruxelles a protestare, perché mi ero un po' affezionato ai miei tubi e ai miei fili tutti marciti».

«C'è poco da babbiare, signor Lamanna. Il mondo è cambiato. Lei paga in contanti, vero?».

«E certo, mastro Pietro. A Bruxelles sempre raccomandano di pagare in contanti e senza fattura».

«Signor Lamanna, se vuole la fattura io la faccio. Allora dobbiamo calcolare duemilaseicento euro più Iva che fanno tremila e coccia. Ma lei poi che ci fa con questa fattura?».

«Me la incornicio. Sa, di questi tempi, è una rarità».

«Le vengo incontro. Metà in contanti e il resto a fattura, col comodo suo».

«Mastro Pietro, lei è troppo buono».

«Però, guardi che opera d'arte».

Mastro Pietro indica la mia nuova cucina in muratura, piastrelle di Caltagirone, forno ad incasso e piano cottura a cinque fuochi: duemilaseicento euro, rubati rubati.

Ma come mi sono fatto persuadere?

Mastro Pietro raccoglie i consuntivi, li ficca tra le pagine dell'agenda Sara Assicurazioni, fa un mezzo inchino e si prepara ad uscire di scena.

«Signor Lamanna, le lascio il numero di mio nipote Andrea, così vi mettete d'accordo per il pagamento».

Segno il numero del nipote Andrea, stringo calorosamente la mano al premio Nobel dell'economia muratoria e cementizia – tutti a medicinali, gli auguro in mente mia, se li deve spendere questi duemilaseicento euro –, lo accompagno alla porta, giusto il tempo di scorgere e invidiare il suo Suv Nissan X-Trail Diesel, ventisettemila euro prezzo base di listino, parcheggiato qui davanti con i finestrini aperti.

Quando rientro punto l'indice in faccia a Piccionello che fa finta di studiare i volumi della mia libreria.

«Questo mastro Pietro me lo hai consigliato tu, è vero?».

«Non è colpa mia se hai voluto le piastrelle di Caltagirone».

Peppe Piccionello si difende, ma si vede che è mortificato.

Infierisco, infatti.

«Tu dici che era meglio se sceglievo quelle di Santo Stefano di Camastra? In effetti è più vicino, il taxi costa meno. Hai ragione, la geografia è troppo importante, bisogna studiarla bene».

«Saverio, la roba buona si paga».

«Peppe, ma da dove ti vengono queste illuminazioni? Io questa cosa qui non l'avevo mai sentita dire a nessuno».

«Saverio, non essere tirchio», Piccionello si sta riprendendo, «con tutti i libri che hai scritto, cosa vuoi che sono duemilaseicento euro?».

Ora lo ammazzo. Che ci vuole? Gli spacco sulla tempia un volume della piccola enciclopedia Treccani, con rilegatura a mano, e lo faccio secco.

«Peppe, secondo me è meglio se te ne vai a casa. Poi, quando ritorni, ti spiego con molta calma come funziona l'editoria in Italia».

Piccionello segue il mio consiglio, se la svigna muto muto. È vero: la fuga non è vergogna, ma salvamento di vita.

Esamino la cucina in muratura, piastrelle di Caltagirone, forno Electrolux e piano cottura a cinque fuochi. Di bella è bella. Duemilaseicento euro per cuocere la frittata di ricotta. Ma dov'era Dio quando mi sono fatto convinto?

Provo a scrivere. Niente da fare. Non è lo schermo bianco del computer a paralizzarmi, ma il rosso antico del mio conto corrente. Il blocco dello scrittore sono duemilaseicento euro in libera uscita.

L'editore vuole un nuovo libro, gli altri sono andati benino.

«Adesso scrivine uno veramente buono» mi ha detto.

«Perché gli altri non erano buoni?».

«Più buono».

Ho capito.

Se non scrivo non pago la cucina, ma le mattonelle di Caltagirone mi hanno prosciugato conto e fantasia.

Il telefono. Suleima.

«Ehi, che stai facendo?».

«Scrivo».

«A che punto sei?».

«Vado come un treno».

Penso alla littorina da Palermo ad Agrigento, centoventi chilometri in due ore, se tutto va bene.

«È venuto mastro Pietro?».

«Sì, ha lasciato ricordi indelebili».

«Caro?».

«Non so quando riuscirò a elaborare il lutto».

«Tirchio. Appena torno te lo faccio elaborare io, a modo mio».

«Se mi trovi suicida, ricordati che vi ho amate tutte».

«Tutte?».

«Specialmente a te».
«Sei specialmente stronzo».
«Non fiori, ma regali in busta».
Mette giù. Bip, un messaggio. Sempre Suleima.
«Te l'ho detto che sei stronzo?».
«Mi pare di sì».
Niente, non è giornata per scrivere.
La radio mi spiega che è l'agosto più caldo da ventidue anni. E vai con uno dei grandi successi di quell'estate.

Sono cose della vita
Vanno prese un po' così
È già stata una fatica
Arrivare fino a qui.

Mi risparmio Eros Ramazzotti, cambio sintonia, finisco su Radio 24. Un ascoltatore al telefono vuole convincermi che in Italia potremmo vivere di turismo perché abbiamo il più grande patrimonio artistico del mondo, ma che la Sicilia ha un numero di turisti dieci volte inferiore a quelli che visitano le Baleari.
Baleari?
Mi attacco al computer. Googlo Baleari and granita. Chiudo gli occhi, tiro il fiato, sollevo una palpebra sullo schermo acceso.
Niente.
Verifico meglio, scorro su e giù: nessuno vende granite alle Baleari. Formentera sta nelle Baleari, ergo: alleluia alleluia.

Non ci ha ancora pensato nessuno di andare a vendere granite a Formentera. Solo io, solo io. Combatterò, procomberò sol io. Procomberò? Meglio controllare. Il sito della Treccani dice: procombere, decedere, tirare le cuoia. Va bene, combatterò, non procomberò. Granita di fichi, granita di mandorle, granita di gelsi a Formentera, col caldo che fa: brand, startup, know how. Domanda, offerta. Ho tutto, mi serve solo studiare bene lo spagnolo. E devo fare in fretta, c'è troppo controspionaggio industriale nel neocapitalismo liberista.

Attacco Teresita sul tablet.

¿Qué estás haciendo?

«Scrivo».

¿Qué estás haciendo?

«Qué estás haciendo? Non si vede? Lavoro».

Teresita resta in silenzio.

Mai fidarsi di un corso di lingua spagnola, con la voce di una qualsiasi Teresita andalusa, scaricato da un'app gratuita.

No creo.

«No creo?».

No creo.

Teresita, basta. Adiós.

Ho fame, mi preparo due uova affogate nella salsa di pomodoro. Quando una goccia di sugo schizza sulla mattonella di Caltagirone sento una fitta al costato.

La radio mi informa che le vacanze degli italiani si accorciano, buona l'affluenza degli stranieri, lunghe code in uscita al casello di Melegnano, polemiche in Versilia sul caro ombrelloni, permane l'alta pressione su tutta Italia, precipitazioni sparse sulle Alpi orientali, è l'agosto più caldo degli ultimi trent'anni.

Trent'anni. Poco fa non erano solo ventidue? Come passa il tempo.

Nella controra scendo ciabattando verso il mare. Nella borsa della Festa del Cinema di Roma del 2010 ho ficcato asciugamano, telefonino e una copia della *Montagna incantata* di Thomas Mann che riprendo ogni estate, da circa dodici anni, ripromettendomi di arrivare alla fine, ma resto sempre incagliato in qualche passeggiata sulle Alpi svizzere. Farà caldo anche a Davos?

Il telefono.

«Ciao papà».

«Dove sei, Saverio?».

«A Màkari. Sto scendendo al mare».

«A mare? Ad agosto?».

«Hai ragione, papà, ma per novembre ho già preso degli impegni».

«Se ti piace così».

«Guarda che stanno partendo pure da Melegnano per venire qui».

«Appunto, troppa confusione».

«Tu dove sei, papà?».

«A Ganci, a casa di Mimì e sua moglie. Qui si sta freschi».

«Sicuro, come a Davos».

«Mimì ha letto il tuo libro, dice che gli è piaciuto».

«E tu?».

«Lo sto leggendo. Vado come un treno».

Penso al regionale da Canicattì a Catania, due ore e trentasette minuti per coprire centoquaranta chilometri, con cambio a Caltanissetta Xirbi.

«Ti piace?» chiedo.

«Sì, mi piace. Adesso ti tocca scriverne uno veramente buono».

«Allora questo non è buono?».

«Più buono».

«Ho capito. Quando torni a Palermo?».

«Dopo Ferragosto. Da te come vanno le cose?».

«Ho rifatto la cucina, quella era troppo vecchia. Tutta in muratura».

«Soldi buttati. Tanto lì va tutto in rovina».

«Con le mattonelle di Caltagirone».

«Soldi buttati. Quanto ti è costata?».

«Quattro spiccioli, lavori in economia».

Mio padre resta in silenzio al telefono. Sento un fruscio.

«Stai fumando?».

«Saverio, non ho mai fumato e comincio adesso? Sto assaggiando una pasta di mandorle. Ma con i soldi come stai messo?».

«Nessun problema, papà. Ho scritto due libri, l'editoria in Italia paga bene. Non devi mangiare dolci, lo sai che ti fanno male».

«Ti faccio un bonifico?».

«Allora non mi ascolti. Nessun problema».

«Vabbè, quando torno a Palermo ti faccio un bonifico. Ma non li buttare dentro quella casa, lì va tutto in rovina. Ti saluto, mi chiamano per un giro di burraco».

Da quando è morta mamma, proprio nella casa di Màkari, mio padre non vuole più metterci piede. Fa una smorfia e dice che lì va tutto in rovina.

Forse ha ragione lui: duemilaseicento euro buttati.

Arrivo a mare. Non c'è una punta di scoglio libera, nell'aria odore di crema abbronzante e di melone d'acqua.

Mi sposto più in là, camminando lungo la battigia per raggiungere lo spiaggione.

Checché ne dica papà, senza la casa di Màkari sarei rimasto tutta l'estate a Roma, serrato nei quaranta metri quadrati del mio appartamentino a rodermi su internet dietro le gesta del sottosegretario stronzo che mi ha licenziato dalla sera alla mattina, dopo cinque anni spesi a farlo diventare un mezzo cristiano.

Una pallonata mi colpisce alle spalle, riesco a vedere solo due ragazzini in fuga inseguiti da una madre tappezzata da qualche metro quadrato di cellulite.

«Sdisonorati, appena vi piglio vi scanno».

Apprezzo sempre la raffinata pedagogia delle mamme meridionali. Un giorno devo scrivere un manuale per puerpere: *Donne che scannano i figli. La minaccia è il più grande gesto d'amore*. Secondo me, Feltrinelli lo pubblica.

Individuo uno spicchio di sabbia libero.

Ma l'onda mi sommerge prima.

Due coatti tatuati, con la creanza dei lagunari di Venezia in esercitazione tattica, spostano la stessa massa d'acqua imbarcata dall'*Andrea Doria* nella collisione con la *Stockholm*.

Ecco, a questi è mancata una madre che li scannava. Ormai sono troppo grandi per essere rieducati, solo il carcere duro può aiutarli.

Mentre *La montagna incantata* è irrimediabilmente perduta, dopo dodici estati di onorata carriera nell'agevolare repentini sonni pomeridiani, cerco almeno di mettere in salvo il telefono.

Squilla. È vivo.

«Signor Lamanna? Si ricorda di me?».

Il solito presuntuoso.

«Come no. L'ho vista poco fa in televisione. Lei è quello che fa l'amico di Kevin Costner».

«Sempre con la battuta pronta il signor Lamanna. Sono Armando Tuzzolino. Si ricorda?».

«Deve dire al regista di inquadrarla più spesso, la prossima volta».

«Signor Lamanna, lei mi fa scassare dal ridere. Sono Tuzzolino, quello dell'autolavaggio».

«Stavo pensando proprio a lei, mi hanno appena fatto la doccia».

«Ma da dove ci spuntano queste battute? Lei il cinema deve fare, a Zelig deve andare. Signor Lamanna, casa sua è libera la prossima settimana?».

«Casa mia?».

«La sua casa di Màkari. La prossima settimana è libera? Perché ho dei tedeschi in arrivo, tre persone, una famiglia».

«Tuzzolino, ma di che stiamo parlando?».

«Se ha già preso degli impegni con qualcuno me lo può dire, non mi offendo».

I due energumeni anfibi escono dall'acqua, i muscoli tesi sotto i tatuaggi, tra gli entusiasmi di quattro ragazzine da spiaggia che scattano foto con la medesima ammirazione estetica che la mia professoressa di greco e latino nutriva per i bronzi di Riace.

«Tuzzolino. Andiamo per ordine. Che c'entra il suo autolavaggio con casa mia?».

«L'autolavaggio non c'entra. Laviamo macchine, ma d'estate affittiamo anche case per turisti».

«Bene, che c'entrano i turisti con casa mia?».

«Signor Lamanna, a mezza parola. Ci siamo capiti. Mi pareva che lei affittava la sua casa d'estate».

«Ma da dove le è venuta in mente questa cosa?».

«Signor Lamanna, si vede che ho compreso male. Mi deve scusare per questa mia iniziativa. Avevo pensato che poteva essere conveniente per tutti e due. Ma se lei ha già dato la parola a qualcun altro, non ne parliamo più».

«Ma quale parola, Tuzzolino?».

«A me non interessa, signor Lamanna. Fatti suoi sono. La casa è sua e lei ci fa quello che vuole».

«E infatti ci abito».

«Ha ragione. Senza offesa, signor Lamanna. Quando passa dall'autolavaggio ci regalo una pelle di daino».

«Povero daino, lasciamolo campare».

«Signor Lamanna, lei mi fa scassare. Ci regalo un deodorante per auto».

«A che gusto?».

«Come piace a lei: limone, fragola, arancia».

«Cioccolato, nocciola, pistacchio. E che è, gelateria?».

«Troppo spiscioso, signor Lamanna. Lei cinema deve fare, a Striscia la Notizia deve andare. A presto. Troppo forte, troppo forte».

Il caldo fa scoppiare il cervello alle persone. La prossima estate quasi quasi me ne vado a Davos. O a Ganci.

Passo o non passo?

Se passo le fa piacere. Ma se pensa che sono uno appiccicoso? Magari passo con una scusa, dico che ho dimenticato le chiavi di casa. Penoso.

Passo o non passo?

Se passo le fa piacere, di sicuro. Ma se si vergogna di me davanti ai suoi colleghi? Mettiamo nel conto le battute di Marilù, mettiamo nel conto i sorrisini, mettiamo nel conto le gomitate. Che figura ci faccio? Vabbè, non c'è niente di male: stavo tornando dal mare, giusto il tempo di fare un saluto, ciao ciao, ci vediamo stasera.

Passo o non passo? Ma chissenefrega. Passo, le stampo un bacio in bocca davanti a tutti e segno il territorio. A scanso di equivoci. Così quell'aiuto cuoco che si sente il Carlo Cracco dei poveri smette di fare il lumacone.

Passo o non passo?

Sono già davanti al ristorante di Marilù. C'è un tempo per vivere e uno per morire, c'è un tempo per pensare e uno per entrare. Adesso entro: tanto a quest'ora non ci sono ancora clienti. In costume, infradito e con la maglietta del festival Trame di Lamezia Terme faccio ancora la mia porca figura, a quaranta e passa anni.

Progetto le mie mosse, tutto calcolato. Entro, saluto con la manina Marilù, sorrido sardonico al master chef degli aiuto cuochi, profilo destro e profilo sinistro alle cameriere di sala e mi strapazzo Suleima con un abbraccio alla Clark Gable, tanto per far capire a lei e al pubblico presente che mi manca troppo in questa settimana d'agosto, da quando Marilù l'ha sequestrata quindici ore al giorno e consacrata ai bisogni primari dei turisti mordi e fuggi, richiedenti asilo di premure e cortesie, ostinati a sentirsi raja indiani per sette giorni – scusi, signorina, mi dica con certezza se quest'orata è di mare o di allevamento, perché la nostra famiglia è ideologicamente ostile alla fauna ittica pasciuta in cattività – per passare poi il resto dell'anno a pagare in silenzio le tasse e ad annunciare la rivoluzione su Facebook.

Decido. È il mio momento. Il sipario si apre, the show must go on.

«Ma che fai fermo qui davanti? Conti i giorni che ti mancano alla pensione?» mi viene incontro Piccionello.

«A parte che la parola pensione non va mai pronunciata davanti a uno della mia generazione, può avere effetti indesiderati anche gravi. Tu che ci fai qui?».

Questo guastafeste mi ha rovinato la sceneggiatura. Un ciak sprecato.

«Ti cerchiamo da un'ora. Il tuo telefono è spento» dice Piccionello.

«Ho una vita privata anch'io».

«Incredibile. Marilù deve parlarti. Dai, sbrigati».

Sulla terrazza a mare con i tavoli già allestiti per la cena, Marilù prende fiato con una Nastro Azzurro.

«Finalmente. Ti fai desiderare».
«È il mio destino».
«Vabbè, siediti, che dobbiamo parlare di lavoro. Piccionello sa già tutto. Vuoi bere qualcosa?».
«Un'acqua tonica».
«Che tristezza. Ti faccio preparare uno spritz».
«Preferisco una tonica».
«Non ce l'ho, è finita. Il distributore oggi non è passato. Infatti ho mandato Suleima a fare rifornimento al centro commerciale di Valderice».
«Da sola?».
«No, con l'aiuto cuoco».
«Chi? Il Carlo Cracco de' noantri?».
«Quel ragazzo è bravissimo».
«Come no. Due stelle, tre forchette e quattro pedate in culo gliele do io».
«È geloso» sussurra Piccionello a Marilù.
«Saverio, sei geloso?» chiede Marilù.
«Io? Di quello lì? Non diciamo minchiate. Fammi un negroni, va'».
Guardo il golfo, il mare, il profilo di Monte Cofano al tramonto. Da qui a Valderice sono almeno diciassette chilometri per andare e altrettanti per tornare. Metti il tempo di fare la spesa, passare alla cassa, caricare tutto in macchina; un caffè non te lo vuoi prendere? Perdi almeno un'ora e mezza. C'è tutto il tempo per costruire le basi di una relazione stabile e duratura. Marilù mi distoglie dai tetri pensieri.
«Saverio, Piccionello è d'accordo».
«Allora non avete bisogno di me».

«Te lo avevo detto. È geloso» spiega Piccionello nell'orecchio di Marilù.

«Vuoi continuare a far finta che sono la salma di me stesso?».

«Guarda che Suleima è una ragazza a posto» puntualizza Piccionello.

«C'era uno, fesso proprio come te, che diceva a Menelao le stesse cose parlando di Elena».

Annego la disperazione nella prima sorsata del negroni.

«Ora se ne esce cu 'stu Menelao. Ma che fai, straparli?».

«Ma insomma, la smettete? Saverio, non fare il cretino alla tua età, se no ti mando a pulire la piscina» si incazza Marilù.

Scoppio a ridere, il negroni mi va di traverso.

Quand'ero ragazzino Marilù aveva appena aperto il suo albergo, tutti a dire che non avrebbe avuto vita lunga, a scommettere che falliva tempo una stagione, ma proprio allora San Vito Lo Capo diventò di moda: l'albergo è ancora aperto con il suo ristorante dove si mangia uno dei cuscus di pesce migliori della provincia e ora tutti a dire che i soldi vanno con i soldi, a spiegare che non ci voleva fantasia a capire che San Vito Lo Capo e Màkari avrebbero avuto fortuna, con questo mare, con questa luna. Adolescente, mi aggiravo dietro le siepi dell'hotel per guardare le turiste tedesche con le minne al sole a bordo vasca. Marilù mi scoprì e fui costretto a pulire ogni sera la piscina per sette giorni, sotto la minaccia della rivelazione a mio padre, ma soprattutto a mia madre, dell'infame vizietto. Il mio voyeurismo si spense sul nascere.

«Ho fatto la scenata, non l'avevate capito? Vi prendo in giro».

«Bravo, tu devi fare cinema» dice Piccionello, firmando tregua.

Marilù finisce la sua birra.

«Saverio, tu non hai problemi con i turisti, vero?».

«No. Penso che in fondo sono persone come noi».

«Non scherzare, Saverio».

«Te lo giuro, Marilù. Sono equo e solidale».

«Allora ti andrebbe di accompagnare un gruppo di turisti per qualche giorno in giro per la Sicilia?».

Guardo il fondo del bicchiere di negroni dove sbatacchiano tre cubetti di ghiaccio squagliati.

«Tu uccidi un uomo morto» sussurro.

«È un lavoro, Saverio. Ti pago».

«È un lavoro. Pagato. Sai, di questi tempi» aggiunge Piccionello.

Subodoro la trappola, l'agguato mortale. Furbo come una volpe intuisco la congiura: Marilù e Piccionello, complici del Carlo Cracco del meridione, alleati per allontanarmi da Suleima. Mi vedo in veste senatoria, mentre tracanno la pozione velenosa offerta da Messalina e Tigellino.

«Quoque tu» dico a Piccionello.

«Questo secondo me ha preso un colpo di sole. Ma forte».

«Saverio, sono solo pochi giorni» insiste Marilù. «Devono fare un giro per cantine e ristoranti, è gente graziosa».

«Perché proprio io?».

E vedo la mia fine sul suo viso.

«Perché i due che mi aveva mandato il tour operator, autista e accompagnatore, si sono presi il virus intestinale dopo una mangiata di cozze e fasolari. E domani il gruppo si mette in marcia. C'è già tutto prenotato: visite, cene, pranzi».

«Voi due siete d'accordo».

«Sì, te l'ho già detto. Piccionello è pronto a fare d'autista».

«Ho pure la patente C, l'ho presa quando ero militare» fa Piccionello. E l'infame sorride.

«Tu sei perfetto, Saverio. Li accompagni, gli spieghi un po' di cose, sai parlare, ti presenti bene».

«Anche io mi presento bene» precisa Peppe Piccionello.

«Sì, però mettiti un paio di pantaloni, invece di andare sempre in giro in mutande» gli dice Marilù.

«Non è vero».

«È vero. C'è scritto pure nel libro di Saverio».

«Marilù, non posso fare questo lavoro. Devo scrivere il prossimo romanzo» mi difendo.

«Ti prego, Saverio. Sono soltanto cinque giorni. Non mi lasciare nei guai».

«Non posso. Devo collaudare la cucina. Devo controllare le mattonelle di Caltagirone. Devo incorniciare la fattura di mastro Pietro».

«Saverio, sono settecento euro a testa. Ci paghi le piastrelle» dice Piccionello.

«Suleima può dormire qui, se vuole. Tanto in questo periodo lavoriamo giorno e notte» fa Marilù.

«Raccomando le pecore al lupo».

«Saverio, sei veramente un cretino» sbotta Marilù. «L'aiuto cuoco è gay, ancora non l'hai capito?».

«Gay? Non ci credo».

«Lo sanno tutti. Non ne fa mistero. A giugno mi ha chiesto un giorno di permesso per andare al Gay Pride».

«Non vedi come va vestito?» fa Piccionello. Parla lui, in mutande, camicia hawaiana e infradito rosanero.

«Il bue che dice cornuto all'asino».

Ormai sentenzio come Luca Brasi.

«Dai, Saverio. Settecento euro a te e altri settecento a Peppe. Per cinque giorni di lavoro. Ti fanno schifo?».

«Schifo no. Ma è proprio gay o lo dice solo perché va di moda?».

Marilù si alza dal tavolo.

«Vabbè, Saverio, ormai è palese: sei cretino. Domani pomeriggio partite da qui, col mio pulmino a dodici posti, alle cinque in punto. Non fate tardi».

«Potrebbe essere bisex» insisto.

«Saverio, perché non ti curi?» dice Piccionello.

Sorrido. Intravedo una luce in fondo al tunnel.

«Ci avete creduto? La mia è tutta scena. Siete veramente siciliani: non avete senso dell'umorismo. Per voi le corna sono un'ossessione».

Mangia, prega, ama. Non so se pregano o amano, ma di sicuro mangiano. E bevono. Minchia quanto bevono.

Rileggo la mail spedita da Marilù con la tabella di marcia. Già il titolo del tour consiglia di mettere mano alla fondina per estrarre un buon gastroprotettore: «Sicily taste, wine & food. The Island flavors».

Ristoranti, cantine, trattorie. Colazione, pranzo, merenda, cena. Gusta, degusta, digerisci, riparti. Tra un inzolia in purezza invecchiato in barrique, una spremitura a freddo di olive Biancolella, una vendemmia notturna, uno gnocco di seppia con crema di finocchio e svariati Alka Seltzer, dovrebbero restare circa ventidue minuti per odorare Motya, sette minuti per visitare il parco di Selinunte, trentasette minuti per assaporare la Valle dei Templi di Agrigento e quasi dodici minuti e trenta secondi per ammirare i mosaici di Piazza Armerina.

Siamo nati per soffriggere, questa è la verità.

Scrivo su Google: enogastronomia siciliana. Vengono fuori più pagine di quelle dedicate a Giovanni Verga. Cannoli battono Malavoglia, 740.000 a 490.000. Quaranta secoli di odissee, dominazioni, rivolte, colonne doriche, guerre puniche, cupole arabo-normanne, chiese barocche, inquisizioni, terremoti, viceré, camicie rosse, Cose Nostre, maxiprocessi e politici corrotti finiscono sommersi dalla crema di ricotta.

Siamo un popolo di aiuto cuochi.

Controllo il telefonino. Muto. Sono quasi le due e un quarto. La luna è tramontata.

Suleima a quest'ora avrà finito. Provo a immaginarla appoggiata alla giara, quella con la cycas all'ingresso del ristorante, mentre cincischia con l'aiuto cuoco.

«Domani sono sola. Saverio parte. Mi accompagni al mare?».

«Mi spiace Suleima, ma vado in barca con i Village People».

Ho voglia di fumare. Trovo nel posacenere un mozzicone di toscano. Lo accendo, gli occhi persi nelle mattonelle di Caltagirone.

Di cosa mi preoccupo?

Sentiamo la saggia Teresita.

¿Tu estas solo?

«Macché, sono qui con la mia cara cucina economica. Non si vede?».

Tu estas solo.

«Tu estas solo, va bene».

¿Dónde está tu mujer?

«¿Dónde está? Trabajar».

Claro que sí.

«Stiamo diventando sarcastici?».

Claro que sí.

«Teresita, perché non torni in Spagna? C'è un comodissimo Ryanair da Punta Raisi».

«Con chi parli?».

Suleima, appena entrata, mi abbraccia da dietro, i suoi capelli mi solleticano il collo. Chi se ne frega dell'aiuto cuoco.

«Con la spagnola».

«Ancora? Ma sei malato».

«Lo sai che hai ragione tu? Si sta facendo un po' supponente. La spengo».

Suleima scalcia le scarpe di lato. Si sfila la gonna.

«Ho fame» dice aprendo il frigorifero.

«Piccionello ha portato patate assassonate con la cipolla».

«Mi fai compagnia?».

Porta in tavola la zuppiera e la bottiglia di bianco dell'Etna rimasta a metà.

Più che il dolor poté il digiuno. Preparo piatti e bicchieri.

«Non c'è pane» dico.

«L'ho portato io dal ristorante. L'ha appena fatto Carlo».

«Carlo chi?».

«L'aiuto cuoco».

«Si chiama Carlo? Come Cracco».

«È un nome abbastanza comune. Mica si chiama Astolfo. Marilù mi ha detto che vi siete messi d'accordo. Domani parti, allora?».

«Sì, ma solo per qualche giorno. Mi dai un po' di vino?».

«Sei passato dal ristorante, ma ero a Valderice con Carlo. Quando sono rientrata eri andato via da poco, c'era ancora il tuo odore in giro».

«Com'è?».

«Il tuo odore?».

«No, questo Carlo».

«Simpatico. Ha girato mezzo mondo: Londra, Berlino, Madrid. Buone le patate, le ha preparate Piccionello?».

«Credo sua cugina. Da dove viene questo Carlo?» chiedo a occhi bassi nel piatto.

«Non lo so, mi pare dalle Marche. Prima lavorava nella moda, a Milano».

«Normale, la moda è piena di gente così».

«Così come?».

«Come lui».

«E lui com'è?».

«Gay, no?».

«Ma chi te l'ha detto?» ride Suleima, gli occhi che le brillano, per la stanchezza o per il vino, chissà.

«Lo sanno tutti. È andato pure al Gay Pride».

«Anche io sono andata al Gay Pride, che c'entra. Secondo te sono lesbica?».

«Ci sono andato anch'io. Ma per lavoro».

«Saverio, sei omofobo? Dimmelo subito così ti lascio e scappo con George Clooney».

«Guarda che io ho tanti amici gay».

«Questo lo dicono tutti gli omofobi».

«Ma dove siamo, nello studio di Michele Santoro? Non stiamo parlando di me, stiamo parlando di Carlo».

«Se è così, ti rassicuro. Non è gay».

«Ci ha provato con te?».

«Macché. Quello ha una fidanzata strafica, con uno stacco di coscia di due metri e passa».

«Chi? Il Carlo Cracco alla vaccinara?».

«Sì, proprio lui». E si versa quel che resta del bianco dell'Etna.

«Allora lo dica. Faccia outing. Non sopporto gli eterosessuali che si nascondono».

Suleima si alza. Si toglie la maglietta. Resta in slip e reggiseno. Neri.

«Saverio, io vado a farmi una doccia e poi vado a letto. Sono stanca, ma puoi farmi cambiare idea. Hai sette minuti di tempo per sparecchiare e scegliere: me o YouPorn. Oppure ti dichiari gay una volta per sempre».

Nuoto sott'acqua piano. Una bracciata dietro l'altra,

in un mare limpido di luce. Mi sento bene, una cernia si affaccia da sotto uno scoglio. Mi sorride. Un totano ripieno di pan grattato, passolina e pinoli, mi sfiora una spalla. Gli sorrido. L'acqua è fresca, il fondo sabbioso. Un polpo con un limone in bocca si avviluppa al mio braccio. Riesco a divincolarmi. Vedo il polpo allontanarsi fluttuante, ha perso la presa sul limone che risale leggero a galla. La luce si oscura, passa un branco di sarde allinguate. Me ne libero, con il piede tocco il fondo, la sabbia è smossa da ruote di pesce spatola alla messinese. L'acqua si intorbidisce di aguglie arrostite, paolotti alla griglia, calamari alla piastra. Un odore forte di cucina, di triglie alla brace e di spada panato alla palermitana mi soffoca. E il naufragar m'è dolce in questo mare.

Mi sveglio.

«Suleima» chiamo.

Non risponde nessuno.

Il letto è vuoto. Guardo il cellulare: le dieci. D'agosto il mio telefono è capace di restare muto per giorni.

Scalzo vado ad aprire la finestra. Respiro aria calda e odore di triglie alla brace. Chi arrostisce pesce alle dieci del mattino?

Preparo un caffè.

Ho deciso. Adesso mi vesto, vado da Marilù e disdico tutto. Non abbandono certo il territorio con il nemico in casa. Il gatto e la volpe volevano infinocchiarmi con settecento euro: timeo Danaos et dona ferentes. Gli antichi non sbagliavano, sennò a che serve il liceo classico?

Caffè, biscotti di sesamo e triglie arrostite. La colazione dei campioni.

Sento bussare.

«Chi è?».

«Bien, il est ici» dice qualcuno là fuori.

«Arrivo. Eccomi» grido.

Spalanco la porta al caldo, alla zaffata di triglie arrostite e alla famiglia Malaussène.

«Bonjour» mi sorride una specie di Jean Dujardin.

«Bonjour» fa eco la controfigura di Juliette Binoche.

In mutande, la tazzina di caffè in mano e i capelli spettinati dall'incubo sottomarino, non so che dire.

«Bonjour» ripeto con espressione da ebete lombrosiano.

Mi sgusciano ai lati due esseri viventi formato mignon, presumo bambini. Si infilano in casa.

«Enfants, arrêtez» gorgheggia Juliette Binoche, in braccio il figlio più piccolo, biondo come i suoi avi normanni e avido, esattamente come loro, di riconquistare la Sicilia partendo da casa mia.

«Excusez-moi, ils sont excités pour le voyage» mi spiega Jean Dujardin nella sua camicia bianca di lino.

Presumo che se richiudo la porta scompariranno così come sono apparsi.

«Monsieur Lamannà?» chiede camicia di lino.

«Sì, yes, sono moi» balbetto, stile Totò e Peppino: noio volevan savuar.

«Siamo per la casà» spiega il bellone francese.

«Quale casà?».

«La casà. Homeholiday. Pour les vacances».

«Vi manda Tuzzolino? Quello dell'autolavaggio?».

«Tuzzolinò? Je ne sais pas».

«Maman, regardez! C'est bizarre» si affaccia tra le mie gambe una bambina bionda.

«Charline, ne touchez à rien» le risponde Juliette Binoche, senza smuovere un capello, col tono dello spot di un profumo.

Sento rumori sospetti dal bagno. Capisco: i discendenti di Ruggero d'Altavilla hanno scoperto il mio bidet. Corro a chiudere l'acqua, ma uno dei figli di Asterix si è già inzuppato dalla testa ai piedi. Lo ripesco prima che affoghi in questo medievale strumento di tortura e lo riporto fuori.

Dujardin e Binoche si mettono a ridere.

«Julien, vous êtes spécial».

Asterix junior si strizza la maglietta mettendo il broncio.

Il libro sul metodo di scannare i figli per farli crescere educati dovrei scriverlo in francese e pubblicarlo con Gallimard. Successo assicurato.

«Et alors?» chiede il francese.

Fa caldo qui fuori. Charline mi guarda da dietro le gonne di sua madre paragonandomi a Henri Landru, Asterix junior già immagina il mio collo sotto la lama della ghigliottina, il lattante comincia a boccheggiare progettando la prossima crociata contro gli infedeli e la camicia bianca di Dujardin prende qualche macchia di sudore. Solo la Binoche è fresca quanto una commessa di Lancôme alle Galeries Lafayette in un lunedì mattina di gennaio.

Se li faccio entrare sarà la mia rovina, lo so. La storia lo insegna, a questo serve il liceo classico: un gran pezzo di idiota di emiro di Siracusa, per fottere i suoi compari, fece la genialata di chiamare i normanni, ma quelli, pure che non avevano mai visto in vita loro un'arancia o un gelsomino, la misero in quel posto all'emiro e ai suoi compari, pappandosi la Sicilia. Così impari ad aprire la porta agli sconosciuti.

«Je veux rentrer en France» piagnucola Asterix junior.

Qui si comincia a offendere. Ecco, fregato dall'orgoglio e dai soliti luoghi comuni, mi calo nel ruolo di rappresentante istituzionale della proverbiale ospitalità siciliana.

«Ma prego, entrate. Non state fuori, fa troppo caldo».

Bisogna essere equi e solidali. Anche con i francesi e con i loro figli biondi.

«E come finì?».

«Peppe, come vuoi che finì? Ho i barbari in casa che si abbeverano al mio bidet».

«Esagerato. Sono turisti» dice Piccionello.

«Hai mai sentito parlare dei celti, dei galli, di Vercingetorige?».

Piccionello mostra una maglietta fosforescente con la scritta: «Ku mangia fa muddiki? Sicilian food: non lasci una briciola».

«Ti piace? La metto in borsa» dice.

«Un'idea della figlia di tua cugina?».

«Quella è un cervellone, fa lo stage a Milano da Dolce&Gabbana».

«Per questo la moda italiana è in crisi».

«Scimunito. Fino a quando restano i turisti?».

«Fino a venerdì prossimo».

«Hai fatto un affare, Saverio. Quanto ti danno?».

«Dicono che avevano concordato milleseicento euro, ma quattrocento euro li hanno già dati per caparra».

«Poco è. Perché non ti sei fatto dare di più?».

«Piccionello, ma sei un cretino patentato o mando anche te a fare uno stage di perfezionamento a Milano?».

«Saverio, ma perché ti incazzi? E smettila di mangiare i miei biscotti con la giuggiulena».

«I miei se li sono mangiati i figli di Bernard-Henri Lévy. La questione è che io non ho mai affittato la mia casa».

Peppe Piccionello ficca tre paia di Havaianas nella ruborsa. Appena abbassa gli occhi ne approfitto per rubare un altro biscotto reginella. Da quando ho smesso di fumare, il nervosismo mi apre la fame.

«Allora i francesi come sono arrivati da te?» chiede.

«Qualcuno ha messo un'inserzione su un sito, con tanto di foto, prezzi, il mio nome e un numero di telefono. Ecco perché ieri Armando Tuzzolino mi ha chiamato, gli pareva che ero stato io a mettere l'annuncio».

«Stai tutto il giorno e la notte a guardare internet e non ti sei accorto che stavano affittando casa tua» dice Piccionello, mentre torna dal bagno con spazzolino e dentifricio.

«Non c'è bisogno che fai lo stage. Sei già scemo col massimo dei voti. Ma secondo te io vado su Google per vedere se qualcuno affitta la mia casa? Ma una cosa così non può venire in mente a nessuno, né ora né mai».

«Chiama al numero che c'è sull'annuncio e vedi chi ti risponde».

«Sei un genio. Tu hai fatto le scuole elementari nel Kgb. Il cretino non sei tu, è James Bond, eppure lo hanno fatto agente segreto. Pensi che non l'ho già fatto? Appena Vincent Cassel mi ha spiegato l'intrallazzo, ho chiamato subito: numero staccato. Eppure fino al giorno prima il francese aveva parlato con me, cioè con quello che diceva di essere monsieur Lamannà. Gli ha versato pure l'anticipo».

«Quindi a te quanto resta?».

«Ma che me ne fotte dei soldi, Peppe? È agosto, non c'è un buco libero in tutta la costa occidentale sicula. Cosa faccio? Lascio per strada Jean-Paul Belmondo e tutta la sua famiglia? Creo un incidente diplomatico internazionale? Risultato: sono fuori di casa».

«Vabbè, ma tanto Suleima può dormire da Marilù, noi oggi pomeriggio partiamo e ritorniamo fra cinque giorni. Saverio, ti è finita bene. Che ne dici di questa?».

Mostra una camicia con i pappagalli, faccio una smorfia disgustata.

«No, io non posso venire. Stanotte mi ha chiamato l'editore. Quando gli ho spiegato che devo ancora finire il libro, mi ha detto: non ti preoccupare, aspetto in linea. Ha molta fretta, punta tutto su di me per il Salone del Libro di Francoforte».

«Non puoi farlo. Hai preso l'impegno con Marilù. E poi non hai nemmeno una casa».

«Vabbè, resto qui da te».

Mi guarda manco avessi in testa un fungo atomico.

«Non è possibile» dice.

«Neghi un favore a un amico in difficoltà?».

«No. Ma domani arrivano quattro milanesi e stanno qui una settimana. Sono amici della figlia di mia cugina. Duemila euro per sei notti, se permetti».

«Ti sei messo a fare l'affittacamere».

«Si dice casa vacanze».

«Ma in questo posto siete tutti malati. Avete un'epidemia immobiliare».

«È il turismo, non lo sai? Un mio amico ad agosto dorme con tutta la famiglia in macchina per affittare casa sua. È un sacrificio, ma col guadagno ci campa otto mesi».

«Peppe, eravate pescatori, contadini, pecorai. Lavori antichi e nobili, dai tempi di Ulisse. E ora?».

«Quando c'era il pesce pescavamo pesci, adesso ci sono i turisti e peschiamo turisti».

«Così se ripassa Ulisse gli affittate una villa con piscina a lui e a tutti i Proci. Che tristezza. Il declino della civiltà occidentale».

Peppe Piccionello mi solleva dalla sedia per un braccio.

«Sarà come dici tu, ma i biscotti reginella te li sei mangiati tutti. Adesso, vai a preparare la borsa che fra due ore partiamo».

«E all'editore che dico?».

«Gli dici che Suleima, per il momento, non te le mette le corna. Non capisco il motivo, ma quella guarda solo a te».

L'aria condizionata smorza l'afa del pomeriggio. Dietro i finestrini oscurati corre la linea della costa trapanese: mulini a vento, piramidi bianche di sale alte nel sole. Non ricordo chi sosteneva che isola viene dalla parola sale, terra circondata dal sale. In greco antico, infatti, mare significa anche sale, e poi dicono che il liceo classico non serve.

Peppe Piccionello cambia marcia con la foga di un concorrente della Paris-Dakar sulla pista di sabbia sahariana.

Gli faccio cenno con la mano di darsi una calmata. Peppe si è messo la camicia con i pappagalli sconsigliata, ma almeno indossa pantaloni lunghi e un paio di scarpe da tennis sfondate e senza lacci.

«È vietato guidare con le infradito. E io sono un professionista» si è giustificato. Ha rispolverato un paio di Superga, credo lo stesso calzato da Adriano Panatta per la Coppa Davis in Cile del 1976.

Il mio carico di carne umana sonnecchia, qualcuno ha le cuffiette dell'iPhone nelle orecchie. Mi sembra di essere uno scafista libico incaricato di traghettare questi poveri disgraziati verso la terra promessa del menù a degustazione. Se fossi inumano dovrei scaricarli davanti alla prima Motoape che soffrigge panelle nell'olio per freni.

«Hai chiamato il numero dell'inserzione abusiva?» chiede Piccionello, giocando di frizione.

«Chiamo ogni due ore. Sempre spento. L'ho pure memorizzato».

«Con quale nome?».

«Becco Con Le Corna. Corretto, no?».

Il sole incendia le Egadi. Ripasso la lingua sulle labbra, ma non è vero che i baci resistono a lungo. Suleima mi ha salutato distratta, alle prese con un guasto alla lavastoviglie del ristorante.

«Quello è proprio un mulino?».

Chi è questa che si abbassa per indicare fuori dal finestrino?

«Sì, un mulino a vento. Per azionare le chiuse delle vasche della salina» rispondo, ma non so se è veramente così.

«Come in Olanda».

Si siede accanto. Carina, un po' anoressica.

«Come in Spagna» faccio.

«Hai ragione, don Chisciotte e i mulini a vento». Ahi ahi, intellettuale. «Come hai detto che ti chiami?».

«Saverio. Saverio Lamanna».

«Io Anita. Non avevo capito il tuo nome. Quando Marilù ti ha presentato ero al telefono con mia madre».

«Problemi?».

«Nessuno, tranne l'abitudine di rovinarmi ogni vacanza con qualche senso di colpa: sto male, sono sola, fa caldo, sto morendo e così via».

«Anche mia madre era così, però alla fine ce l'ha fatta veramente a morire».

«Mi dispiace, non volevo».

«Non è colpa tua. Prima volta in Sicilia?».

Domandona. Buona per ogni situazione di imbarazzo.

«No, veniamo spesso in Sicilia. Mio marito è quello lì seduto in fondo che dorme con la bocca aperta, lo vedi?».

«In Sicilia dove?».

«A Pantelleria, da sei anni, ogni estate».

«Pantelleria non è Sicilia» fa Piccionello, gli occhi alla strada.

«Come non è Sicilia?» dice Anita.

«Tecnicamente sì, praticamente no» puntualizzo.

«Pantelleria è Sicilia».

«No, perché è un'isola e quindi non può stare dentro un'altra isola».

Anita ci riflette, lo sguardo obliquo.

«Voi due mi prendete in giro. Pantelleria è Sicilia. La luce, i sapori, il paesaggio sono Sicilia. Io e mio marito siamo architetti, abbiamo uno studio a Firenze. Abbiamo restaurato i dammusi di alcuni nostri amici. I dammusi sono Sicilia».

«È vero. Infatti il principe di Salina abitava in un dammuso. Molto grande, ma dammuso. Però con i tetti affrescati».

«Mi prendi per il culo?».

Anita non può sapere quanto detesto quelli che dopo mezza giornata a Filicudi o a Levanzo dicono di essere stati in Sicilia. È come entrare nella base Nato di Sigonella e sentirsi in America. Ma posso cominciare a litigare dopo meno di quaranta minuti dalla partenza?

«Scherzavo. Hai ragione, Anita: Pantelleria è Sicilia. Un po' più piccola, ma Sicilia. Sicilia bonsai, diciamo così».

«Fica: Sicilia bonsai. Vado a svegliare mio marito, questa me la rivendo».

Si alza, va là dietro a scuotere per le spalle il poveraccio che dormiva beato sognando i dammusi di Pantelleria, in provincia di Sicilia.

Con Piccionello scambio un'occhiata di compatimento. Abbiamo pena di noi stessi, in realtà. Cinque giorni così non passeranno mai.

«Se questa è la più simpatica, siamo consumati» sussurra Piccionello.

«Io non ci volevo venire. Cerca un notiziario alla radio, che almeno ci consoliamo con le disgrazie degli altri».

Due ore dopo la mezzanotte io e Anita siamo i migliori amici da una vita. Mi ha raccontato che voleva un figlio, però; che suo marito non vuole adottarne uno, però; che lei lo ama ancora, però.

Sarà l'inzolia o il catarratto o il sirah o forse il combinato disposto dei tre vitigni, ma per i miei Sette Cavalieri del Magna&Bevi Tour ormai provo amore incondizionato, profondissima stima e sincera amicizia.

Contribuiscono tre bicchieri di bianco d'Alcamo al tramonto nel baretto davanti al pontile per Motya (dove non siamo andati, tanto sta lì dai tempi dei fenici, ci passeremo un'altra volta), due bicchieri di Merlot dalle parti del museo del Satiro Danzante di Mazara del Vallo (che non abbiamo visto perché era chiuso e comunque è più bello immaginare la statua di bronzo ancora sotto il mare dove stava tranquilla da duemila e trecento anni se non fosse passato il peschereccio di capitan Ciccio) e, infine, l'apoteosi di doc, igt e docg bianchi, rossi e rosé, fermi e frizzanti, nella tenuta del Belice che ci ha accolti con fuochi d'artificio, bombe a mano, mangiatori di fuoco curdi e danzatrici del ventre turkmene per la vendemmia di mezzanotte, in una festa affollata di gente di città vestita da campagna con scarpe di mare, sneakers city urban, pantaloni da golf, felpette da montagna, jacket da trekking.

Vi amo tutti, grazie di esistere. Amo i miei Sette Cavalieri del Sacro Ordine dei Mangiatari. Anita del figlio perduto e l'architetto dei dammusi. Lo spione russo amico di Putin, sua moglie Nikita o Katiuscia o Svetlana. Amo il terzetto con il vecchio, il giovane e la donna. Vi amo perché mangiate, bevete e ve ne fottete alla grande di questa cazzo di storia siciliana piena di magnifiche cose vecchie e noiose che stanno lì a ricordarci sempre chi eravamo ieri, ma non ci dicono mai chi dobbiamo essere domani. Bravi. Vi amo così.

«In questo modo la temperatura notturna rallenta il processo di fermentazione, consentendo un migliore rilascio di sostanze e zuccheri. Lamanna, mi sta seguendo?».

L'enologo sta spiegando per la terza volta perché si vendemmia di notte, credo mi abbia scambiato per qualcun altro perché continua a parlarmi di tannini, solfiti e polimeri di cui non me ne frega niente, ma che vorrei soltanto continuare a mandare giù a litri.

Gli metto una mano sulla spalla.

«Il suo dire entra molto nel mio capire. Ma, mi scusi, ho il calice in panne. Torno subito perché questo tannino mi è simpatico. Non se ne vada, voglio approfondire la questione dei solfiti».

Scappo verso il tavolo della degustazione.

Silenzio, aria di raccoglimento, la sacralità delle cerimonie dei protocristiani riuniti nelle catacombe di Roma.

Ecco Piccionello. Accosto con la circospezione consentita ad un alcolizzato dell'ultima ora.

«Peppe, che succede?» penso di bisbigliare.

«Non gridare. Il commendatore sta assaggiando un vino invecchiato tre anni in acciaio, sette anni in botte, dieci in bottiglia, otto in cantina, cinque in cucina, dieci nel sottoscala e tre in un ospizio».

«Minchia, Piccionello, ma quante ne sai?».

«Sei ubriaco. Perché non ti metti a dormire su una sdraio?».

«Il commendatore se ne intende di vini. E certo: è commendatore».

«E non gridare. Questa bottiglia la conservavano per papa Ratzinger, poi quello si è dimesso e non è venuto più. E ora la assaggia il commendatore. Capisci l'importanza?».

Impeccabile nel pantalone di lino grezzo, camicia di cotone crudo e Tod's color cuoio, il commendatore annusa il bicchiere come se dovesse trovarvi l'elisir d'amor perduto. Ha ottantadue anni, tra un cabernet e uno chardonnay mi ha fatto capire che a lungo ha inciuciato con imprese edilizie, appalti pubblici e privati, conti svizzeri, molta elusione, giusta evasione, investimenti azzeccati e liquidazione dell'intero pacchetto azionario una settimana prima che i fratelli Lehman decidessero di far fallire mezzo pianeta. Insomma, dopo una vita di spericolate speculazioni economiche e immobiliari, si è comprato una placida tenuta in Umbria dove ogni tanto si può incontrare perfino il lupo di Gubbio.

«Quella vigna è la luce dei miei occhi» aveva detto il commendatore, intenerito dalla linea del tramonto su Motya.

Poi, con un braccio aveva circondato le spalle della donna al suo fianco.

«Dopo Katrina, naturalmente».

Katrina aveva sorriso. Parla poco, non mi pare italiana. Una dell'Est, ucraina o rumena. Quarant'anni ben portati, con una certa eleganza nel vestire. Magari è il commendatore a consigliarle il ton sur ton.

«E quello è mio figlio Glauco». Il commendatore aveva indicato lo spilungone, Rolex al polso e maglietta Ralph Lauren, fisso in piedi a seguire Tgcom nella tv del bar. Glauco non mi pare la luce degli occhi del commendatore, lo dice il nome stesso.

Suspense. Rulli di tamburi. Fiato alle trombe.

Il commendatore sta assaggiando il vino più vecchio del mondo.

Il proprietario della cantina e una platea di appassionati vinicoli seguono il movimento del bicchiere: su, ancora su, poi di nuovo giù.

Il commendatore fa slap slap con la lingua contro il palato, pure se mia madre diceva sempre che non è educato.

Parla l'Uomo Del Monte.

«Sapido, intenso, elegante, sontuoso. Retrogusto morbido, sentori speziati. Deciso con sfumature boschive. Coltivato su fondo sabbioso. Deve respirare un poco».

«Che dice?» chiedo a Piccionello.

«Non gridare. Dice che è buono».

«Quando non è buono che fa? Recita la Cavallina storna?».

«Ma perché gridi? Sei ubriaco, vai a dormire».

Abbraccio e bacio il commendatore. Gli voglio bene.

«Lei è troppo sontuoso».

Qualcuno mi prende per le braccia, deve essere Piccionello. Mi fa stendere su una poltrona.

«Portami un bicchiere di vino con retrogusto intenso e sfumature boschive. Cerca di essere sapido, per favore, non perdere tempo».

«Sì, adesso te lo porto» dice Piccionello.

«Ora richiamo Becco Con Le Corna».

«Va bene, ma non gridare».

La testa mi gira, vedo uno sciame di tannini.

A questo punto credo di essermi addormentato, perché non ricordo più niente.

Apro un occhio.

«Si sta svegliando» dice qualcuno.

Apro l'altro occhio. La luce mi abbaglia, metto a fuoco una faccia conosciuta.

L'applauso non me l'aspettavo.

«Bravo».

Questa è la voce del commendatore.

Sollevo la testa, sono disteso sul sedile di fondo del pulmino. I Sette Cavalieri della Barrique battono le mani ridendo. La cosa non mi fa piacere, sospetto una leggera presa per il culo. Mi metto seduto, la testa pesa come un melone d'acqua.

Il volume della radio alzato al massimo. *Happy* di Pharrell Williams dà ritmo ai passeggeri, Piccionello segna il tempo a colpi di clacson, i Sette Cavalieri di Staminchia si dimenano, devo essere su Scherzi a Parte. Ma non ho voglia di scherzare. Ho un buco di nausea allo stomaco, la testa piena di ovatta, la punta di un Black&Decker alla tempia sinistra.

«Non si uccidono così anche i cavalli» dico.

«Silenzio» impone il commendatore. «Ha parlato. Cos'ha detto?».

«Papà, io ho sentito solo la parola cavalli» dice Glauco.

«Uccidere i cavalli» spiega il compagno di merende di Putin.

«È un film. *Non si uccidono così anche i cavalli*» precisa l'architetto dei dammusi.

«Un film?» fa Anita.

«Sì, un film degli anni Settanta. Di Sydney Pollack».

«Credo sia degli anni Sessanta» dice il commendatore.

«Fine anni Sessanta, inizi anni Settanta» continua l'architetto. «Però il titolo è con il punto interrogativo. *Non si uccidono così anche i cavalli?*».

Adesso divento verde Hulk e li stritolo tutti in un pugno.

«Ma chi se ne frega? Volete abbassare questa radio? Mi sta scoppiando la testa» urlo, ma viene fuori una voce in falsetto.

«Poverino, non è abituato» si impietosisce Anita.

Piccionello abbassa il volume della radio.

Il minibus corre per una statale che non riesco a riconoscere, sulla destra intravedo spicchi di mare tra gli oleandri.

«Dove stiamo andando?» chiedo.

«A Licata. Da Pino Cuttaia».

«Pino chi?».

«Cuttaia, due stelle Michelin».

«A mangiare?».

«Sì, è un ristorante» precisa qualcuno, credo l'architetto.

«Non ce la posso fare. Preferisco vivere. Io vi aspetto qui, sul bus».

«Lamanna, non le è bastato passarci tutta la notte?» fa il commendatore.

«Mi avete lasciato qui a dormire?».

«Era troppo faticoso portarla su in camera» spiega il commendatore. «Comunque era al sicuro, nel parcheggio dell'albergo. Abbiamo incaricato il portiere di controllare ogni mezz'ora».

«Con i finestrini aperti e due bottiglie d'acqua» puntualizza Anita.

«E una ciotola di croccantini. Se ero un cane a quest'ora vi avevano già denunciato per abbandono».

Ridono, loro.

La moglie del russo si fa tradurre dal marito e ride a scoppio ritardato.

Ripiombo disteso sul sedile, sconfitto dal mal di testa.

Io questi qui li odio. Tutti e sette, più Piccionello che scruta dallo specchietto retrovisore e merita un odio speciale.

«Tu ci credi?».

«L'ho sentito dire, ma non ci ho mai provato» fa Piccionello.

«Il commendatore dice che serve a riequilibrare il tasso di alcol».

«Mi pare una stronzata. Ma se lo dice il commendatore».

«Tanto peggio di così non può andare».

E bevo una sorsata di Corona.

«A proposito, come si chiama?».

«Olmo Buscaglia».

«Olmo? Che nome è?» chiedo.

«C'è chi si chiama Pino e c'è chi si chiama Olmo».

«Peppe, non esagerare con queste battute. Sto troppo male».

«Quale battuta?».

«Pino, Olmo».

«E dove sta la battuta?».

«Pino. Olmo. Alberi».

«Non lo sapevo. Vado a fare un bagno».

Tornato libero in mutande, Piccionello si spinge verso la battigia. C'è un'onda leggera, la spiaggia non è affollata, malgrado agosto. Si vede che è mare di paese, i bagnanti tornano a casa all'ora del pranzo.

Prima di entrare nel ristorante, i Sette Cavalieri del Sacro Menù avevano la stessa trepidazione di Goethe nella Valle dei Templi. Hanno insistito per avermi, ma più che il digiuno poté il dolore.

Piccionello ha voluto tenermi compagnia: siamo andati al mare, nel lido più vicino al centro di Licata.

«È fredda» dice Piccionello, un piede a tastare l'acqua.

«Canale di Sicilia, mare aperto. Non è mica la palude del Tirreno».

Ripenso al gran figurone rimediato ieri sera. L'ultima ubriacatura risaliva alla festa per i diciassette anni di una mia compagna di scuola. Ho scelto il pubblico giusto per passare alla storia come il Charles Bukowski di Màkari.

Chiamo Suleima. Un po' di compassione mi farebbe bene.

Non risponde. Mi manda un messaggio.

«Ora no. Sto lavorando. Ti ho chiamato stanotte. Non rispondevi. Piccionello mi ha detto che eri ubriaco. Vergogna, alla tua età. Scappo con un astemio».

Lascio la Corona a metà: sarà un toccasana, ma non riesco a mandarla giù.

Mi butto a mare? Quasi quasi.

Mi alzo, resisto alla piccola vertigine. Ce la posso fare. Supero il quadrato d'ombra proiettato dalle stuoie di canne del Lido Felix.

Il telefono mi richiama indietro. Sarà Suleima.

«Signor Lamanna, mi riconosce adesso?».

«Certo, lei è Kevin Costner, l'amico di Armando Tuzzolino, quello dell'autolavaggio».

«Minchia, ma lei è troppo forte, signor Lamanna».

«Se non me lo spiegava lei, non lo avrei mai saputo».

«Signor Lamanna, lei sa l'amicizia e la stima che ho nei suoi confronti».

«Lo so. Ma io non ho nemmeno la macchina, quindi non posso portarla a lavare. Mi dispiace. La Cinquecento dell'altra volta era di una mia amica»

«A parte gli scherzi, signor Lamanna, siccome ho grande stima di lei mi sono permesso di controllare l'annuncio della sua casa. E ho telefonato al numero che c'era su internet».

«Sono sicuro che non l'ha fatto per scoprire il suo concorrente».

«Ma che fa, babbìa? L'amicizia è amicizia, signor Lamanna. A quel numero non risponde mai nessuno. È staccato».

«E fin qui c'ero arrivato pure io».

«Signor Lamanna, io sono del mestiere. In questo paese c'è gente che mette annunci di case che non ha. È una vergogna, giusto?».

«A chi lo dice. Ho dovuto accogliere una famiglia di profughi francesi».

«Una vergogna per il nostro turismo. Lei questo fatto deve denunciarlo ai carabinieri, signor Lamanna. Lo sa che l'altro giorno qualcuno ha affittato il convento di San Michele a Mazara del Vallo? Con tutte le monache dentro».

«Turismo religioso».

«Le povere suore si sono ritrovate un autobus di tedeschi che ne volevano conto e ragione».

«Ai tedeschi è rimasto il vizio di invadere le case degli altri».

«Signor Lamanna, lei deve fare qualcosa. Stiamo organizzando un comitato di gente seria, onesta, perbene. Perché questa storia non può continuare. Dobbiamo protestare».

«Dopo No Occupy, dobbiamo fare No Affittai».

«Ecco, vede, lei ha le idee giuste».

«Signor Tuzzolino, adesso sono impegnato. Ma appena ritorno a Màkari organizziamo. Dopo Ferragosto però, perché anche la rivoluzione va in ferie».

«Ma a lei come ci vengono queste frasi? Il cinema deve fare lei, signor Lamanna, deve andare a X Factor».

«Non si preoccupi, mi sono già iscritto. Ci andiamo assieme».

«Appena passa all'autolavaggio le regalo una spugna originale».

«Non ce l'ho la macchina, signor Tuzzolino».

«La regala alla sua fidanzata. Tanto è una spugna unisex».

Chiudo la telefonata, rimetto il cellulare nella borsa, mi spingo veloce in acqua. Non è nemmeno tanto fredda.

«Per me, la nuvola di caprese con spremuta di datterino era superba».

«Buona, ma l'armonia del maialino nero dei Nebrodi era irripetibile. Hai presente l'equilibrio tra la cima di rapa e la dolcezza del fondo ristretto?».

«Il massimo però è stata la minestra di pasta con aragosta».

«Troppo facile: l'aragosta è nobile. La sfida è sugli ingredienti della cucina povera. È lì che si vede il vero chef».

Mi ficco le cuffiette del tablet nelle orecchie. Non ne posso più di rosolature, emulsioni, battuti, fior di sale, spolverature, spume, cotture a caldo, cotture a freddo.

Arroccato sul fondo del pullman, ormai mio appartamento privato, abbandono i Sette Cavalieri dell'Ordine della Lessatura alla chimica della gola. Gli uomini sono più accaniti, le donne vanno dietro un po' alla rinfusa. Nikita o Katiuscia o Svetlana è sempre più lost in translation.

Mi rifugio nel mio dialogo con Teresita.

¿Te gusta el gazpacho?

Pure tu. Ho ancora la nausea.

¿Te gusta el gazpacho?

Se non ripeto, insiste. È martellante.

«¿Te gusta el gazpacho? Non tanto».

¿Te gusta el chorizo?

Solo il chorizo ci manca e finisco all'ospedale.

¿Te gusta el patanegra?

Adesso vomito sulla tappezzeria blu a stelline gialle dell'autobus.

Katrina si stacca dal gruppo e viene a sedersi accanto.

«Cosa ascolti?».
«Lezioni di spagnolo».
«Passione o lavoro?».
«Lavoro. Voglio aprire un'attività economica a Formentera».
«Quale?».
«Segreto industriale. Non posso dire niente. Settore food, enogastronomia di alta qualità».
«Anche tu? Non ne posso più. Quelli parlano solo di cibo. È come stare dentro un cinema porno, alla fine resta solo il disgusto».
Spengo Teresita. Simpatica la rumena. Sarà poi rumena?
«Katrina, di dove sei?».
«Macedonia».
«Una volta ci sono stato, a Skopje, quando lavoravo per il governo. Una visita ufficiale. Ricordo solo che c'era tanta neve e siamo rimasti bloccati per cinque ore all'aeroporto».
«È vero, nevica tanto d'inverno. Per questo ci sono molti bambini».
Tardo un poco a capire. Raffinata, la macedone.
«Se ti scoccia parlare di cibo che ci fai qui?».
«La poliziotta».
«La poliziotta?».
«Sì, controllo che Olmo non esageri. Ha il diabete».
«Sei un'infermiera?».
«Anche».
«Posso farmi i fatti tuoi? Ma tu e il commendatore?».

Ride. Mi piace quando ride, lo fa di gola.

«La vita è strana. Lui aveva bisogno di un'infermiera, io di un lavoro. E così ho trovato una casa. E un brav'uomo».

«Posso farmi ancora i fatti tuoi?».

«Lo stai già facendo».

«Appunto. Quello lì, il lasagnone, il figlio del commendatore, come l'ha presa?».

«Tu come la prenderesti se tuo padre si mette in casa una della tua età?».

«Mah, la ammazzo nel sonno».

«Per fortuna, Glauco è più buono di te. Non mi ammazza, ma non posso chiedergli di volermi bene. Certo, gli risolvo un sacco di problemi. Può continuare a fare il giovane ricco senza doversi occupare di suo padre».

«Però in vacanza con papà ci viene, alla sua età».

«È stato costretto. Olmo pensa che in questo modo potremo conoscerci meglio. E poi deve fare un annuncio importante».

«Non mi dire» le guardo la pancia.

«No, non sono incinta».

«E l'annuncio qual è, se posso farmi i fatti tuoi?».

«Te li sei già fatti abbastanza i fatti miei. Ora basta».

Piccionello esce dalla statale con una curva stretta che inclina il bus, i passeggeri, le uova di seppia, gli spiedini di polpo veraci e i cannoli non ancora digeriti. Katrina mi finisce addosso, riscuotendo ammirazione e apprezzamento per la sua quarta di seno contro la mia spalla.

«Pane cunzato» grida Piccionello. E inchioda i freni davanti a un prefabbricato.

Pane caldo, olio, sale, pepe e tuma.

Katrina si stacca con un sorriso privo d'imbarazzo, il commendatore la sta cercando con gli occhi.

A costo di vivere per il resto dei giorni con una flebo di bicarbonato di sodio nel braccio, al pane cunzato non rinuncio.

Magari d'inverno, a Formentera, invece della granita potrei provare col pane cunzato. Come si dirà in spagnolo? Devo chiederlo a Teresita.

Quando scendo nella terrazza dell'hotel sono un uomo nuovo. Il pane cunzato e due ore di sonno mi hanno riportato in vita. Resta un leggero cerchio alla testa, ma niente di più.

Il sole del tardo pomeriggio accende le colonne di tufo del Tempio della Concordia. Per questa notte pausa masticatoria ad Agrigento, con passeggiata serale nella Valle. Un po' di sana e noiosa archeologia per smaltire l'eccesso di cibo. Mi tocca rispolverare le giuste citazioni, la più bella città dei mortali di Pindaro e la morente cittaduzza di Pirandello.

«Sopravvissuto?».

La voce di Buscaglia junior arriva dal tavolo riparato dietro un ulivo saraceno.

«L'erba cattiva non muore mai».

«Bevi qualcosa?».

«Citrosodina tonic, con scorza di limone».

«Fico questo tempio».

«Già, quei greci non badavano a spese».

Su un blocco di appunti, Glauco Buscaglia sta disegnando a matita il profilo del tempio. Più che l'abilità, mi incanta il suo Rolex Daytona.

«Dove sono gli altri?» chiedo.

«I russi sono in piscina, quei due non si fermano mai».

«Pugaciov che lavoro fa?».

«Ha fatto i soldi col gas. Adesso vive a Londra, importa vini italiani».

«Notizie degli architetti?».

«Non so. Due ore fa stavano litigando su qualcosa».

«Tuo padre sta riposando?».

«Credo di sì, ma se vuoi sapere di mio padre non devi chiedere a me».

Meglio cambiare discorso.

«Sei bravo a disegnare».

«Grazie. È solo un passatempo, a casa Buscaglia gli artisti sono considerati dei cretini».

Meglio cambiare di nuovo discorso.

«Stiamo facendo un bel giro, no?».

«Io non ci volevo venire, è stato mio padre. Vuole farmi familiarizzare con quella lì, la principessa macedone».

Meglio stare zitti e godersi la serata.

Ordino al cameriere una bottiglia di acqua minerale frizzante.

«L'inglese scordato ai templi» mormoro, pensando di pensare.

«Cosa dici?» chiede Glauco Buscaglia.

«È una frase che dicono da queste parti. Quando uno si sente perduto e confuso: un inglese scordato ai templi».

«Fatto vero è» interviene il cameriere, posando la San Pellegrino sul tavolo. «Mio nonno lo ha conosciuto».

«Agli inizi del Novecento arrivò un riccone inglese, si chiamava Hardcastle» spiego. «Fece scavi, ricerche, alzò le colonne del Tempio di Ercole. Nel 1929 il crollo di Wall Street gli mangiò tutti i soldi, restò povero e pazzo. Girava per questa valle, sperduto e folle. Morì in manicomio».

«Proprio così, fatto vero è» fa il cameriere.

«Questo non è un brutto posto per morire» dice Glauco, gli occhi stretti contro il sole che cala.

«Direi che è un buon posto».

Il commendatore e Katrina si affacciano in terrazza, il giallo delle colonne doriche di tufo è al punto di massimo splendore.

Glauco Buscaglia chiude il blocco di appunti, scola il fondo del suo negroni.

«Ecco la coppia più bella del mondo».

Meglio astenersi da commenti al commento.

«Dammi la cattiva notizia, non ti preoccupare, tanto avrò da lavorare».

Fisso il telefono e aspetto la risposta al messaggio.

Per sicurezza ribadisco pure su WhatsApp.

«Parla adesso o taci per sempre».

Niente.

Avrà lasciato il telefono da qualche parte, mi dico. Keep calm e don't panic.

Accendo la tv. Il tg annuncia il grande esodo, ma due italiani su tre quest'anno restano in città. Brescia, anziani pensionati trovati uccisi in casa, sospettato il figlio. Ondata di caldo in Italia. Uragano si avvicina alle coste americane, allarme nella Carolina del Nord. Il Papa a Castel Gandolfo saluta a sorpresa i turisti. Autobomba a Kabul, sette morti.

Non succede mai niente. Suleima non risponde.

Cambio canale. Quando lo squalo attacca l'uomo: le spettacolari immagini girate da un sub nei mari della Florida.

Nessun messaggio.

Cambio canale. Per evitare le spiacevoli conseguenze di digestione provocate dall'aglio basta togliere l'anima, si taglia l'aglio a metà, si elimina la parte centrale così, ecco, se la telecamera può inquadrare meglio.

L'aiuto cuoco di Marilù toglierà l'anima all'aglio?

Messaggio. Suleima.

«Ora ti chiamo».

Tono scarno. Brutte notizie. Era meglio se non rispondeva.

Cambio canale. Esodo di Ferragosto, bollino rosso per il traffico, ma tre italiani su cinque restano in città. Anziani trovati uccisi a Brescia, sospettato un vicino di casa. Uragano verso le coste americane, allarme rosso in Virginia.

«Eccomi».

«Rispondi al primo squillo?».

«Non voglio sprecare più niente, nemmeno uno squillo, mi sono convertito alla decrescita felice».

«Saverio, cosa vuoi? Perché mandi messaggi sconclusionati?».

«Sterili provocazioni situazioniste».

«Appunto. Io invece lavoro. Per chiamarti devo nascondermi in bagno. Cosa c'è?».

«Volevo sentirti, tutto qua».

Silenzio.

«Saverio, la smetti di fare il bambino? Carlo non mi piace».

«E chi ha mai parlato di Carlo?».

«E quando mai prima di oggi hai avuto voglia di sentirmi?».

«Suleima, tu ancora non puoi capire, ma con l'età si cambia».

«Ma ci siamo salutati l'altro ieri, mica sette anni fa».

«Il tempo è relativo. Mai sentito parlare di Einstein?».

«Vabbè, ora che il tuo onore di maschio siciliano è al sicuro, posso tornare a lavorare?».

«Suleima, guarda che è vero: avevo voglia di sentirti».

Silenzio. L'ho sorpresa.

«Cos'altro mi vuoi chiedere, Saverio?».

«Sono alla Valle dei Templi di Agrigento, non è che mi riassumi qualche informazione? Devo accompagnare il gruppo».

«Qualche informazione?».

«Studi architettura, saprai pure qualcosa».

«Ora ti riepilogo l'archeologia della Magna Grecia mentre prendo le ordinazioni di tonno al sesamo al tavolo sette».

«Dai, due notiziole sfiziose».

«Saverio, hanno inventato Wikipedia. Usalo. Io scappo, mi aspetta il tonno al sesamo. Ciao».

Penultimo venne il tonno. E ultimo io.

«Toglie il fiato, vero?» dice Katrina.

«Sì, toglie il fiato».

Appoggiati a un muretto di pietra, gli occhi sulle colonne del Tempio di Giunone, ascoltiamo il silenzio. Non me ne frega niente della fondazione di Akragas, di Minosse, di Kokalos, dei geloi e dei micenei.

Ero venuto qui in gita al quinto ginnasio, circa duemila anni fa, i templi erano stati costruiti da poco. Ricordo solo un gran caldo, la professoressa recitava Pindaro in greco antico e una del corso B continuava a tirarmi i capelli dietro la nuca: la baciai sull'autobus che a sera ci riportava a Palermo.

Bisogna cominciare ad essere vecchi per capire le cose vecchie.

Una guida spiega a un gruppetto di turisti che gli akragantini mangiavano come se dovessero morire il giorno dopo e costruivano edifici come se non dovessero morire mai. Ora lo dice, penso: Pindaro, la più bella città dei mortali. E infatti.

«Il commendatore non è venuto?» chiedo a Katrina.

«Era stanco, abbiamo cenato in albergo».

«È rimasto con Glauco?».

«Sì, li ho lasciati da soli. Olmo voleva parlargli. Ma non è facile parlare con Glauco».

«Qui le parole suonano strane. L'unica cosa giusta è il silenzio».

Ho voglia di fumare.

«Hai una sigaretta?» chiedo.

«Non fumo».

«Una sigaretta qui ci stava».

«Ci stanno molte cose, qui».

«Come sei finita in Italia?»

«In realtà sono albanese. Nel 1999 scoppiò la guerra civile, gli albanesi della Macedonia volevano l'indipendenza. Abitavamo nel nord del paese, quasi al confine. Avevamo visto cos'era successo nel Kosovo, in Bosnia. Avevo ventidue anni, studiavo, volevo fare la hostess. Mio padre aveva paura, conosceva degli italiani, ci fece arrivare in Italia. Poi, mio fratello è morto in un incidente stradale. Mio padre se ne è andato appena un anno dopo, per il dolore. E sono rimasta qui».

«E tua madre?».

«Non ne so niente. Ci ha lasciati quando eravamo bambini, scappò con un russo. Mio padre non ne parlava mai».

«Ne hai cose da raccontare».

«Molte da dimenticare».

La guida ora parla dei cartaginesi, dei romani, delle guerre puniche. C'è sempre una guerra, qualcuno che muore, qualcuno che scappa.

«E adesso?» chiedo.

«Adesso sono serena. Olmo è un uomo intelligente, sa che a una certa età l'amore è cosa difficile. Ma basta stare bene insieme, no? Non è poco».

«A volte è tantissimo».

Piccionello si stacca dal gruppo dei turisti.

«Minchia, non ne posso più. Siamo ancora al secondo secolo avanti Cristo, prima che arriviamo a oggi squaglia tutta la nottata».

«I nostri amici che fanno?» gli domando.

«Ada fa foto».

«Chi è Ada?».

«Chi è Ada? La russa».

«Non si chiama Svetlana o Nikita?».

«Si è sempre chiamata Ada».

«E gli altri?».

«Nicolai, suo marito, è stordito da tutto il sole preso in piscina. E gli architetti stanno litigando su un certo Dorico che forse però si chiama Corinzo».

«Dorico e corinzio è lo stile dei templi».

«Ma che ne so. Secondo me le cose belle si devono guardare senza discutere troppo».

«È vero, Peppe. Siediti con noi e stiamo in silenzio» dice Katrina.

Appoggiati al muretto, discosti dal gruppo di turisti, restiamo muti a goderci i templi.

Laggiù le luci della costa, da San Leone a Porto Empedocle. Alle nostre spalle, i palazzoni di Agrigento con le finestre cieche e buie.

«Saverio, perché hanno fatto una città così brutta davanti a questa meraviglia?» chiede Katrina.

«Noi siciliani siamo così, il troppo bello ci spaventa. La perfezione ci terrorizza. Roviniamo le meraviglie per farle diventare più umane, per non sentirci piccoli e inadeguati. Ma forse sto dicendo cazzate».

«Sì, stai dicendo cazzate» dice Piccionello. «Siamo delle bestie, il fatto è semplice».

Il gruppetto dei turisti si allontana assieme a dedali, achei, argonauti, tiranni, odissei, pindari e ciclopi.

Ora si sentono bene i grilli tra i mandorli e gli ulivi della valle.

Ecco stasera mi piace così.

Deve essere una canzone, non ricordo di chi.

«Ecco stasera mi piace così, con queste stelle appiccicate al cielo» sussurro.

«È di De Gregori» dice Piccionello.

E canta, con una voce bassa e intonata. Inedita.

«Ecco stasera mi piace così, con queste stelle appiccicate al cielo, la lama del coltello nascosta nello stivale e il tuo sorriso, trentadue perle».

Se credessi nella perfezione, direi che è tutto quasi perfetto.

Ma la perfezione non esiste. Squilla un telefono, infatti. Quello di Katrina.

«Pronto. Cosa? Dio mio. E come sta? Arriviamo subito».

Il neon illividisce la scottatura sulla fronte di Ivan il Terribile. Strascinando i piedi, Nicolai torna dal distributore automatico con tre bottigliette d'acqua e due pacchetti di cracker salati.

Si avvicina a Katrina, le parla in russo. Lei scuote la testa. Non piange, in compenso piange Ada e continua a ripetere qualcosa guardando le foto dei templi sul telefonino. L'amico di Putin viene a sedersi sulla mia panca, scarta con cura il pacchetto di cracker, me ne offre uno.

«Che dice tua moglie?» chiedo.

«Dice che poco fa eravamo tanto felici».

«Da queste parti non bisogna mai essere troppo felici, gli dèi sono invidiosi degli uomini».

Piccionello rilegge per la quarta volta un manifesto attaccato al muro sulle donazioni di sangue e il 5 per mille all'Avis.

Esce un'infermiera, a passo veloce.

Glauco Buscaglia vuole sapere.

«Può dirci qualcosa?».

«Deve parlare con il dottore, mi scusi».

L'infermiera scompare in un ascensore.

Guardo il pavimento di linoleum scrostato, la statuetta di padre Pio all'angolo del corridoio, l'architetto addormentato sulla spalla di Anita.

«Non dicono niente. Sono già passate due ore» fa Glauco.

«Ma com'è potuto succedere?» dice Katrina.

«Ancora? Te l'ho spiegato. Siamo rimasti a chiacchierare in terrazza, poi l'ho accompagnato in camera. Saranno state le undici. Ho perso un po' di tempo, mi ero appena messo a letto e mi hanno chiamato dalla reception. Un cliente aveva sentito dei rumori dalla camera di papà, ha avvertito il portiere. Siamo entrati, l'abbiamo trovato a terra. Tremava, i muscoli contratti. Abbiamo chiamato l'ambulanza, è arrivata venti minuti dopo. Non c'è altro».

«Però tu mi hai chiamato a mezzanotte» dice Katrina.

«Appena siamo arrivati in ospedale».

«Potevi chiamare prima».

«Potevi restare con lui».

«Non perdi mai l'occasione, vero?».

«Basta. Non litiga» ordina lo Zar di tutte le Russie.

«Peppe, perché non accompagni gli altri in albergo? Qui posso restare io, con Katrina e Glauco» dico.

«Noi restiamo qui» fa Anita. E muove la spalla per svegliare il marito. «Restiamo qui, vero?».

«Certo, restiamo qui. Facciamo compagnia» bofonchia l'architetto dormiente, un occhio aperto e l'altro chiuso.

«Bella compagnia» sussurra Piccionello.

«Apprezza almeno l'eleganza del gesto» gli rispondo.

Si spalanca la porta, esce il dottore. Ha una brutta faccia.

Glauco gli va incontro.

«Lei è il figlio? Suo padre ha una grave crisi glicemica. I valori sono molto alterati. Purtroppo, malgrado l'intervento immediato, è in corso anche una crisi cardiaca, con sospetto di dissecazione dell'aorta addominale. Ho già chiesto l'intervento dell'elisoccorso. Dobbiamo trasferirlo a Palermo».

«A Palermo?».

«Sì, va operato d'urgenza».

«Allora è grave?» chiede Katrina.

«Il quadro clinico è abbastanza critico. Mi dispiace, scusate ma devo lasciarvi».

Il neon ci congela nella sua luce bianca.

Katrina si copre la faccia con le mani. Ada ha capito che può ricominciare a piangere con maggiore veemenza.

«Peppe, bisogna organizzare i soccorsi» dico a Piccionello.

«Agli ordini».

Faccio valere l'autorità di capogruppo.

«Glauco e Katrina restano qui. Io e Piccionello accompagniamo gli altri in albergo, e così andate a nanna. Con Peppe chiudiamo i bagagli di Katrina e Glauco, poi torniamo e li accompagniamo a Palermo. Domani, con calma, Piccionello viene a riprendere gli altri e vi porta dove volete».

«Noi restiamo qui, facciamo compagnia» dice l'architetto.

«Tu non fai compagnia, dai solo intralcio» lo zittisco.

«Ecco, vedi, parli sempre a sproposito» gli dice Anita.

«Tutto chiaro?» chiedo.

Katrina annuisce, Glauco con la testa contro il muro non risponde.

Eravamo tanto felici. Ma era poco fa.

Recupero i vasetti di creme dal bagno, cerco di farli stare nella borsetta. Svuoto l'armadio, raccolgo le camicie del commendatore, le magliette di Katrina. Piego alla meno peggio, metto nei trolley. Non c'entra più niente, credo sia effetto dell'entropia universale, ho letto da qualche parte.

«Peppe, aiutami a chiudere questa valigia. Schiaccia qua sopra».

Piccionello non risponde.

«Peppe, dammi una mano invece di annusare il letto degli altri».

«Saverio, hai visto?».

«Cosa?».

«Guarda cosa c'era in mezzo alle lenzuola».

Peppe stringe fra due dita una penna da insulina.

«E allora? Il commendatore è diabetico».

«Non è strano?».

«Cosa, Peppe?».

«Guarda questa camera. Tutto ordinato, tutto preciso, perfino i calzini messi in fila nei cassetti e poi c'è questa penna buttata in mezzo alle lenzuola».

«Già, i calzini. Stavo dimenticando di prenderli».

«Saverio, mi ascolti?».

«Ti ascolto. Ma non afferro. Il commendatore si è fatto l'iniezione prima di andare a dormire, poi si è sentito male e la penna è finita nel letto. Dove sta la cosa strana?».

«Mi sembravi più intelligente».

«Peppe, perché non mi aiuti invece di sparare minchiate? Dammi questa penna, ne parliamo dopo. Adesso dobbiamo fare in fretta».

«Non guardi la televisione? La scena del delitto è importante».

«Peppe, qui c'è un vecchio che si sente male. Non è un delitto, è la vita. È fatta così, nessuno ne esce vivo».

È quasi mezzogiorno quando Peppe Piccionello mi sbarca davanti al portone di casa di papà.

«Peppe, ce la fai? Magari ti riposi un poco e poi torni ad Agrigento».

«Non ti preoccupare, Saverio. Alla fine ci sarà il riposo eterno per tutti».

«Minchia, allegria».

Vedo ripartire il pulmino nella calura di Palermo, per le strade dense di fumo di stigghiole alla brace.

Il portiere alza gli occhi dalla «Settimana Enigmistica».

«Saverio, ti senti male? Hai una faccia».

«Non ho dormito tutta la notte».

«Non sei più un picciottello, devi smetterla con gli stravizi».

«Sto così proprio perché ho smesso».

«E allora ricomincia subito. Sopra c'è Maricchiedda che ti aspetta».

Mi guardo nello specchio dell'ascensore, ho più rughe di Clint Eastwood.

«Saverio, ti senti male? Hai una faccia» dice Maricchiedda appena apre la porta. Mi stampa due baci sulle guance.

«Non ho dormito tutta la notte».

«Sempre sdisonorato sei, devi smetterla con questi stravizi. Ti ho preparato il letto nella tua stanza. Ma prima mangia qualcosa, ho fatto la minestra con la cucuzzella».

«Perché fai la minestra con quaranta gradi all'ombra?».

«La cucuzzella rinfresca».

«La mangio stasera, quando si è rinfrescata bene».

«Saverio, sei diventato più camurriuso di tuo padre».

«Mi faccio una doccia e vado a dormire».

«Non buttare tanta acqua».

Maricchiedda ha il terrore di restare senz'acqua. Il rubinetto è il suo terrore.

«Saverio, allora io vado. Fatti dare due baci. Te lo ricordi quando eri picciriddo e volevi stare sempre con me e mi hai fatto litigare con la buonanima di tua madre?».

«Sì, me lo ricordo. Me lo racconti ogni volta. Vado a farmi la doccia».

«Ti piacevano i cunti antichi che ti cuntavo. Tua mamma era gelosa, con rispetto parlando, là dove si trova, sicuro in paradiso».

«Sì, Maricchia. Ma è successo quarant'anni fa. Mamma ti ha perdonato».

«Ma io mi dispiaccio quando ci penso. Solo Dio sa quanto bene ci volevo alla tua mamma».

Mi stampa altri due baci bagnati di lacrime e apre la porta. A quest'ora va a fare la puntura al professore Adelfio.

«Maricchia, aspetta».

«Saverio, che c'è? Se non vuoi la minestra ti faccio due uova a froscia».

«No. Ti voglio far vedere una cosa».

Tiro fuori la penna da insulina.

«Bedda matri, sei malato, Saverio? Hai la zuccherina nel sangue?».

«Non è mia. Come funziona?».

«Questa la usa il professore Adelfio. Ma io non mi fido, perché ci può essere errore di sbaglio. Se uno ce la dà tutta, il cristiano muore di corpo apoprettico».

«Questa è stata usata, secondo te?».

«Non lo vedi che è vacante, Saverio? È tutta vuota».

«Grazie, Maricchia».

«Se non ti piace la minestra, ti faccio il cacio all'argentiera».

«Ma siete tutti fissati con il mangiare?».

«Stai diventando come tuo padre: camurriuso. Non buttare tanta acqua».

Quando mi risveglio sono le cinque del pomeriggio, mi pare di risalire alla luce dalla zolfara di Rosso Malpelo.

Sul telefono trovo tre messaggi. Per un disoccupato, nel mese di agosto, è un record da segnare nelle proprie memorie.

Suleima.

«Peppe mi ha raccontato tutto. Ti lascio un bacio grande così dove sai tu».

Dove so io? A mia scelta, dunque.

Katrina.

«L'intervento è andato bene. Ora terapia intensiva. Glauco ha preso due camere a Villa Igiea. Io molto triste. Grazie di tutto. Chiamami quando vuoi».

Terzo messaggio da numero straniero.

«Segnor Lamana finita aqua casa. Comment il fa?».

Il figlio di Re Sole avrà ritentato l'annegamento nel bidet. E l'eau est terminée. C'est la vie, c'est la Sicile.

Chiamo Piccionello.

«Peppe, come va?».
«Sono ancora vivo».
«Bene, allora fammi un piacere. Vai dai francesi che hanno scambiato la mia casa per Fontana di Trevi. Sono rimasti senz'acqua, chiama un'autobotte e fai riempire la cisterna. E poi spiegagli che li denuncio alla Fao per procurata desertificazione».
«Tu quando torni?».
«Aspetto di vedere come va con il commendatore. Anche perché non posso tornare. Per sbarazzarmi dei francesi prima devo organizzare la battaglia di Algeri».
«I russi e gli architetti hanno preferito tornare da Marilù».
«L'avevo immaginato. Li capisco. La cena col morto resta sullo stomaco».
«L'hai già fatto morire?».
«Tutti dobbiamo morire prima o poi».
«Mia zia due mesi fa ha fatto centodue anni».
«Fidati, morirà anche lei. La vita si sconta morendo».
«Minchia, allegria».
Mi fumerei tre sigarette una dietro l'altra. Ma devo resistere, a fine agosto saranno tre mesi di astinenza.
Mando un messaggio a Katrina.
«Se vuoi ti raggiungo».
«Ti aspetto» risponde.
Faccio la barba, mi vesto: camicia bianca, pantaloni di cotone blu e Timberland. Mi guardo allo specchio del bagno. Ma sono cretino? Sto andando da una qua-

si vedova, mica a un aperitivo all'Ultima Spiaggia di Capalbio. Tolgo la camicia bianca, ne scelgo una a righine celesti, abbastanza stropicciata dalla permanenza in valigia.

Mando un messaggio a Suleima.

«Quel bacio l'ho usato. Ne hai ancora?».

Mi risponde con tre kiss e uno smile con i cuoricini.

Va di fretta, si capisce.

Sul tavolo della cucina un piatto capovolto svela la minestra con le cucuzzelle. Ne assaggio un cucchiaio. Basta a convincermi che ho fame. Mangio in silenzio, gli occhi fissi sul calendario della carnezzeria Scimone&Figli attaccato al muro. Mio padre ha scritto una frase accanto a questi giorni di agosto: acqua fresca, foglia di lattuga e scagliola.

Promemoria per Maricchiedda.

Controllo il canarino in gabbia. Mi guarda storto, non gli sono simpatico. E pensare che mi batto da sempre per la sua libertà, ma è inutile fare favori a chi non li chiede.

Al momento di uscire, vedo sul comò dell'ingresso la penna d'insulina presa dalla stanza del commendatore.

Chiamo.

«Ciao papà».

«Saverio, stai male? Maricchiedda mi ha detto che hai una brutta faccia».

«Di Maricchiedda apprezzo la discrezione, più di ogni altra virtù».

«Lo sai com'è. È camurriusa, ma affezionata. Si preoccupa, mischina».

«Non sto male».

«Sto finendo il tuo libro. Ma mi sono fermato, perché Mimì me ne ha consigliato un altro».

«Di chi è?».

«Santo Piazzese, lo conosci?».

«È bravo».

«Lo penso anch'io. Tu dovresti scriverne uno così».

«Papà, io non sono Piazzese».

«E anche questo è vero».

«Mi puoi passare Mimì?».

«Che gli devi dire?».

«Letteratura».

«Mimì, c'è Saverio che vuole parlarti. Credo che è geloso di Piazzese».

«Non sono geloso di Piazzese. Non sono geloso e basta».

«Ciao Saverio, sono Mimì. Il tuo libro mi è piaciuto. Adesso devi scriverne uno veramente buono».

«Allora non era buono?».

«No, era buono. Uno ancora più buono».

«Appena stacco la telefonata ci provo, Mimì. Scusami, tu non sei diabetico?».

«Sì, diabetico di tipo uno. Il più grave».

Mimì ha sempre il meglio di tutto, anche il diabete.

«Tu usi penne da insulina?».

«Sì, tre volte al giorno».

«E qual è il dosaggio?».

«Dipende. Il mio medico mi ha dato da due a cinque unità a volta, a seconda del livello di glicemia».

«E se uno si spara tutta la penna in una volta sola?».

«Minimo minimo finisce all'altro mondo».

«Ma per sbaglio uno si può sparare una siringa intera?».

«Difficile. La penna non è come la siringa. C'è un regolatore, prima si fissa il numero delle unità, due, tre, cinque, poi si ficca l'ago, si preme il pulsante e si inietta così solo la dose programmata. È comoda perché si può usare più di una volta».

«E fa male?».

«Macché, manco si sente. A volte mia moglie me le fa mentre dormo e non me ne accorgo. Ma io ho un sonno straordinario».

«Grazie Mimì, sei stato chiarissimo».

«Abbasso la voce così tuo padre non mi sente. Saverio, sei malato? Perché io ti posso far visitare dal mio diabetologo, è il migliore della Sicilia».

«No, Mimì. È per un amico mio».

«Tu però fatti le analisi, Saverio. Se vuoi ti do il numero del laboratorio dove vado io, è il migliore di Palermo».

«Sei sempre gentile, Mimì. Salutami tua moglie. E non vi divertite troppo senza di me».

«Aspetto il tuo prossimo libro. Mi raccomando, deve essere buono buono».

«Ora chiedo a Piazzese come si fa. Dai un bacio a papà».

You must remember this
A kiss is just a kiss.

Dal piano bar le note di *Casablanca*. Sul tavolino due Martini cocktail, meno buoni di quelli che fa il mio amico Ettore. Laggiù in fondo le torri del porto. Forse dovevo mettere la camicia bianca.

«L'hai visto?» chiedo.

«Da dietro un vetro. È intubato, non sembra lui» dice Katrina.

«Glauco?».

«Non so, penso in camera sua».

«Katrina, posso farmi i fatti tuoi?».

«Ormai sei di famiglia».

«Olmo può avere sbagliato a farsi l'iniezione di insulina?».

«Che domanda è?».

«Ha avuto una crisi ipoglicemica. Forse ha sbagliato dosaggio».

«Impossibile».

«Impossibile?».

«Sono io a occuparmi dell'insulina. Solo io gli faccio le iniezioni».

«E ieri sera?».

«Avrei dovuto fargli l'ultima dose della giornata appena tornata in albergo, verso mezzanotte».

«Magari si è sentito male. E ha voluto fare da solo».

«Impossibile. Non è nemmeno capace di usarle».

Tiro fuori la penna da insulina che Piccionello ha trovato fra le lenzuola.

«Sono come questa qui?».

«Sì, uguale, stesso tipo».

«Ho capito».

«Cosa? Ma che ci fai con questa siringa?».

«Niente, una curiosità. Mio padre è diabetico, volevo saperne di più. Sono sempre preoccupato che combini qualche pasticcio».

Papà mi perdonerà se gli attribuisco il diabete, comunque mai superlativo quanto quello di Mimì.

«Possiamo parlare d'altro?» dice Katrina.

«Chiedi e ti sarà dato».

«Raccontami qualcosa. Scrivi libri, saprai raccontare una storia».

Il mare sta prendendo il colore del tramonto.

Chiamo il cameriere, ordino altri due Martini cocktail.

«Negli anni Settanta, a Palermo, il re del contrabbando era Masino Spadaro. Qui davanti, dai pescherecci sbarcavano ogni notte casse di sigarette. Masino era il padrone della Kalsa, il quartiere più antico della città. Si definiva il Gianni Agnelli di Palermo, perché dava lavoro a ventimila famiglie».

«Era vero?» chiede Katrina.

«Abbastanza. Quando Cosa Nostra cominciò a occuparsi di droga, Masino cambiò settore merceologico, adesso è all'ergastolo per omicidio e traffico internazionale di stupefacenti. In prigione si è laureato con una tesi su Gandhi».

«Su Gandhi?».

«Sì, il Mahātmā. Comunque. È una sera d'inverno, Masino Spadaro su un motoscafo sta seguendo uno sbarco di casse di Marlboro. D'improvviso, dal buio spuntano le motovedette: fermi tutti, guardia di finanza. Masino si tuffa in mare, nuota a grandi bracciate, approda alla scogliera qui sotto. Si arrampica, arriva su questa terrazza, prende fiato, si lascia andare su una sedia. Il cameriere, imperturbabile, si avvicina: il signore desidera qualcosa? Mi porti un cocktail Martini, con l'oliva».

«Dai, non ci credo».

«Aspetta, ora viene il bello. Dalla motovedetta, via radio, i finanzieri avvertono i loro colleghi a terra: qualcuno è scappato a nuoto, si richiede immediato intervento. Le auto a sirene spiegate entrano nel cortile di Villa Igiea. I finanzieri irrompono in terrazza. Trovano Masino che sorseggia il suo cocktail. Buonasera capitano, dice Masino, come mai da queste parti? Il capitano non è un fesso, conosce bene Masino Spadaro. Dai Masino, finiscila con questa sceneggiata, ti abbiamo visto, eri sul motoscafo, ti sei buttato in acqua per scappare. Masino reagisce stupito e indignato: capitano, si sta sbagliando, io sono sempre stato qui, bello tranquillo a godermi la serata in terrazza».

«Simpatico questo Masino».

«Simpatico non è proprio la parola esatta. Il capitano si sta incazzando, non gli piace essere preso per il culo. Dice: Masino, sei fradicio dalla testa ai piedi, hai pure i pesci nelle tasche, a chi la racconti? Masino allarga le braccia: capitano, e allora?, ne ho approfittato per fare un bagno a mare. Ora il capitano vuole capire fino a che punto arriva la faccia tosta di Masino. Un bagno a mare? A febbraio? Tutto vestito? Masino prende una pausa, ruota una mano vicino alla tempia: capitano, sono fatto così, mi sono passato un capriccio».

Katrina scoppia a ridere. Di gola, come piace a me.

Quando lasciamo la terrazza è già scesa la notte.

Mi accompagna nel cortile fuori dall'albergo.

«Che profumo» dice.

«Gelsomini».

La bacio sulla guancia. Poi la bacio di nuovo, più a lungo, ancora sulla guancia.

Mi mette una mano sul petto.

«Saverio, mi piaci. Mi hai fatto ridere, ne avevo bisogno. In un altro momento, forse...».

Non so che dire.

«In un altro momento, forse, mi sarei passata un capriccio. Ma adesso non posso e non voglio, sono fatta così».

«Resta così» dico.

Mi sembra di stare in una canzone dei Pooh.

Il profumo di gelsomini mi ricorda qualcosa di dolce e perduto per sempre.

Chi è a quest'ora?

«Pronto?» farfuglio.

«È morto».

«Katrina».

«Olmo è morto. Non c'è più».

«Ma che stai dicendo?».

«Un peggioramento improvviso. Non ho potuto nemmeno salutarlo».

«Arrivo».

Il taxi attraversa la città vacante delle sei e mezza del mattino sotto un cielo giallo di scirocco. Maricchiedda quando vedeva questo cielo si faceva il segno della croce: lo scirocco è lupo di notte, mi bisbigliava all'orecchio.

Non ho mai visto piangere Katrina. Nemmeno adesso, davanti all'ingresso della camera mortuaria dell'Ospedale Civico.

«Amico mio» dice. E mi abbraccia.

Glauco stende la mano, senza una parola. È stravolto, gli occhi rossi, le labbra morsicate a sangue.

Tre tipi in giacca si fanno attorno. Facce sporche di barba della notte, cravatte scure, occhiali da sole, porgono ossequiose condoglianze.

«Lei è la moglie?» chiede uno di loro a Katrina.

«No. Sono il figlio. Perché?» dice Glauco.

«Sa, ci sono le pratiche da sbrigare. La bara, il trasporto, le formalità. Dove avete intenzione di portare la buonanima?».

«A Roma» fa Glauco.

I tre si tolgono gli occhiali da sole, nelle loro pupille splende luminoso il simbolo dell'euro.

«Allora la cosa si complica. Regione diversa, Comune diverso, traghetto, autostrada. Ma noi risolviamo tutto, non vi preoccupate».

«Scusate, ma voi chi siete?» chiedo.

«Onoranze Funebri Santi Cosma e Damiano».

«E chi vi ci porta qui?».

Il più alto dei tre mi viene addosso.

«Lei è parente?».

«A lei che ci interessa?».

Mi torna fuori l'accento che sfoderavo quando il vicino di casa ci sequestrava il pallone e minacciava di tagliarlo.

«Lei è palermitano? Allora si facissi i fatti suoi» dice il beccamorto.

«Sono palermitano e mi faccio i fatti degli altri. C'è cosa?».

«Qui decidiamo noi chi esce fuori, vivo o morto».

«Benissimo. Ora lei questo lo ripete paro paro al vicequestore Randone. Aspetti che lo chiamo, così ci parla direttamente».

Il mio amico Randone, quello che sollecita sempre raccomandazioni per la moglie, ignorando che non sono più il portavoce del sottosegretario agli Interni.

«Picciotti, questo è sbirro» dice il necroforo alto ai suoi compagni.

«Che succede?» mi chiede Glauco.

«Niente, i nostri simpatici amici hanno scambiato persona. Cercavano un altro defunto, vero?».

Si rimettono gli occhiali da sole e se ne vanno senza salutare.

«Potevamo rivolgerci a loro» fa Glauco.

«Lascia perdere, sono delinquenti. Ti derubavano».

«E ora come facciamo?» chiede Katrina.

«Ci penso io».

Mi allontano di qualche passo. Faccio il numero di papà.

«Saverio, che succede? Sono le otto del mattino. Stai male?».

«No, papà, sei ancora a casa di Mimì?».

«Sì, sta facendo gli esercizi di yoga».

«Me lo puoi passare?».

«Mimì, c'è Saverio al telefono. Secondo me è successo qualcosa e non vuole dirmelo».

«No papà, solo un'informazione».

«Ciao Saverio, sono Mimì. Che succede?».

«Tu conosci una buona agenzia funebre?».

«A che ti serve? Non mi fare stare in pena».

«Non è per me».

«A questo ci arrivo anch'io. Niente di personale?».

«Niente di personale. Allora, conosci qualcuno?».

«Sì, aspetta che ti do il numero. Sono i migliori di Palermo, precisi, distinti, onesti. Quando è morto il mio povero cognato hanno fatto tutto loro, un grande funerale».

«Il migliore di Palermo, no?».

«Non lo dico io, l'hanno detto tutti».

«Grazie Mimì, dai un bacio a papà. E digli di stare tranquillo».

I migliori necrofori di Palermo hanno imbrogliato le carte e fatto così tanti pasticci che sarebbe stato più facile rubare la salma del commendatore e portarsela via di notte nel bagagliaio della macchina.

Ho perso la giornata agli sportelli di Asp, Urp e Asl di mezza città. Ho litigato con tutti gli impiegati non ancora andati in ferie, con quelli appena tornati e con quelli che stanno per andarci.

Era meglio affidarsi ai malacarne dei Santi Cosma e Damiano: i criminali marciano sempre spediti. E poi sono competenti in fatto di morti, a Palermo è settore di eccellenza. La Sicilia, in realtà, è la Silicon Valley dell'onoranza funebre.

Il concierge in redingote di Villa Igiea mi riserva uno sguardo schifato quando chiedo di annunciarmi a Katrina.

«Chi devo dire?».

«Lamanna. Saverio Lamanna».
«La signora la aspetta?».
«Sì».
«Mi dispiace, non risponde».
«Forse è in terrazza, la raggiungo lì».
Il concierge non mi ritiene abbastanza degno, puzzo di uffici pubblici, di autobus, di sudore e di stanchezza.
«Credo che la signora sia fuori. Vuole lasciare un messaggio?».
«Non voglio lasciare un messaggio. Voglio solo andare a casa, farmi una doccia, mettere una camicia bianca pulita, tornare di nuovo qui, sedermi in terrazza, sorseggiare uno dei vostri cocktail Martini annacquati e sputare i noccioli delle olive oltre la balaustra».
Ma non dico così. Sono troppo stanco.
«Può provare con il signor Glauco Buscaglia?».
«Chi devo annunciare?».
«Saverio Lamanna, lo stesso di poco fa».
«Signor Buscaglia, c'è il signor Lamanna per lei. Va bene, lo faccio salire».
Mi guardo nello specchio dell'ascensore, ho più rughe di Robert Redford.
Trovo la porta della camera aperta. La stanza è in penombra.
«Saverio, entra» dice Glauco.
È seduto al balcone.
«Prendi qualcosa dal frigo. Sarai stanco».
Ha una voce piatta, priva di espressione.
«Tutto risolto. Domani mattina potete portarlo via. Ecco i documenti, li lascio qua» dico.

«Bene. Grazie di tutto. Prendi qualcosa dal frigo, è sotto la televisione».

«Tu e Katrina partite in aereo? A che ora?».

«Domani, verso le tre del pomeriggio».

«Katrina dov'è?».

«Fuori, non so».

Infilo una mano in tasca. Rigiro fra le dita la penna da insulina.

Apro il frigo, prendo una Coca.

Mi avvicino al balcone aperto. Sul filo dell'orizzonte il cielo si sfilaccia, ma sul golfo è ancora gonfio di scirocco.

Tiro fuori la penna dalla tasca, la metto sul tavolinetto accanto a Glauco.

«Cos'è?» chiede.

«Dimmelo tu».

«Una penna da insulina. E allora?».

«L'ho trovata nella camera di tuo padre».

«Era diabetico».

«Ma questa era nel letto, tra le lenzuola».

Ora si alza, va al frigo, prende un'acqua minerale.

«Lamanna, scusa, ma non capisco dove vuoi arrivare».

«Allora te lo spiego chiaro chiaro. Sei stato tu a fare l'ultima iniezione di insulina a tuo padre».

«Può essere, non ricordo con precisione. Stava male, ho cercato di aiutarlo».

«Magari hai esagerato ad aiutarlo».

Mi fissa negli occhi.

«Cosa vuoi dire?».

«Te lo spiego più chiaro ancora. Magari avete litigato oppure no. Magari lui è andato a dormire oppure no. Magari lui stava male oppure no. In ogni caso, tu quella notte gli hai sparato una dose di insulina da ammazzare un elefante».

Glauco si rosicchia l'unghia del pollice.

«Non ricordo. Stava male, ho avuto paura. Ho preso una di quelle penne, non sono molto pratico, ho premuto. Tutto qui».

«Poi, però, sei andato a nasconderti nella tua camera. E hai aspettato che succedesse qualcosa. Fino a quando non è stato avvisato il portiere di notte. Hai detto così, no?».

«Ma tu cosa vuoi da me? Ma chi cazzo sei? Ha finito mio padre di dirmi cosa è giusto e sbagliato e ora cominci tu?».

«Non sono tuo padre. Per fortuna. Ma mi piacerebbe sapere perché lo hai fatto. Soldi? Gelosia? Rancore? Amore?».

«Ma cosa? Non ho fatto niente».

«Diciamo che gli hai dato una mano ad andarsene. Forse avevi paura che Katrina entrasse troppo in famiglia. Hai accorciato i tempi, insomma».

«Ho capito. La mignotta macedone l'ha fatta odorare pure a te».

«Katrina non sa niente. Dimmi solo una cosa: l'hai fatto apposta o per sbaglio? Lo pensavi da tempo o l'idea ti è venuta sul momento?».

Alza il braccio. Ho il tempo di chinarmi. La bottiglietta d'acqua minerale lanciata da Glauco passa sopra la mia testa e va a infrangersi contro il muro.

«Non è vero. Non puoi dimostrare niente. Non puoi provare niente. Tu non sai niente. Tu non sai niente di me e di mio padre. Tu non sai, non puoi sapere».

Mi fa pena.

«Hai ragione, Glauco. Non so niente. In fondo ogni figlio uccide suo padre».

«Stronzo. Vattene».

«Addio».

Sento un cambio di tono nella sua voce.

«Vuoi denunciarmi?».

«Non so. Deciderò quando passa lo scirocco».

«È un ricatto, dunque».

«Non capisci proprio niente. Aveva ragione tuo padre: non sei un artista, sei solo un povero cretino».

In piazzetta Acquasanta i freni di un taxi mi fanno saltare in aria.

«Che cazzo fai?».

Si apre la portiera, scende Katrina.

«Saverio, dove vai?».

«A casa».

«Abiti qui vicino?».

«No, ma ho voglia di camminare. Sono stato in albergo, non c'eri».

«Sono andata a cercare una chiesa».

«Una chiesa?».

«È l'unico posto dove riesco a piangere».

«A Palermo abbiamo chiese fatte apposta per piangere».

«Tu invece mi fai ridere. Pure adesso».

«Signora, dobbiamo perdere molto tempo?» chiede il tassista dal finestrino.

«Tanto lei è pagato per perdere tempo. Si impegni a farlo bene» gli rispondo.

Sono troppo nervoso?

«Volevi andartene senza salutare?» dice Katrina.

«Ti avrei chiamata».

«Saverio, perché ti ho incontrato proprio adesso?».

«Perché le cose vanno sempre così».

Mi bacia su una guancia.

«Grazie, comunque».

Vorrei riuscire a dire una cosa bella, ma sono troppo stanco.

«Saverio, devo dirti una cosa importante».

«Adesso no, ne so già troppe».

«Allora ti chiamo, un giorno di questi».

«Ecco, un giorno di questi va meglio».

«Sai, ho paura di restare di nuovo sola. Mi è già capitato troppe volte».

«Ciascuno sta solo sul cuor della terra».

«È vero».

«Non è mia».

«È vero lo stesso. Ciao Saverio».

Risale sul taxi che riparte con un sobbalzo.

Gli anemometri delle barche ferme nel porticciolo dell'Acquasanta da scirocco ora girano a ponente.

«Quando arrivi?».

«Alle undici di domani, prendo l'autobus per Trapani».

«Mi sei mancato, sai?».
«Immagino».
«Molto. Infatti ho dovuto farmi consolare».
«E lo dici così?».
«Purtroppo è successo. Mi sono fatta offrire un gelato da Piccionello».
«Fedifraga».
«Saverio, è vero che volevi sentirmi?».
«Sono cose che si dicono».
«Ti preferisco geloso».
«Io non sono geloso, è un'immagine falsa che avete di me».
«Se vengo a prenderti a Trapani, andiamo al mare?».
«E Marilù?».
«Mi ha dato mezza giornata libera».
Il traffico della notte è rado, un antifurto risuona da qualche parte.
«Io e te? Da soli?» chiedo.
«Non ti sta bene?».
«Magari possiamo invitare i Village People».
«Saverio, ti sei rincoglionito?».
«No, Suleima, lascia stare, è una cosa mia».
«Domani i francesi ripartono, oggi sono passata da casa».
«Waterloo?».
«No, tutto a posto. Lo sai che lui è uno scrittore?».
«Scrittore francese?».
«Certo».
«Non sapevo che dopo Proust i francesi continuassero a scrivere».

«Sei invidioso?».

«No, ho già in testa il mio libro francese sull'educazione dei figli».

«Quei tre bambini sono deliziosi».

«Riparliamone quando diventano come Gerard Depardieu».

«Ma tu sei un po' innamorato di me?».

«Quante cose vuoi sapere».

Il resto sono le solite parole che si sussurrano al telefono di notte. E sono fatti miei.

Socchiudo la porta, stringo una mano al cuore. Saprò resistere alle scene di saccheggio e devastazione?

La forza d'animo di un uomo si vede in questi frangenti.

La casa profuma di lavanda. Un mazzo di girasoli sul tavolo. Un pacchetto, una busta bianca. La apro. Milleduecento euro fruscianti in banconote da cinquanta e un biglietto: «Merci, votre maison est magnifique. C'était un séjour merveilleux». Firmato: Jean-Claude, Lilien, Charline, Julien e l'impronta del pollice di un neonato.

Non c'è niente da dire, i francesi sanno fare le cose proprio bene. Dalle rivoluzioni ai ringraziamenti.

Sospettoso, entro in bagno. Apro il rubinetto del bidet. L'acqua c'è, scorre. Chiara e fresca e dolce acqua. Mi ficco sotto la doccia, sento la pelle scottare di sole e di sale.

Con i capelli ancora bagnati, un asciugamano ai fianchi, controllo che non ci siano danni nascosti. Tutto in regola. Hanno aggiustato pure la luce del frigorifero che sfarfallava. Benedetti francesi: fanno le cose proprio bene, dalla ghigliottina alla mongolfiera.

Mi sembra di notare una scheggia in una mattonella di Caltagirone. Mi avvicino, è solo una sbavatura di intonaco.

Devo pagare la cucina in muratura.

Meglio saldare subito, prima che questi soldi prendano strade misteriose. Cerco il numero che mi aveva lasciato mastro Pietro. Dove l'avranno fatto finire quei maledetti allobrogi? Ritrovo le mie carte in bell'ordine sul tavolinetto sotto la finestra.

Tiro un sospiro. Partire è un po' morire, pagare è un po' annegare.

Il telefonino ha una sua diabolica intelligenza. Compongo il numero e mi spunta Becco Con Le Corna. Controllo sul foglietto scarabocchiato da mastro Pietro. Rifaccio il numero. Becco Con Le Corna. Il numero è lo stesso. Numero inesistente, ovvio.

Chiamo mastro Pietro.

«Signor Lamanna, mi dica».

«Mastro Pietro, sto cercando suo nipote Andrea, ma devo avere un numero sbagliato. Mi dà inesistente».

«Non me ne parli, Lamanna. Quello mi fa diventare pazzo. Cambia telefono ogni due per tre. Aspetti che le do il numero nuovo. Ha carta e penna?».

«Sono pronto. Sa, è per saldare il nostro conticino».

«E che fretta c'è, Lamanna? Pagare e morire più tardi che si può».

«Sono fatto così. Mi piace regolare i conti subito subito».

«Giusto. Onestà e correttezza ci vogliono».
«Appunto. Onestà e correttezza».

Scende dallo scooter, si toglie il casco.
«Signor Lamanna, tutta questa fretta?» dice con un sorriso smagliante.
«Vieni, entra dentro, Andrea, così regoliamo i conti».
«A Ferragosto? Poteva aspettare qualche giorno, signor Lamanna».
«Meglio chiarire subito».
«È venuta bene, vero?» dice lisciando le mattonelle della cucina.
«Se è per questo è venuta benissimo. È apprezzata anche all'estero».
«Lavoro fatto a regola d'arte».
«Viene bene anche in foto».
«Ha fatto delle foto?».
«Andrea, vogliamo andare avanti così per molto? Le foto le hai fatte tu, quando lavoravi qui con tuo zio, le hai messe sul sito delle case vacanze e mi hai spedito un battaglione di ussari francesi».
Non si scompone, faccia di bronzo.
«Che c'è di male?» dice stupito.
«Non c'è niente di male. È solo una truffa. Che sarà mai? Da sei mesi a tre anni di reclusione».
«Signor Lamanna, lei la mette sul pesante».
«No, magari ti propongo per una medaglia al valore».
«Signor Lamanna, non scherziamo».
«E chi scherza?».
«Ragioniamo».

«Benissimo. Ragioniamo».

«I francesi si sono presentati da lei, giusto?».

«Giustissimo».

«Lei aveva due possibilità: o li mandava via o li ospitava. Giusto?».

«Esatto».

«Lei cosa ha fatto?».

«Li ho ospitati. Dovevo buttarli in mezzo a una strada?».

«Mi segua. Nel momento in cui lei ha affittato la sua casa, ha preso dei soldi. Corretto?».

«Corretto».

«Ha preso una cifra soddisfacente?».

«Non so se è soddisfacente. I francesi hanno detto una cifra e quella mi hanno dato».

«A questo punto, mi segua bene, signor Lamanna, la truffa non c'è. L'affare si è perfezionato. Lei ha preso quanto dovuto e io ho preso la percentuale del venticinque per cento per l'intermediazione, come da mercato».

«Andrea, forse ti sfugge che io non volevo affittare casa mia».

«Non voleva, ma l'ha fatto. Lei è contento, i francesi sono contenti e io ho guadagnato la mia parte, promuovendo il turismo della Sicilia».

«E se vado dai carabinieri?».

«Sbaglia, perché applica la regola dello svantaggio».

«Mai sentita».

«Lei segue il calcio? Esiste la regola del vantaggio. Se un giocatore sta andando a gol e subisce un fallo da un avversario, ma l'azione va comunque avanti, allora l'arbitro adotta la regola del vantaggio. Preferisce non segnalare il fallo, per non fermare l'azione».

«E che c'entra tutto questo?».

«Se lei va dai carabinieri, applica invece la regola dello svantaggio. È svantaggiato lei che deve spiegare perché ha affittato la casa e si è preso i soldi, peraltro in nero. Svantaggiati i francesi che devono andare all'ambasciata italiana a testimoniare e si porteranno un brutto ricordo di questa vacanza. Svantaggiato io e pure il turismo siciliano. Così, invece, abbiamo fatto gol e siamo tutti contenti. Io, lei e i francesi».

«Andrea, meglio se te ne vai subito. La chiudiamo qui e non ne parliamo mai più. Resta fra me, te e i francesi. Ma se lo fai di nuovo racconto tutto a tuo zio mastro Pietro».

«Grazie, signor Lamanna. Si vede che lei è una persona intelligente. Non si preoccupi per il pagamento della cucina, poi ci rivediamo con calma e le faccio uno sconto di duecento euro. Per la stima personale che ho di lei».

«E per la stima personale che ho di te non ti caccio fuori a pedate nel culo».

A mezzanotte scendo a bere qualcosa da Marilù.

La terrazza è vuota, restano solo alcuni clienti ancora attovagliati a un tavolo.

«Saverio, finalmente» mi sento chiamare.

È Peppe Piccionello. Con gli architetti dei dammusi e i russi.

«Ancora qui?» faccio.

«Partiamo dopo Ferragosto» dice Anita.

«Brutta storia» scuote la testa Nicolai.

«Già, brutta storia».

«Era anziano, ma portava bene i suoi anni» dice l'architetto.

«Meglio di te» gli fa Anita.

«Meglio di me?».

«Non è vero, sei sempre il mio ragazzo» dice Anita e gli passa una mano fra i capelli.

Nicolai percuote un bicchiere con la forchetta.

«Signori, per favore».

Si alza in piedi, rigido e solenne, una specie di Brežnev alla sfilata del Primo Maggio nella Piazza Rossa.

«In memoria dell'amico Buscaglia, maestro di vita. Do svidaniya».

Ci alziamo in piedi, brindiamo in silenzio, solo il tintinnio dei calici.

È solo il primo, poi continuiamo così per altre due ore, nel ristorante deserto, con Suleima, Marilù e perfino con Carlo, il Cracco di Monte Cofano.

Brindiamo al comunismo, al capitalismo, ai dammusi, agli architetti, ai geometri, ai Piccionelli di tutto il mondo unitevi, ai francesi, al turismo, alla Sicilia, a Pantelleria, alle case vacanze, a Carlo Cracco, a Suleima, a Marilù. A Màkari. All'estate. E alle morte stagioni, e la presente e viva, e il suon di lei.

Alla quarta bottiglia di sirah ritrovo lo sciame dei miei tannini preferiti.

Mi accosto al russo, gli parlo nell'orecchio col fiato avvinazzato.

«Nicolai, c'è un caso da risolvere».

«Quale?».

«Katrina».

«Katrina?».

«Nicolai, tu sei compagno del Kgb. Devi fare qualcosa. Chiama Putin. Che ne sarà di Katrina Katrinovič Katrinova? Tovarish Nicolai, grande madre Russia non può essere umiliata. Non c'è riuscito Napoleone, non ce l'ha fatta Hitler. Vuoi essere sconfitto da Glauco Buscaglia?».

«Saverio, sei ubriaco».

«Tovarish Nicolai, noi dobbiamo aiutare Katrina. Da domani la compagna Katrina, figlia delle repubbliche sovietiche, non dimenticare, non avrà di che vivere».

«Saverio, cosa dici?».

«Il popolo deve servire il popolo. Un fantasma si aggira per l'Europa, compagno. La povera Katrina. Ora cosa farà? Senza casa, senza tetto né legge. Proletaria in catene».

Nicolai chiama sua moglie.

«Saverio, non c'è bisogno di Kgb. Ada sa tutto».

«Cosa sa la compagna Ada? Ada, la verità è rivoluzionaria. Niente deve essere nascosto al popolo».

Nicolai parla in russo con Ada. Messaggi in codice?

«Venti giorni fa Katrina si era sposata con Olmo. Erano in Macedonia, nel posto dove è nata Katrina. Il commendatore aveva deciso così, senza pensare troppo. Nel viaggio in Sicilia voleva dire tutto al figlio, dire che Katrina non chiedeva niente, solo la casa di Roma. Il commendatore voleva sistemare tutto prima di morire, ma non ha avuto tempo».

«Non capisco, compagno».

«Saverio, concentrati. Katrina si era confidata con Ada. Ricordi quando sull'autobus parlavano in russo? Io ho sentito solo che Katrina si sentiva in colpa verso Glauco».

I tannini sono volati da qualche altra parte.

«Ma un matrimonio all'estero vale anche in Italia?».

«Sì, con Ada ci siamo sposati a Londra. Il nostro matrimonio è valido a Londra, a Mosca, in Sicilia. Basta solo farlo registrare».

«Katrina è la vedova ufficiale del commendatore Olmo Buscaglia?».

«È la legge».

«Minchia, la legge è legge».

«E non lo denunci?».

«Chi?».

«Andrea, il nipote di mastro Pietro».

«Peppe, quel ragazzo mi fa pena. Era mortificato, si è scusato, ha detto che è stata una debolezza. Mi stacchi due foglie di basilico dalla grasta?».

Piccionello torna con il basilico, si appoggia sul piano della cucina in muratura.

La cipolla appassisce nell'olio a fuoco lento.

«Bello questo libro di ricette, belle foto» dice Piccionello.

«È un regalo dei francesi».

«Gentili».

«Sono francesi, altra razza, altro livello».

«Però l'altro devi denunciarlo».

«Chi?».

«Glauco Buscaglia. Minchia, Saverio, quello ha ammazzato suo padre».

«Ammazzato. Chissà. Vallo a dimostrare».

«Vuoi coprire un omicidio?».

«Omicidio: esagerato. E comunque c'è la regola dello svantaggio, sai cos'è?».

«No».

«Se denuncio Buscaglia comincia un'indagine che non finisce più. Non si sa quanto dura e non si sa come si conclude. Nel frattempo, tutti i beni vengono bloccati. Glauco non tocca palla, ma nemmeno Katrina tocca palla. E passano gli anni. Svantaggio per tutti. Invece, appena Glauco scopre che Katrina era sposata con suo padre, intuisce che ha fatto la più grande minchiata della sua vita. E se lo ricorderà per sempre, perché Katrina si becca metà precisa precisa dell'eredità del commendatore. Per dirla alla maniera di Oxford, Glauco l'ha presa in culo. Controlli se l'acqua bolle?».

«Ci vuole ancora qualche minuto. Ma questa regola dello svantaggio dove sta scritta?».

«È una cosa che ho pensato io. È il contrario della regola del vantaggio nel calcio, hai presente?».

«Sì. Cosa stai cucinando?».

«Filatura di grano duro in trafila di bronzo con datterini pelati a vivo, cipolla bianca di Castrofilippo appassita in olio extravergine con spremitura a freddo, all'aroma di basilico della mia grasta. E poi, ascolta bene, rossi di gallina ruspante di terra su letto d'albume bianco rassodato a bassa temperatura in succo di olive Nocellara».

«Minchia, cose di lusso. E che vuol dire?».
«Spaghetti col sugo di pomodoro e uova fritte».
«Sei il solito cretino».
«Peppe, la cucina è come la letteratura: il contenuto non conta, conta come si racconta».

È solo un gioco

«Ancora assai deve durare questa storia?».

Peppe Piccionello mi guarda di traverso.

«Peppe, si può sapere quante ne dobbiamo fare?».

Piccionello posa mestolo e imbuto, si sistema in testa il cappello di paglia e viene verso di me strascicando le infradito.

Imbrattato di rosso sangue quanto il Cristo di Mel Gibson, mette le mani ai fianchi.

«Lo vuoi sapere?».

«Sì, Peppe, non ne posso più. Andiamo avanti da cinque ore».

«Ti faccio il conto. In un anno ci sono trecentosessantacinque giorni, giusto?».

«Giusto».

«Togliamo sessantacinque giorni perché una volta c'è la minestra di cavoli, una volta c'è aglio e olio, d'estate c'è il ciliegino fresco, ne restano circa trecento. E per altri trecento giorni che c'è?».

«Non so, dimmelo tu».

«C'è pasta col sugo. Un peroncino al giorno per trecento giorni fanno trecento bottiglie».

«Trecento bottiglie di passata di pomodoro? Ma ne abbiamo fatte molte di più».

«Saverio, sei il solito superficiale».

Quasi quasi spacco tutte le bottiglie con la macchinetta per chiudere i tappi a corona. E dopo rompo la testa di Piccionello. Tanto è già lurido di salsa di pomodoro, il sangue gli darà un mélange ton sur ton.

«Sì, Saverio. Sei superficiale. Non consideri lo sfrido. Quando si mettono a bollire, ogni cento bottiglie circa dieci si lesionano o si spaccano».

«Hai fatto un sondaggio?».

«Esperienza, Saverio».

«Sfrido o no, da stamattina ho tappato più di quattrocento bottiglie di pomodoro».

«E ancora non è finita. Trecento per consumo personale, duecentocinquanta per mia cugina, senza considerare che poi ci sono quelle col basilico e senza basilico, quelle passate e quelle a pezzettoni, e metti che bisogna pure considerare le feste».

«Le feste?».

«Certo. Natale, Capodanno, Ferragosto, Pasqua. Giornate che sono, magari ci sono ospiti, un'altra cinquantina di bottiglie per le feste ci vogliono. E un'altra settantina di bottiglie per te non le vuoi fare?».

«Seicento bottiglie di pomodoro? Ma chi sei, il signor Cirio?».

«Non capisci niente, Saverio» dice Piccionello e si sistema in testa il cappello di paglia. «Poi, a novembre, quando apri una di queste bottiglie, ti pare di assaggiare l'estate».

«Intanto passiamo l'estate a preparare bottiglie».

«Assai parli, Saverio. Travaglia che il tempo sta squagliando, tra poco è notte».

È notte? Guardo il cielo bianco di foschia, il sole di mezzogiorno batte su Màkari, rimbalza sulle tinozze piene di passata di pomodoro, arroventa le bottiglie di birra da 33 centilitri allineate nel terrazzino. Tappo bottiglie e maledico il momento in cui ho accettato di dare una mano d'aiuto a Piccionello: domani facciamo quattro bottiglie di pomodoro, qui da te che c'è più spazio, in tre ore abbiamo finito. Dalle sei del mattino, perché dovevamo cominciare col fresco, e ancora non si vede l'uscita da questo tunnel rosso fuoco.

C'è pure il fatto che tappare bottiglie non è mestiere di grande sforzo intellettuale, per cui resta molto tempo per pensare. E questo, si sa, avvilisce l'anima. Ho provato a cantare qualcosa di De André, ma Piccionello mi ha fatto smettere perché perde la concentrazione. E allora divago tra parerga e paralipomeni, commiserando me stesso che fino a due mesi fa con mocassini Tod's, camicia Brooks Brothers, grisaglia tasmania Loro Piana e cravatta Marinella, me ne potevo stare al fresco di un condizionatore Mitsubishi in una stanza affrescata al piano terra del Viminale, scrivania di acero, tre linee telefoniche, segretaria part time, praticamente a fare niente – un comunicato ogni tanto per quel cretino di sottosegretario per il quale prestavo servizio da balia asciutta – se non sparlare al telefono con colleghi giornalisti in crisi editorial-personale e organizzare per la serata aperitivi da Settembrini o al Porto Fluviale con milf separate.

Il tappo a corona è di semplice chiusura, a condizione che sia ben collocato sulla bocca della bottiglia, in posizione perfettamente orizzontale. La pressione sulla leva della macchina che lo serra deve essere costante e senza strappi, evitando che nel corso dell'azione il tappo si muova dalla posizione in cui è stato preliminarmente posto.

«Ne ho già trovate tre chiuse male» si lamenta Piccionello, mentre avvolge le bottiglie negli stracci per collocarle nel fusto per l'ebollizione.

«E allora fallo tu» gli rispondo. Ormai sono pronto a mandarlo nel paradiso della passata.

Insozzato di pomodoro dalla testa ai piedi, cappello di paglia sfondato sulla testa, in costume e con la maglietta del festival di Cannes del 2001, mi faccio pena da me stesso. Ripenso a quel sabato di giugno: lo stronzo del mio sottosegretario era andato a un convegno sulle droghe, al telefono mi aveva riassunto le solite inutili cose che amava ripetere, il diavolo o chi per lui ci mise la coda, tirai fuori un comunicato che gli faceva dire per una volta una frase intelligente sulla liberalizzazione della marijuana. Tanto era sabato, la gente al mare, le redazioni deserte, sarebbe passato inosservato. «Repubblica.it» lo schiaffò in prima pagina, annunciando scontro nel governo sulla droga libera. E fu subito polemica, come dicono in tv. Infatti, mi trovai licenziato in quarantotto ore. Addio Viminale, addio. Addio stipendio, addio. Lasciai Roma, per fortuna c'era il rifugio in Sicilia, la casa di Màkari dove papà non ha più messo piede dopo la morte di mamma.

Per fortuna, penso. Tappo bottiglie di Peroni da 33 centilitri piene di passata di pomodoro, col basilico e senza, a pezzettoni e no. Che fortuna.

«È tuo?» chiede Piccionello.

«Cosa?».

«Questo telefono che squilla da mezz'ora. È il tuo?».

«Sì, è il mio».

«E rispondi».

«Ero concentrato sul tappo a corona».

«Certo, ci vuole intelligenza a chiudere tappi».

«Se vuoi farlo bene, il cervello ci vuole».

«La prossima volta chiamo Einstein».

Mi ripulisco le mani. È papà.

«Ciao, papà, come stai?».

«È morto Franco».

«Chi è?».

«Saverio, come: chi è? Tuo cugino».

«Mio cugino?».

«Il figlio di Lilla, la cugina di tua madre. Avete passato un'estate assieme a Màkari. Non ricordi?».

«Quando?».

«Qualche tempo fa. Sarà stato il '76 o il '77».

«Papà, avevo cinque anni».

«Non importa. Era tuo cugino. Domani ci sono i funerali, vedi di esserci».

«Papà, ma come faccio? Qui ci sono i tappi a corona, la salsa a pezzettoni, col basilico, senza basilico. Non posso lasciare, si interrompe il processo industriale».

«Domani mattina alle 11. Anzi, prima passa da casa e ci andiamo assieme. Lilla ci tiene, mi ha chiesto di te. Ci sarà tutta la famiglia di tua madre, non essere superficiale».

«Com'è morto?».

«Chi?».

«Franco, mio cugino».

«Un incidente d'auto. Una tragedia. Aveva la tua età. Ci vediamo domani. Metti la giacca scura».

«Va bene, papà, ti faccio sapere».

Piccionello è rimasto con l'imbuto in una mano e il mestolo nell'altra.

«Cattive notizie?».

«È morto mio cugino».

«Finisci di chiudere le bottiglie e preparati. Devi andare al funerale».

«Ma non lo vedevo da trent'anni».

«Saverio, non importa. È tuo cugino. I parenti si rispettano più da morti che da vivi».

Sistemate settanta bottiglie di pomodoro di mia pertinenza in luogo fresco e buio. Ripulito terrazzino da macchie di pomodoro, semi, spoglie. Raccattati sessantasei tappi a corona difettosi o mal chiusi. Trasportate con l'aiuto di Piccionello cinquecentosessantadue bottiglie da 33 centilitri presso suo proprio domicilio o domicilio della di lui cugina. Eliminate nei cassonetti dell'indifferenziata quarantadue bottiglie con tracce evidenti di lesioni, fuoriuscita di liquido, fratture del vetro, più altre sedici scartate per ragioni imperscrutabili («Questa non va bene, buttare» sentenziava Piccionello). Doccia prolungata con bagnoschiuma al muschio bianco, all'aloe vera e all'arancia rossa per togliere ogni residuo di passata di pomodoro e persistenti odori annessi.

Fresco come l'uomo che riscopre il valore del lavoro manuale, rilassato per avere contribuito con quindici ore di fatica fisica alla perfezione dell'universo, orgoglioso di perpetuare la secolare tradizione conserviera del Mezzogiorno italiano, alle dieci di sera poso le membra stanche, ma assai poco soddisfatte, sul divano di casa. E mi addormento. Precipito in un abisso di passata di pomodoro, un labirinto escheriano di bottiglie: il pozzo, il pendolo e la macchinetta tappatrice scandiscono il mio incubo. Il Sacro Pomodoro avanza. Mi chiama.

«Saverio».

«Il Sacro Pomodoro, no».

«Saverio, svegliati».

«Il Sacro Pomodoro... che succede?».

«Saverio, che dici? Sono io».

Non è il Sacro Pomodoro. È Suleima.

«Sei sudato. Sognavi» sussurra accarezzandomi la fronte.

«Il Sacro Pomodoro, avevo dimenticato».

«Vado a fare una doccia, ora mi racconti».

Scalcia le scarpe, si tira giù la gonna, sfila la maglietta e così com'è si infila nel bagno regalandomi l'unica immagine di questa giornata degna di essere ricordata.

È mezzanotte passata. Ho fame.

«Hai mangiato? Faccio una frittata» grido.

«Cosa dici?».

«Faccio una frittata».

«Se è la prima cosa che ti viene in mente».

Deve esserci un doppio senso che non afferro. Qual è la prima cosa che mi viene in mente? Guardo la porta socchiusa, sento il rumore dell'acqua della doccia, penso a Suleima nuda là sotto. No, la frittata non è la prima cosa che mi viene in mente. Vado in bagno, mi spoglio, entro sotto la doccia. Muschio bianco, aloe vera e tutto il resto.

Fresco come chi ha dormito quattro ore e ha appena rimesso a posto l'armonia dell'universo, sbatto quattro uova con caciocavallo ragusano grattugiato e foglie di menta, mentre l'olio in padella riscalda piano.

«Com'è andata?» chiedo a Suleima che si sta asciugando i capelli con indosso la mia camicia bianca.

«Marilù era nervosa».

Marilù è la proprietaria del ristorante dove lavora Suleima, il ristorante dove l'ho conosciuta poche sere dopo che ero approdato a Màkari dal naufragio della mia vita professionale. Marilù fa il cuscus di pesce migliore al mondo, con il vantaggio che è a trecento metri da casa mia.

«Come mai?».

«Avevano prenotato un tavolo per sei, un'ora dopo hanno disdetto, un'ora dopo hanno riconfermato, ma erano diventati otto, mezz'ora dopo sono arrivati in undici. Undici palermitani di quel tipo lì, come li chiami tu?».

«Piritolli?».

«Esatto. Piritolli. Abbronzati, con i vestiti giusti, impomatati».

«Si dice allicchittati» suggerisco mentre verso tutto in padella.

«Hai capito, no? Le donne da un lato, bionde e rifatte, sparlavano delle loro amiche. Gli uomini dall'altro lato, a mostrarsi le foto sui telefonini, la barca, la villa, l'onorevole amico mio, l'avvocato amico mio, il professore amico mio».

«Amici e guàrdati».

«Puoi immaginare le ordinazioni: nel pesto alla trapanese i pistacchi non ci stanno, nel pesce spatola ci va la passolina, sono allergica all'aglio, sono allergico alla cipolla, intollerante alla mollica di pane, il sarago è d'allevamento, non è stagione di triglia di scoglio, il polpo è duro, il polpo è molle, il polpo è maschio o femmina? Marilù non ci ha visto più: quando è tornata in cucina doveva prendersela con qualcuno, e mi ha fatto nuova».

«Perché?».

Adesso devo girare la frittata, la cosa che mi riesce meglio.

«Dice che ero troppo scollata».

«Ed eri troppo scollata?».

Tac, la frittata è capovolta. Perfetta.

«Di un bottone. Non si vedeva niente».

«Bottana per un bottone».

«È una battuta? Devo ridere?».

«Facoltativo. La frittata è fatta. Mangia, senti che profumo. La menta fa la differenza».

Prendo dal frigo una mezza bottiglia aperta di catarratto.

«Buona. Cos'è questa storia del pomodoro sacro?» chiede Suleima.

«Il Sacro Pomodoro, con le maiuscole».

«Va bene, accademico della Crusca, con le maiuscole».

«Avrò avuto cinque o sei anni. Era agosto, in un orto dalle parti di Custonaci spuntò un pomodoro grosso così. Per chissà quale motivo, sul pomodoro c'era una macchia scura che sembrava un Gesù con il braccio alzato, hai presente quello del duomo di Cefalù?».

«Il Cristo Pantocratore. Dimentichi che sono laureata in architettura. Ho studiato storia dell'arte, infatti faccio la cameriera».

«Appunto. Cominciò un pellegrinaggio verso la campagna di questi contadini. Mio padre e mia madre erano curiosi, andammo a vedere anche noi. C'era la fila, tutti in coda per ammirare il Sacro Pomodoro. Lo avevano messo dentro una scatola, adagiato sul cotone. Io non vedevo niente, mia mamma un po' scettica continuava a dire: in effetti, sì, sembra proprio, guarda Saverio, questa è la barba... d'improvviso una donna si buttò in ginocchio e cominciò a pregare ad alta voce, invasata. Non ho dormito per tre notti, il Sacro Pomodoro mi inseguiva nei sogni e risentivo l'urlo della donna con le braccia al cielo».

«Bambino coraggioso».

«Che vuoi farci? Sono sempre stato sensibile».

«Forse in passato. Sempre non direi».

«Ecco, quell'estate c'era anche Franco. Ora ricordo».

«Franco chi?».

«Mio cugino. È morto. Domani ci sono i funerali».

«Sei veramente un bimbo sensibile, lo dici come fosse un estraneo».

«Non lo vedevo da trent'anni. Era un estraneo».

«Ma era tuo parente».

«E allora? Siamo la famiglia Lamanna, mica la famigghia Corleone che la cosa più importante è la famigghia. Era cugino di secondo grado».

«Ah, capisco. Cugino secondario».

«Suleima, per andare domani a Palermo mi presti la tua macchina?».

«E perché? Mica siamo parenti».

«Però potremmo diventarlo».

«Meglio di no, visto come tratti i tuoi parenti. Che fine ha fatto il Sacro Pomodoro?».

«Non lo so. Forse è marcito. Oppure Piccionello ci ha fatto la passata. Oggi mi ha costretto a preparare seicento bottiglie di conserva».

«Ecco perché puzzi di pomodoro».

Filtra luce dalle persiane. Le sei e mezzo dice il telefonino. È la mia ora. Scivolo dal letto, Suleima nel sonno mormora qualcosa che non capisco, come pomodoro o m'innamoro.

Ho tirato fuori il vestito blu, la camicia bianca, i mocassini. No, ho dimenticato i mocassini. Li cerco alla cieca, dove dovrebbero essere. Non ci sono, vado a frugare nell'armadio, devono stare dentro qualche scatola.

«Che fai?» borbotta Suleima.

«Cerco i mocassini».

«Sono in bagno, ce li hai messi tu ieri sera».

«Hai ragione».

«Ho sempre ragione».

Mi vesto mentre la moka va a fuoco basso.

Fuori dalla porta il gatto randagio di Màkari graffia sul legno.

Metto la cravatta? È agosto, troppo caldo. La piego però in una tasca della giacca, non si sa mai.

Il gatto insiste.

«Saverio» miagola il gatto da dietro la porta.

Apro, c'è Piccionello.

«Che ci fai qui?».

«Ieri sera ha chiamato tuo padre, mi ha chiesto di accompagnarti a Palermo».

«Non si fida, vero?».

«Non è che non si fida. Così Saverio non si fa la strada da solo, ha detto».

«Non si fida».

«Hai fatto il caffè?».

«È appena uscito».

Peppe Piccionello è inappuntabile. È la prima volta che non lo vedo in mutande e infradito. Abito grigio, camicia celeste, cravatta scura e scarpe nere.

«Chi ti ha dato questo vestito?».

«Era della buonanima di mio cognato. Lo uso solo per funerali e matrimoni».

Prendiamo il caffè in silenzio.

«Mah, la vita» dice Peppe.

«Già».

«Siamo appesi a niente».

«Già».

«Oggi ci siamo».

«E domani non ci siamo. Peppe, dobbiamo continuare così?».

«Ti aiuto a entrare nell'atmosfera da funerale».

«Grazie, Peppe. Te ne dico un'altra: il morto stesso insegna a piangere. Questa la sapevi?».

«Sei senza cuore».

«Di mattina presto sono sempre senza cuore, mi spunta solo dopo mezzogiorno. Andiamo».

Però è bello viaggiare per strade ancora vuote, con la luce chiara del giorno appena nato. Quasi dimentico che sono diretto a un funerale. Il mare è piatto, trasparente sotto Monte Cofano.

«Com'è morto?» chiede Piccionello.

«Un incidente d'auto».

«Quanti anni aveva?».

«Quanto me. Una quarantina».

«Sposato? Figli?».

«Non lo so».

«Che lavoro faceva?».

«Non lo so».

«Non sai niente. Ma che parenti siete?».

«Parenti moderni».

«No, parenti slavati».

La sosta al bar di Castellammare del Golfo, per una cassatella calda con ricotta e caffè ristretto, mi sottrae per breve tempo a Piccionello che oggi indossa la maschera di circostanza per lutti e condoglianze. Ma dura poco, giusto il tempo di imboccare l'autostrada per Palermo. E Piccionello ricomincia.

«Mio cognato, mischino, pure lui morì con incidente d'auto».

«Mi dispiace».

«Trentasette anni. Mia sorella ne aveva trentadue, restò con due bambini piccoli».

«Capisco. Mi dispiace tanto».

«Non si è risposata. Si è cresciuta due figli, ma sempre ci pensa a suo marito».

«Comprendo, mi dispiace moltissimo».

«Saverio, solo questo sai dire? Mi dispiace, mi dispiace. Non c'è piacere ad accompagnarti a un funerale».

«Peppe, un funerale non è la prima del Teatro Massimo. Cosa vuoi, una recensione?».

«Saverio, non capisci. La morte è cosa seria, bisogna trovare le parole giuste, non è che si può arrivare impreparati. Pure se è morto un estraneo».

«Rispetto il tuo rispetto per la morte, Peppe, ma preferisco vivere. Ora, se non ti dispiace, metto un po' di musica».

E attacco Radio Dimensione Suono, ignorando la smorfia disgustata di Piccionello che preferirebbe un bel Requiem Aeternam.

«Saverio, come mai a quest'ora?» chiede il portiere del palazzo dove abita papà.

«Dobbiamo andare a un funerale».

«Eh, l'ho saputo: tuo cugino, mischino. Era giovane. Niente siamo».

«Non c'è cosa dire» commenta Piccionello.

«E che si vuole dire? Disgrazie sono» insiste il portiere.

«Pietre cadute dal cielo» fa Piccionello.

«Fuoco grande in quella casa» ribatte il portiere.

Per fortuna è arrivato l'ascensore.

Papà spunta sulla porta ancora in pigiama.

«Come mai a quest'ora?».

«Papà, dobbiamo andare a un funerale. Hai dimenticato?».

«Ma sono le otto e mezzo, Saveriuccio. Mancano tre ore».

Si accorge di Piccionello. E fa la scena.

«Pure tu sei venuto, Peppe? Ma non dovevi».

Si abbracciano.

«Professore, in momenti come questi».

Peppe chiama mio padre professore, non ho mai capito perché. Tutti e due fanno finta di sorprendersi. Attori per vocazione.

«Entrate. Maricchiedda ieri ha fatto il biancomangiare alle mandorle. Non l'ho ancora assaggiato. Venite, entrate. Bene ti trovo, Piccionello».

«Professore, ma che ce ne facciamo della salute con questi lustri di luna?».

«Ragione hai, Piccionello. Mah, non c'è cosa dire».

«E che possiamo dire, professore? Qua siamo».

«Disgrazie grandi».

«Si consuma una casa, professore. Anche a lei la trovo bene».

«Ci difendiamo, Piccionello. Ma la pena è forte assai».

«A me lo dice, professore?».
«Lo so, Piccionello, la buonanima di tuo cognato morì allo stesso modo, mischino. Quanti anni sono passati?».
«Sedici, ma sono cose che non passano mai».
«Vera verità, Peppe. Ci devono essere tre briosce fresche. Saverio, prendi il biancomangiare dal frigo».
«E chi ha il coraggio di mangiare, professore».
Attori sono. Professionisti. Sapienti di una sapienza antica che non ho mai avuto o che devo aver smarrito in qualche mio trasloco. Sanno dosare forma e sostanza, secolare retorica per accostarsi piano alla morte, al suo mistero, al suo segreto. Peppe e mio padre si passano l'un l'altro lo spavento della morte, lo incamerano e frantumano dentro una ragnatela di frasi consuete che restituiscono ai superstiti prova di esistenza in vita. È una messa: spezzate queste briosce e mangiatene tutti, questo è il biancomangiare offerto per voi.
«Vabbè, vado di là a buttarmi sul divano. Tanto è ancora presto» dico.
Mi guardano come se non avessi parlato, intenti a raccontare i dettagli dell'incidente di Franco, come fu, come si seppe, sua madre mischina, sua sorella era a Milano, gli amici del calcetto sconvolti, pure l'articolo sul «Giornale di Sicilia», leggi qui, finì in prima pagina, povero picciotto.
Entro nel soggiorno. Sul tavolo tondo le foto di famiglia: io, mia sorella, mia madre, papà e mamma nel giorno del matrimonio, mamma quando aveva vent'anni credo a Segesta, noi quattro a piazza San Pietro una

vita fa, nonni, nonne, qualche bisnonno. Un cimitero, esclusi i contemporanei.

Sul divano, rivoltato all'ingiù con le pagine aperte, il mio ultimo libro. È spalancato alle pagine 142 e 143, papà ha sottolineato una frase: «Un odore forte di cucina, di triglie alla brace e di spada panato alla palermitana, mi soffoca».

«Ti piace?» grido verso la cucina.

«Saverio, che dici?».

«Il mio libro. Ti piace?».

«Ah, quello sul divano? Non è mio. L'ha dimenticato Mimì. È passato ieri sera, voleva farmi leggere una frase».

«Questa sottolineata?».

«Sì, Mimì dice che l'aveva già letta in un libro di Andrea Camilleri».

«Può essere, papà».

«È troppo bravo Camilleri».

«Bravissimo».

«Camilleri scrive tanto, magari non l'hai fatto apposta».

«Sì, papà. Non l'ho fatto apposta. Mi sarà scappata».

Richiudo il libro, lo poggio sul tavolo. Mi stendo sul divano.

«Saverio, ti sei offeso?» chiede papà dalla cucina.

«No, papà, posso mai offendermi se dici che ho copiato Camilleri?».

«Appunto».

Provo a chiudere gli occhi. Sul sottofondo del traffico di Palermo, strepitano nella gabbia i canarini. Frenetici. Fanno eco ai clacson.

«Papà» grido.

«Saverio, che c'è ancora?» risponde mio padre, il tono di voce infastidito.

«È normale che i tuoi canarini fanno così?».

«Saverio, canarini sono. Se non cantano di mattina, mischini, che devono fare: giocare a scacchi?».

«Papà, ascoltami: apri la gabbia».

«Saverio, ascoltami: dormi».

Ci provo. Non sono più abituato alla città, il silenzio di Màkari mi ha viziato. Sobbalzo al passaggio dell'autobus, al fracasso della motoape smarmittata: il respiro intossicato di Palermo non dà pace.

Metto le cuffiette, aziono l'app gratuita di spagnolo. Devo imparare lo spagnolo se voglio trasferirmi a Formentera per aprire un chiosco di granite: ognuno deve nutrire un sogno sul futuro, questo è il mio. Mi sono prefissato un anno di tempo per imparare la lingua, la mia insegnante è la voce sintetica che ho ribattezzato Teresita.

Mal día.

Che dici, Teresita?

Mal día.

«Mal día» ripeto.

Estoy triste.

«Pure tu?».

Estoy muy triste.

«Estoy muy triste».

La vida es sueño.

Questa parla come Piccionello.

«La vida es sueño».

Descaminado, enfermo, peregrino, en tenebrosa noche.

Oddio, precipito nella Spagna funebre e barocca.

Tolgo le cuffiette, spengo l'app. Cosa posso mai pretendere da un'applicazione gratuita? Forse dovrei passare all'upload a pagamento. O pagarmi delle vere lezioni di spagnolo.

Mi alzo dal divano. Sono già le nove e mezzo. Apro l'album di fotografie che papà tiene sul tavolo. Altri morti, virati seppia o in bianco e nero. Questo però sono io, a colori kodak. In costume, al mare. Ho il braccio sulle spalle di un bambino con i capelli rossi.

«È tuo cugino Franco» la voce di papà, alle mie spalle.

«Non mi dice niente. Non ricordo».

«Ma come: non ricordo?» fa papà.

«Professore, quando non gli conviene fa sempre così» dice Piccionello.

Papà allarga le braccia, spazientito.

«Beato te, Saverio. Io ricordo solo quello che vorrei dimenticare».

Un mio amico sceneggiatore sostiene che in un film che si rispetti ci vuole sempre un bel funerale. Ma in una mattina d'agosto a Palermo, nella parrocchia di San Luigi Gonzaga di via Ugdulena, chiesa né brutta né bella dei quartieri nuovi, le camicie incollate alla pelle dal sudore, gli occhiali da sole e le facce abbronzate di chi ha dovuto interrompere la villeggiatura a Cefalù o a Scopello, un funerale è solo un fastidio di mezza estate.

Siamo in pochi. Annoto mentalmente: ricordarsi di morire d'autunno o d'inverno, mai d'estate o sotto le feste. Sulla bara chiara ci sono un mazzo di fiori e una maglietta verde e bianca, si intravede il marchio dello sponsor «Acque minerali», il resto non si legge. Il prete all'omelia dice che conosceva Franco da piccino, ma si capisce che è rimasto fermo al bambino con i capelli rossi, più o meno lo stesso ricordo che conservo io: ne sa meno di me. Si rifugia nella storia di Lazzaro, la resurrezione dalle tenebre, la morte inizio di una nuova vita, la vita eterna, preghiamo per il nostro fratello Franco. Amen.

Incensiere, incenso, chierichetto con Nike d'ordinanza sotto la cotta, i singhiozzi della mamma, della sorella, non vedo mogli né figli.

«Era sposato?» chiedo sottovoce a papà.

«Separato. Ma non aveva figli».

«Almeno non lascia orfani» commenta Piccionello.

La bara viene sollevata a spalla da otto palestratissimi con maglia verde e bianca sotto le giacche, scritta dello sponsor «Acque minerali dei monti Sicani».

«Chi sono?» chiedo a papà.

«I suoi compagni. Franco giocava a calcio».

«Che lavoro faceva?».

«Niente, giocava a calcio».

«Sì, ma come campava?».

«Aveva appartamenti e magazzini. Li affittava».

La bara mi sfila davanti. C'è una foto attaccata: Franco in campo durante un'azione. Riconosco i capelli rossi, solo quelli.

Fuori dalla chiesa, davanti alla macchina delle pompe funebri con lo sportello spalancato, scambio baci, stringo mani e mastico condoglianze con gente sconosciuta.

Papà mi spinge verso Lilla, la mamma di Franco.

«Saverio, anima mia. Franco parlava sempre di te» piange, stringendomi la faccia tra le mani. «Come fratelli eravate. Ti ricordi quell'estate al mare? Come fratelli».

«Certo, zia Lilla, come posso dimenticare?».

«Me' frati Saverio, così diceva Franco, me' frati Saverio».

La presbiopia della memoria dolente rende attuali parole di trent'anni fa.

Piccionello fa la sua parte, bacia Lilla sulle guance.

«Signora, si ricorda di me? Piccionello sono, di Màkari».

«Come no? Franco sempre parlava di te. Portavi i picciriddi a pescare. A Franco ci insegnasti a nuotare».

«Me lo ricordo preciso preciso, come fosse ieri. Signora, parole non ce ne sono per questa disgrazia grande».

«Morta sono, Piccionello. Morta con mio figlio».

È troppo per me. Mi allontano. Vorrei fumare una Camel senza filtro, riempirmi i polmoni e restare stordito dal contraccolpo. Mi avvicino al gruppetto delle Acque minerali dei monti Sicani.

«Qualcuno di voi ha una sigaretta?».

Mi accontento di una Marlboro Gold.

«Tu sei il cugino di Franco, quello di Roma?» mi chiede uno con i muscoli delle spalle che stirano la maglietta.

«Sì, Saverio Lamanna».

Stringo le mani di tutta la squadra.
«Franco diceva che a Roma sei un pezzo grosso» fa il tipo muscoloso.
«Franco era generoso».
«È vero. Ti voleva bene».
«Anche io» mento con un po' di vergogna.
«Domani sera organizziamo una partita di calciotto in memoria di Franco».
«Bella iniziativa» dico.
«Vieni, così giochi con la maglietta di Franco».
«Io?».
«Sì, domani sera alle otto ai campetti dietro la Favorita. Li conosci?».
«È un po' complicato. Sapete, questa è una stagione di grande lavoro per la nostra azienda. Un'attività di slow food, prodotti bio, a chilometro zero, conserve naturali, vero Peppe?» mi rivolgo a Piccionello appena sopraggiunto.
«Domani? Siamo in pausa» fa Piccionello, serio serio.
«Siamo in pausa?».
«Sì, pausa. Per non stressare il prodotto».
«Benissimo, ti aspettiamo alle otto. Puntuale. La partita comincia alle otto e mezzo» conclude Mister Muscolo.
«È un onore per noi» dice un'altra acqua minerale dei monti Sicani.
«Un grande onore» ripetono insieme tutte le acque minerali.
«Per Franco Rizzo hip hip» grida Mister Muscolo.

«Urrà!» rispondono le acque minerali.

«Per non stressare il prodotto. Disgraziato, da dove ti è venuta?» sibilo contro Piccionello, sommerso dalla triplice salva di urrà.

«L'ho sentita alla radio».

«Non insistere, Peppe. Nemmeno morto».

«Saverio, lo faccio per il tuo bene».

«Tanto non ci vado».

«Tu ci vai. E giochi».

Inchiodo i freni.

«Sei pazzo. Così ci ammazziamo» grida Piccionello. Finalmente mostra un po' di rispetto.

Un camion ci supera, il clacson a distesa, la mano fuori dal finestrino a ribadire alcuni brevi concetti.

«Cornuto e becco».

Altri insulti su dignità e maternità fioccano da due auto che scavalcano la mia, ferma al centro della provinciale per Màkari.

«Peppe, parliamoci chiaro: non gioco a pallone da trent'anni, non vedevo mio cugino da trent'anni, da trent'anni non me ne frega niente del calcio. Come vedi non c'è un solo motivo per partecipare alla pagliacciata di domani sera».

«Saverio, senti a me. Anche se non lo vedevi da trent'anni quel ragazzo era tuo cugino e anche se tu sei cretino da trent'anni non puoi dare un dispiacere a tuo padre, a tua zia Lilla e ai ragazzi che ti hanno invitato. Il fatto che non giochi a pallone non è un problema, ci sono io e in un giorno ti faccio diventare Maradona».

«Tu?».

«Io. Ho giocato nell'Empedoclina, nel Pro Favara, nel Valderice e sono arrivato pure in promozione».

«Quando?».

«Quarant'anni fa».

«Non c'era manco la moviola ai tempi tuoi».

«Ma ne so più di te. Domani allenamento, così non crolli al secondo minuto in campo».

«Non hai capito. Non ci vado a giocare».

«Allora racconto tutto a Suleima».

«Ma che racconti?».

«Lo so io».

Ora, io sono sicuro che negli ultimi due mesi, da quando ho incontrato Suleima, nella mia vita non ci sono segreti né misteri. Prendo tempo, mollo la frizione, riprendo a viaggiare verso Màkari. Penso veloce se ho confidato qualcosa a Piccionello, ma non mi pare.

«Non sai niente. Stai bluffando».

Piccionello mette la faccia da giocatore da poker.

«Allora non ti preoccupare. Aria serena non ha paura dei tuoni».

Peppe mi conosce da quando ero ragazzino. Sa troppe cose e la mia coscienza fa acqua da ogni parte.

«Va bene, scendo in campo. Ma solo dieci minuti».

«Bravo, a volte riesci perfino a sembrare ragionevole».

«Ma lo faccio solo per mio padre che ci tiene. Le tue minacce non mi spaventano: immacolato sono».

«Così ti dovevano chiamare: Immacolato. È proprio adatto a te. Che succede?».

Lassù a Màkari, davanti al bar, c'è il furgone dei vigili del fuoco con i lampeggianti accesi.

«Incendio?» dico.

«Non vedo fumo. Avvicinati».

Lascio la macchina con le ruote sul marciapiede. Mi riassale l'antica eccitazione di quando facevo ancora il cronista, alcuni secoli fa.

Tutta la borgata si è riversata nella piazzetta. Il camion dei vigili del fuoco, la Land Rover della forestale e la Panda dei carabinieri danno un pathos noir. Grosso guaio a Màkari, finalmente qualcosa di cui parlare per i prossimi tre mesi.

«Chi fu? Chi successi?» si fa strada Piccionello.

Non ho perso del tutto l'occhio e le orecchie da reporter. Da dieci parole afferrate al volo capisco che hanno messo la colla attak nelle serrature del bar. Estorsione, racket, mafia, Cosa Nostra: ragiono veloce come se dovessi dettare il pezzo in redazione. Dettagli, ipotesi, scenari.

«Maresciallo, a noi nessuno ci ha fatto minacce. Ma quale mafia» sta dicendo il proprietario del bar, le mani unite in preghiera. Il maresciallo scuote la testa, ragiona come me. Attak uguale attentato, uguale pizzo, uguale mafia.

I vigili del fuoco lavorano di piede di porco.

«Attenti, che la porta nuova nuova è. Mi costò milleduecento euro» avverte il proprietario.

I pompieri non se ne curano: vuoi mettere il piacere di passare una mattinata a sfondare porte invece che spegnere incendi nella riserva dello Zingaro? Infatti si impegnano manco debbano forzare Fort Knox.

«Maresciallo, mio cugino mai ne ha ricevuto minacce».

«Lei chi è?» chiede il maresciallo.

«Peppe Piccionello, il cugino del signor Cozzolino».

«Qualcuno ha chiesto la sua opinione?».

«No, maresciallo. Ma qui tutti ci conosciamo. Vero è?» fa Piccionello, rivolto alla folla.

«Vero è. Vero. Ma chi viene fino qui a minacciare?» annuiscono alcuni.

«Sgomberate, signori. Tornate a casa. Appuntato, liberiamo la scena del crimine» dice il maresciallo. Si sente che non è siciliano, emiliano forse.

Tiro via Piccionello da un braccio.

«Vuoi farti arrestare?» gli dico in un orecchio.

«Saverio, ma hai sentito? Questo parla di mafia. Ti pare normale?».

In verità, pensare alla mafia in Sicilia, in provincia di Trapani, mi pare abbastanza normale. Non è che siamo a Gressoney; per quanto anche lì, scava scava.

«Peppe, tutto può essere».

«Saverio, lo conosci il bar di mio cugino: dieci caffè al giorno, due chinotti, la partita a briscola, l'ultimo turista è passato per sbaglio tre mesi fa».

In effetti, se io fossi Matteo Messina Denaro, l'ultimo latitante di Cosa Nostra, perderei tempo a Màkari quando ci sono bar e ristoranti a Trapani o a San Vito Lo Capo che fatturano migliaia di euro al giorno? Poi, vai a sapere. Magari Messina Denaro si vuole passare un capriccio. Le latitanze lunghe possono produrre strani effetti: Bernardo Provenzano non si era fissato con ricotta e cicoria, pure se poteva campare a caviale e champagne?

«Vabbè, ora gira al largo. Torna a casa che è meglio» dico a Peppe che si limita ad allontanarsi ingrugnito per non perdere il resto della scena.

I vigili del fuoco stanno scardinando con entusiasmo gli infissi della porta pur di non lasciare nulla di intatto.

Il maresciallo si accosta. Mi toccherà difendere l'habeas corpus di Piccionello.

«Lei è Lamanna? Me l'ha detto l'appuntato. Ho letto il suo libro» mi fa.

«Come mai?».

«L'ho comprato. In libreria».

«Certo. Sa, non sono abituato a incontrare il mio lettore. Sono un autore di nicchia, per intenditori» e gli strizzo l'occhio.

«Ma l'ho capito subito chi era l'assassino, alla ventesima pagina».

«Lei è un vero professionista, maresciallo».

«Maresciallo Guareschi».

«Come quello di Peppone e don Camillo?».

«Sì, ma non siamo parenti. Dica al suo amico di stare cauto. È abbastanza chiaro: racket delle estorsioni. Questi negano sempre».

«È sicuro?».

«Guardi là. L'hanno capito pure loro».

Loro sono in sella a uno Zoomer 50, color giallo tuorlo d'uovo.

«Mii, Addiopizzo arrivò» fa uno con addosso la maglia del Palermo.

«Allora vero cosa di mafia è» dice un altro che indossa la maglia della Juve.

Dal motorino scendono un ragazzo alto con i capelli rasta e una piccoletta che sì e no avrà quattordici anni. Vengono decisi verso il maresciallo.

«Buongiorno maresciallo» dice il ragazzo.

«Ciao Bartolo, come l'hai saputo?» chiede Guareschi.

«Mi ha avvisato un amico. Brutta storia, vero?» fa Bartolo.

Sulla maglietta ha una scritta obliqua, devo piegare la testa di lato per leggere: «Un intero popolo che paga il pizzo non è un popolo libero».

«Stiamo indagando, Bartolo. Ma è importante che siete qui: è un segnale».

Confesso che sono un po' stanco di tutti questi segnali a destra e a manca. In Sicilia è sempre la solita storia: tanti segnali, poca segnaletica.

«Conosci Lamanna? È uno scrittore» mi presenta il maresciallo.

«Certo, l'ho visto in televisione, parlava di un libro» fa Bartolo stringendomi la mano.

«Purtroppo non basta scriverli, bisogna pure parlarne».

«Lei è Alida, è nuova del gruppo».

Un po' piccoletta per essere la fidanzata del ragazzo, si tolgono almeno sette anni d'età. Ma sbaglio perché Bartolo le mette una mano sulla spalla, per segnarne il possesso. Lo dico io: troppi segnali.

L'appuntato richiama il maresciallo sulla crime scene. Le indagini fervono alacremente.

Resto con i fidanzatini antimafia.

«Quanti siete nel vostro gruppo?» chiedo.
«Una ventina. Ma ora, d'estate, si sa» risponde Bartolo.
«Capisco, d'estate si sa. L'antimafia va in vacanza».
«La mafia no, però» dice risentito.
«Bartolo, tu ci credi veramente che è storia di mafia?».
Mi guarda con la faccia di chi ha appena incontrato un marziano. Un marziano cretino. O mafioso.
«Lo sa cosa c'è dentro quel bar?».
«Caffè, chinotto, granite, partite a briscola».
«E videopoker» sussurra.
«Videopoker?».
«La mafia dei videopoker. Le dice qualcosa?» fa con la mano così, per ribadire che sono proprio cretino. O peggio, mafioso.
«Mafia dei videopoker, dunque» prendo tempo.
«Dietro alcune ditte che forniscono le macchinette ai bar c'è la mafia: riciclaggio, esportazione di capitali, società off-shore. E il governo non fa niente. Anzi, ci guadagna sopra. Ogni tanto il mafioso di turno vuole imporre i suoi videopoker in una zona. E si fa sentire. Prima l'attak, poi una bomba e poi...».
«Non me lo dire. Ci arrivo da solo».
«Perché non scrivete queste cose nei vostri libri, invece di perdere tempo con i romanzi?».
Ci sono due cose che non sopporto: quando mi danno del voi. E quando mi dicono cosa devo scrivere. Ma questi qui sono troppo giovani per incazzarmi, anche io ero stronzo alla loro età.

«Hai ragione, Bartolo. Scusami, ora devo correre a casa per scrivere un libro sui videopoker».

I vigili del fuoco hanno sfondato porta, infissi e muro. Meglio della breccia di Porta Pia.

Scendo a piedi verso il ristorante di Marilù. È l'ora più bella, il sole basso sul mare, i bagnanti ritornano lenti e arrostiti di calura dalla spiaggia, le mamme strappano i figli dalle onde prefigurando sicure malattie già evidenti nel chiaro sintomo dei polpastrelli marci d'acqua.

Telefono.

«Lamanna, sei stato a Palermo e non mi dici niente?».

«Chi sei?».

«Randone. Il vicequestore Randone. Il marito di Giovanna Curtopelle, ricordi?».

«Come no. Tua moglie sta bene?».

«Ma veramente sta sempre a Enna, va su e giù. Ricordi? Ti avevo chiesto se potevi metterci una buona parola per farla avvicinare alla prefettura di Palermo. Ma te ne sei fottuto».

«Non me ne sono fottuto, Randone. Hanno fottuto me. Non sono più al Viminale».

«Ti sarai fatto qualche amico in tanti anni. Che ti costa fare una telefonata? Mia moglie viaggia ogni giorno, con il ponte crollato dell'autostrada è un calvario. Fallo per il bene di una famiglia, per i bambini».

«Va bene, Randone. Come sai che stamattina ero a Palermo?».

«Siamo la squadra mobile, Lamanna. La polizia sanno tutto».
«A volte sanno troppo. Mi devo preoccupare?».
«Niente di grave, Lamanna. Lavoro di routine. Mi dispiace per tuo cugino».
«State facendo indagini?».
«Su chi? Su tuo cugino? È stata solo una disgrazia, Lamanna. Stiamo lavorando su altro, non posso dire di più. Tuo cugino non c'entra».
«Ho capito. Ci sentiamo presto, Randone. Adesso ho molto da fare».
«Però sei fotogenico, sei pure dimagrito. Ho un video dove sei venuto proprio bene, appena concludiamo le indagini te lo regalo».
«Grazie, Randone. Non vedo l'ora di vederlo».
Mi fermo sulla soglia della terrazza di Marilù. Incorniciati nel tramonto, quattro turisti con mojito regolamentare alla mano, appoggiati alla ringhiera, assistono al più grande spettacolo dopo il big bang. Suleima sta apparecchiando uno dei tavoli, non mi ha visto. Le vado dietro in silenzio per abbracciarla a sorpresa.
Mi pianta una gomitata nel costato.
«Ancora? Adesso basta» esclama.
Mi piego dal dolore, un poco simulando.
«Sei pazza?».
«Saverio, scusami. Non avevo capito che eri tu» fa Suleima.
«Chi è questo?».
«Chi?».
«Hai detto: adesso basta. Che significa?».

«Lascia perdere. Un cliente cretino».

«Vuoi che lo ammazzo?».

«So difendermi da sola».

«L'ho sentito» e premo la mano sul costato, ormai sono entrato nella parte.

«Mi dispiace tanto. Ti porto un mojito?».

«Se insisti. Meglio un negroni» dico con faccia pietosa.

Incorniciato nell'ultimo soffriggere del tramonto, alla ricerca vana del raggio verde, sorseggio il mio negroni. Suleima va per i tavoli a sistemar posate e bicchieri, regalandomi sorrisi. Chiamatemi pure beato angelico.

«Saverio, ti fermi a mangiare?».

«Ciao Marilù, cosa c'è stasera?».

«Busiate col pesto trapanese e ruota di pesce spatola».

«Posso dirti di no?».

«Mi giuri che non infastidisci Suleima?».

«Giuro. Hai sentito la storia dell'attak?».

«Quale?».

«Su, al bar di Màkari».

«Non è l'unica. Suleima, mi porti una birra?».

Marilù si siede, la quiete prima della tempesta: tra poco arriveranno i clienti.

«Che significa non è l'unica?» chiedo.

«Stamattina hanno messo l'attak anche in una sala giochi di San Vito, l'ho saputo in pescheria, ma a quanto pare non hanno denunciato il fatto».

«Mafia?».

«Saverio, qui la mafia c'è sempre stata. Ma d'estate, in piena stagione, mi pare un poco strano che si mettono a fare attentati. Troppo scruscio».

«È vero. Troppo scruscio, troppo casino. E allora?».

«Stiamo a vedere».

«A te è mai capitato?».

Marilù si mette a ridere.

«Tanti anni fa si presentò uno di Trapani. Fece un discorso a mezza parola, dico e non dico. Alzai il telefono, gli passai la cornetta: guardi, gli dissi, ne parli direttamente col mio fidanzato che lavora nella finanza, lui di conti e di tasse ne capisce più di me. L'ho visto correre via che pareva lepre davanti ai cani. Ogni tanto lo incontro, devi vedere come si scappella per salutarmi».

«Non sapeva chi aveva davanti».

«Sai, noi donne dobbiamo farci rispettare. Non è antimafia, ma questione di dignità».

«Ma allora chi ha messo l'attak nelle serrature?».

«Saverio, la mafia insegna. Basta un concorrente invidioso, un cretino qualunque, uno che ha perso dei soldi, un vicino di casa litigioso: leggono il giornale, vedono la tv, pensano che in fondo si può fare. Non ci sono costi, è una minaccia a basso rischio. Al limite, anche se ti pigliano, ti condannano per danneggiamenti».

«Bricolage mafiosesco».

«Stanno arrivando i primi cannibali. Devo andare, Saverio. Ti faccio portare un piatto di busiate».

«E un bicchiere di inzolia».

Guardo Suleima nel suo tubino nero, lo stesso che indossava la sera in cui l'ho conosciuta su questa terrazza. I suoi fianchi, le sue gambe. Fermate il mondo, sto bene così.

Mi sveglio col pensiero della partita di calciotto. Sono certo di fare una gran mala figura in campo. Ma poi mi dico: chissenefrega, è solo una questione simbolica, un obbligo da sbrigare in fretta.

Suleima dorme con un pugno chiuso, nel sonno mormora qualcosa che non capisco, come pallone o buffone.

Fuori la giornata è ancora infoschita. Preparo il caffè, sfoglio il «Corriere.it»: si combatte in Siria, si combatte in Libia, si combatte in Iraq. Vado a cercare un po' di pace sul sito della «Gazzetta dello Sport»: calciomercato in guerra, scontro sulla presidenza Fifa, duello in Formula 1, violenza negli stadi. Forse dovrei dedicarmi al golf.

Provo a leggere qualcosa per fare conversazione negli spogliatoi. Almeno i nomi dei calciatori. L'unica cosa che mi resta in mente è sempre la solita vecchia formazione di Spagna '82 che ripasso a voce alta: Zoff, Collovati, Scirea, Gentile, Bergomi, Tardelli, Tardelli, Tardelli. Non ricordo più.

«Oriali, Cabrini, Conti, Rossi, Graziani sostituito da Altobelli al settimo minuto del primo tempo».

Eccolo. Piccionello.

«Peppe, come ti sei combinato?».

Uno spettacolo. Pantaloncini Adidas anni Settanta, calzettoni Puma, scarpette coeve di José Altafini, pallone di cuoio sottobraccio e maglietta con la scritta: «Miglior calciatore giapponese: Yoko Poko Mayoko».

Mi viene da ridere. Rido, infatti. Eppure so che Piccionello può essere permaloso.

«Quando hai finito di fare il minchione è sempre troppo tardi» dice impassibile.

«Prendi un caffè, Peppe» ma non riesco a smettere.

«Che succede?». Suleima si affaccia sulla porta della camera da letto, con la mia camicia. «Come ti sei conciato, Peppe?».

Non c'è niente da fare. Ride anche Suleima. E mi contagia. Non riusciamo a fermarci, ci prende il sivo, che i francesi più elegantemente chiamano fou rire.

«Mi stupisco di te, Suleima. Ma è così: a forza di camminare con lo zoppo» commenta Peppe mentre versa un cucchiaino di zucchero nel caffè.

«Dai, Suleima, ora basta» cerco di contenermi.

«Sì, ora basta».

«Dobbiamo allenarci» dico.

«Con chi giocate? Con Mazzola e Meazza?» fa Suleima, aprendo il frigo.

«No, sta arrivando Burgnich. È sulla littorina» rispondo.

«Forza, andate avanti così. Mi piace 'sto babbìo» fa Piccionello.

«Peppe, hai ragione. La cosa è seria. Facciamo i seri».

«Giocate a colori o in bianco e nero?» chiede Suleima, la bottiglia di latte in una mano.

«La tv non è stata ancora inventata, giochiamo alla radio» faccio.

«Scherza Saverio. Tanto questa la paghi con gli interessi».

Aveva ragione Piccionello. Mi ha fatto vedere i sorci verdi, maledetto. Tre ore di allenamento all'antica: flessioni, addominali, tiri in porta, giri di campo – fortuna che il campetto dietro la chiesa è solo sei metri per quattro.

L'acido lattico mi paralizza cosce e polpacci. Ho già avuto due crampi, non riesco neanche a premere il pedale della frizione. Viaggio sulla strada per Palermo a novanta orari fissi, evitando di cambiare marcia, pur di non azionare i muscoli delle gambe.

«Non credo che mi abbia fatto bene la preparazione atletica» dico.

«Non sforzarti a dire grazie» fa Piccionello.

Sfoggia una tuta blu Sergio Tacchini di un modello già fuori moda quando frequentavo il quinto ginnasio.

Entriamo a Palermo puliti e veloci. La città è svuotata dall'estate, i sussulti della movida non sono ancora entrati in circolo. Arriviamo ai campetti in anticipo di almeno un'ora.

Il custode spizzica semenza sotto un ombrellone dell'Algida.

«Buonasera, siamo qui per la partita» faccio.

«Presto è».

«Lo so. Non è arrivato ancora nessuno?».

«Troppo presto è».

«Lo so. Magari possiamo aspettare qui».

«Presto assai è».

Simpaticone. Propongo a Piccionello di andare a prendere una Coca al bar di fronte. Arrivato davanti al banco, mi assale la voglia di un'arancina al burro.

«Ti appesantisci» fa Piccionello.

«Peppe, non siamo alla semifinale degli Europei».

«Fai come vuoi. Poi non dire che non te l'avevo detto».

Ormai temo le premonizioni di Peppe Cassandra. Desisto dall'arancina e opto per un latte di mandorla.

Dalle vetrine del bar intravedo l'ingresso dei campetti. Si ferma una BMW, scende uno con le sneakers arancioni, entra dentro. Bevo latte di mandorla e osservo. L'uomo con le scarpe arancioni torna in strada, si ferma vicino alla BMW, conta dei soldi, getta a terra qualcosa, credo il pacchetto di sigarette vuoto. Mi piace la cafona eleganza del gesto, annulla di colpo tutta la prosopopea sulla raccolta differenziata.

Si ferma un Suv, viene fuori uno delle Acque minerali dei monti Sicani.

«Arriva qualcuno, Peppe. Andiamo».

L'asfalto sfrigola ancora di calura umida. Sarà dura giocare a trentotto gradi, le sere di Palermo non garantiscono alcuna escursione termica.

Telefono.

«Papà, sono qui al campetto».

«Bravo. Sto arrivando. Mi accompagna Mimì».

«Ci vediamo tra poco».

«Giochi?».

«Sì».

«Sei sicuro?».

«Papà, certo che sono sicuro».

«Basta la presenza, però».
«Hai paura di fare brutta figura?».
«Sai, Mimì ne capisce di calcio. È abbonato al Palermo, tribuna centrale».
«Sarai orgoglioso di me».
«Certo. Magari fai solo un giro di campo, non esagerare».
«Grazie della fiducia».
«Non lo dico per te. Ma per me. Sai com'è Mimì: si fissa sulle cose».
«Ciao papà, a tra poco».
Con alto senso civico, raccolgo da terra la cartaccia abbandonata dall'uomo con le scarpe arancioni. Non è un pacchetto di sigarette, ma pizzini di carta. Cerco un cestino dei rifiuti. Non ce n'è uno a vista d'occhio, naturalmente. Ficco in tasca, butterò dopo.
Il mangiatore di semenza non è all'ingresso. Andiamo verso gli spogliatoi. Da lì dentro arrivano voci. Faccio segno a Piccionello di fermarsi. Voglio sentire.
«Mi futtistivu».
«Ma chi dici? Cu ti futtì?».
«Vi pare che sono testa di minchia?».
«Pietro, stai sbagliando a parlare».
«Qui finisce a schifìo».
Una manata sulla spalla mi scuote l'acido lattico fino ai quadricipiti.
«Sono contento che sei qui» dice Mister Muscolo.
«Non potevo mancare. Lui è Peppe Piccionello, il mio trainer personale».
«Piacere, Santo Gagliardo. Saverio, sei pronto?».

«Prontissimo».

«Ti ho portato scarpette, calzoncini e la maglietta di Franco, la numero 7».

«Un grande onore» dico.

«È un'amichevole. Ma dobbiamo giocare bene. Devi fare almeno un gol».

«Un gol?».

«Per Franco».

«Certo, per Franco. Ma devo farlo proprio io?».

«Franco era il nostro cannoniere».

Già immagino la pagella che mi darà Mimì a fine partita: Lamanna 1, evanescenza in campo.

Mi è concessa una citazione? Tanto per dimostrare che anch'io ho letto qualche buon libro. Avete presente Stendhal? *La Certosa di Parma*? Allora avete presente Fabrizio del Dongo che se ne va in giro per la campagna di Waterloo, tra ussari e dragoni, vivandiere e cannonate, senza capire granché. Bene, sull'erba sintetica del campetto dalle parti della Favorita mi sento come Fabrizio che continuava a chiedersi: ma questa è una battaglia? Sto veramente assistendo a una battaglia?

Con la maglietta numero 7, il nome di mio cugino Franco Rizzo stampigliato sulle spalle, lo sponsor Acque minerali dei monti Sicani sul petto e dentro un paio di scarpini troppo stretti, mi dimeno per il campo chiedendomi: ma questa è una partita? Sto proprio giocando a calcio? Ma soprattutto: dov'è il pallone?

Il problema del pallone è centrale nel gioco del calcio, l'avevo dimenticato: sta sempre da un'altra parte rispetto a dove mi trovo io, fila via troppo alto o troppo veloce o troppo lento. Provo a scendere lungo la fascia, ma qualcuno me lo toglie dai piedi e vado avanti altri dieci metri prima di rendermene conto. Tento qualche passaggio ai compagni, ma finisce sempre agli avversari dello Sferracavallo Sporting-Carnezzeria Carollo. Dopo otto minuti di gioco, con l'acido lattico ai polpacci, nessuno mi passa più palla. Mi aggiro a vuoto come Fabrizio del Dongo.

«A me. Sono libero. Passa. Sono qui. Passa».

Niente. Inascoltato.

Ci fosse poco pubblico, almeno. Macché. Oltre trecento persone, mio cugino era un tipo popolare, a quanto capisco. In tribuna, papà tiene le mani sugli occhi – commozione o vergogna? – mentre Mimì impietoso gli sussurra all'orecchio la radiocronaca con commento tecnico. Ogni tanto esplode il coro: «Franco! Franco! Franco c'è!». A questo punto il gioco si ferma, tutti applaudono e io mostro la maglietta numero 7 agli spettatori.

Al diciassettesimo minuto del primo tempo, le Acque minerali dei monti Sicani invadono la metà campo avversaria. Traversone di Sferrazza Papa dalla fascia sinistra. Intercetta al volo Samperi di testa. Il portiere reagisce a pugni chiusi. Cappero stoppa di petto. Passa a Gagliardo che cincischia fuori dall'area. Riprende possesso. Gagliardo di sinistro contro lo specchio della porta. Tiro imprendibile. Traversa. Boato del pubblico. Il pallone rimbalza con forza, mi colpisce dritto sul naso. Cado al suolo tramortito. È gol!

A me tutto questo lo hanno raccontato dopo. Innanzitutto perché non avevo capito niente. E poi perché ero privo di sensi, quasi in prognosi riservata. Con un'epistassi gloriosa e un occhio semichiuso, intuivo solo che le acque minerali mi stavano portando in spalla sotto le tribune. Ho fatto in tempo a vedere mio padre esagitato, abbracciato a Mimì che gesticolava quasi avesse sempre saputo che sono un goleador. A questo punto, ho preferito svenire del tutto.

«Saverio»

«Zidane».

«Saverio, come stai?».

«Zinédine Zidane».

«Saverio, sono Peppe. Cosa dici?».

«È stato Zidane».

«A fare cosa?».

«A colpirmi. L'hanno espulso?».

«Zidane è in pensione. Hai fatto gol».

Sono disteso su una panca degli spogliatoi, borsa di ghiaccio sulla fronte e due fiocchi di cotone emostatico nelle narici.

«Siamo in vantaggio» dice Piccionello.

«Chi?».

«La nostra squadra. La tua rete ha sfondato la diga avversaria»

«Perché parli come Fabio Caressa?».

«Bravo, Saverio».

Questa è la voce di papà, la riconosco.

«Grazie, papà».

«Siamo orgogliosi di te».

Questo è Mimì.

«Lo dico sempre a tuo padre: Saverio doveva giocare a calcio. Da ragazzino avevi talento».

«Grazie, Mimì».

«Saverio, dobbiamo rientrare in campo. La partita sta finendo. Te la senti?».

Me la sento? Una volta tanto che c'è da mietere vanto non posso tirarmi indietro. Vanità impone. Aggrappato a Piccionello e Mimì, insanguinato quanto un eroe del Risorgimento, accentuo gli acciacchi per dare lustro non solo a me, ma soprattutto alla memoria di mio cugino Franco.

Faccio ingresso in campo sul triplice fischio di chiusura. Mi accoglie l'ovazione del pubblico e di tutte le acque minerali. Manca solo la colonna sonora di *Momenti di gloria*, ma sotto la luce dei riflettori, nella serata afosa di Palermo, in un tripudio di folla osannante, mi sento Rocky Balboa, lacero e pesto sul ring, vincitore morale contro Apollo Creed.

Al terzo tempo, sempre in memoria di Franco, pizza a metro e boccali di birra in via San Lorenzo: pareti cariche di foto di attori e attrici, nemmeno si fosse dalle parti di Hollywood.

Piccionello si vanta della mia preparazione atletica con l'allenatore dello Sferracavallo Sporting-Carnezzeria Carollo. Mimì racconta di Vito Chimenti e Ignazio Arcoleo, rosanero della stagione '78-79, alle giovani acque minerali in ascolto con occhio sperso, alla stregua dei nipoti davanti al nonno che rimembra le gesta del 61° fanteria nella battaglia del Piave. L'unico che non parla è papà, non fa altro che sorridermi, credo più stupito che ammirato.

«Meno male che non sapevi giocare» mi fa Gagliardo.

«La fortuna del principiante» mi schermisco.

«Tra due settimane c'è la finale. Vieni?».

«Preferisco ritirarmi dalle scene nel momento dell'apoteosi».

Si mette a ridere, alza il boccale di birra per un brindisi.

«Che finale c'è?» chiedo, provando ad aprire l'occhio pesto.

«Summer Club Trophy. Il torneo estivo dei circoli. Siamo forti noi».

«L'ho visto. Avete pure lo sponsor».

«Ce l'aveva procurato Franco. Lui ci sapeva fare con queste cose».

«Mah, oggi ci siamo» sto imparando.

«Domani non ci siamo. Hai ragione. Un brindisi per Franco».

Alziamo i boccali.

«Certo, è un bell'impegno» dico.

«Sì. Ci alleniamo quattro giorni a settimana. Però qualcosa si recupera».

«Cosa si recupera?».

«Le spese per le trasferte, i soldi della benzina, il costo del campo. Alla fine qualcosa resta in tasca».

«Qualcosa quanto? Non per farmi i fatti vostri».

«Tu sei di famiglia. Un migliaio di euro al mese».

«Per tutti?».

«Un migliaio di euro a testa. Ma ora mi ritiro, dopo

la finale. La morte di Franco è stata una cosa troppo brutta».

«Gagliardo, scusa, ma chi paga?».

Mi guarda stranito.

«Chi paga?» ripete.

«Sì. Chi paga?».

«Gli sponsor. Ecco chi paga. Franco ci sapeva fare con queste cose. Per Franco, hip hip» grida agli altri.

«Urrà».

«Hip hip».

«Urrà».

Mi unisco all'ultimo urrà. E mi viene un po' di tristezza per non avere mai saputo che mio cugino ci sapeva fare.

Piccionello russa. Ogni tanto gli do una gomitata per fargli cambiare ritmo. Guido piano, senza fretta, sulla musica dei Coldplay.

Messaggio. Suleima.

«Laureata under 30, passionale ma assennata, impiegata stagionale settore food, single da parecchie ore, cerca uomo max 45, scopo amicizia eventuale matrimonio. No perditempo».

«Sono perditempo, ma di classe. Un passato da calciatore. Interessa?».

«Mi dispiace. Calciatore troppo intellettuale per me. Non velina, mai isola dei famosi, solo cameriera».

«Mi accontento. Ormai sono fine carriera».

«Donna alpha vuole uomo alpha».

«Dovevi passare due mesi fa. Troppo tardi».

«Sì, molto tardi. Quando arrivi?».

«Siamo quasi a Custonaci. Aspettami».

«Se non mi trovi, sono con uomo alpha. Fattene una ragione».

Piccionello apre un occhio.

«Dove siamo?» chiede.

«A buon punto. Dormi».

«Non dormivo. Pensavo».

«Cogito ergo russo».

«Cosa dici?».

«Lascia perdere. Cosa pensavi?».

«A tuo padre. Ti porta in palmo di mano».

«Mio padre? Forse mi ha scambiato per un altro».

«Saverio, sei proprio cretino. Parla sempre di te: mio figlio di qua, mio figlio di là. Il libro di Saverio, il romanzo di Saverio, come scrive bene Saverio».

«Ti ha detto questo?».

«Sì».

«Sei sicuro? Forse parlava di Saverio Strati».

«E chi è?».

«Uno bravo veramente. È morto».

«No, parlava di te. Dice che sei sempre stato un grande attaccante».

«Appunto, parlava di qualcun altro. Hai visto quella moto?».

«Quale?».

Rallento, accosto. Indico lo Zoomer giallo tuorlo d'uovo: non passa certo inosservato, un altro dello stesso colore lo vedevo spesso parcheggiato a Roma in via Asiago, vicino a Radio Rai.

«E allora?» fa Piccionello.

«È il motorino di quel ragazzo, Addiopizzo».

«Bartolo. E allora?».

«Che ci fa qui a quest'ora? Lui è di San Vito, giusto?».

«Magari è venuto a trovare un amico, una ragazza. Ma insomma a te che te ne fotte, Saverio?».

«Magari è rimasto in panne. Dai, avviciniamoci».

«Saverio, sono quasi le due di notte. Andiamo a casa».

«Solo un minuto. Così ci mettiamo la coscienza a posto».

«A te la coscienza spunta solo alle ore più strane» fa Piccionello.

Ma si è già rassegnato. Inserisco le quattro frecce lampeggianti, scendiamo dall'auto. Torniamo indietro di poche decine di metri: c'è profumo di gelsomino e vento fresco di mare.

«Che silenzio» dico.

«Certo, la gente a quest'ora è a casa che dorme».

Giriamo attorno al motorino giallo. Non c'è nessuno.

«Contento? Tutto a posto. Possiamo andare?» fa Piccionello.

«Cos'è?» chiedo, indicando la saracinesca chiusa.

«Il Bar Pipitone».

«Qui vicino non ci sono case. Dove sarà Bartolo?».

«Perché non citofoni a qualcuno e chiedi?».

Avverto un rumore. Deve essere un gatto randagio. O un topo.

Piccionello sbadiglia.

«Saverio, possiamo andare?».

«Andiamo».

Torniamo verso l'auto. Guardo il motorino giallo. Sembra fuori posto. Ma è solo una sensazione.

Dolore ai quadricipiti. Mal di testa feroce. Alle sette del mattino, dopo una brutta nottata, decido di smettere di rigirarmi nel letto. Mi alzo. Lo specchio del bagno riflette la faccia di un prigioniero iracheno di Abu Ghraib. È la mia. Il naso gonfio e viola, l'occhio destro livido completamente chiuso. Ora capisco perché Suleima questa notte mi guardava sospettosa mentre magnificavo il mio gol spettacolare.

Metto su il caffè. Il sole fuori è già caldo. Vado a curiosare su internet. «Repubblica.it» spiega che l'Isis è già dietro l'angolo, la disoccupazione giovanile è in aumento (a chi lo dici: non solo quella giovanile), un barcone con duecento persone è naufragato al largo di Lampedusa, dodici morti. Guardo il mare dalla finestra, sembra così innocuo e placido. Sulla mia pagina Facebook hanno postato alcune foto della partita di ieri sera, ce n'è una nella quale vengo portato in trionfo per il campo, disteso sulle spalle dei compagni di squadra come il Gesù martoriato nelle processioni del Venerdì Santo.

«Che ora è?» chiede Suleima, apparsa sulla porta in maglietta e slip.

«Presto. Torna a dormire».

«Hai fatto il caffè?».

«Sta salendo».

«Saverio, perché non mi dici la verità?».

«È la verità. Ho fatto gol»

«Ti sei messo nei guai?».

«Sono sempre nei guai. Da una vita».

«Non scherzare, Saverio. Passami lo zucchero».

«Suleima, non capisco».

«Torni a casa conciato per le feste. Hai la faccia ridotta uno schifo. Ti hanno picchiato? A me lo puoi dire».

«Te l'ho detto. Gioco pesante».

«Saverio, io non voglio farmi gli affari tuoi. Però».

«Però cosa?».

«Hai bisogno di soldi? Ho qualcosa da parte, posso farti un prestito».

«Suleima, ma cosa stai dicendo. Non ho bisogno di soldi».

Falso. Il mio conto in banca ormai è agli sgoccioli. Avevo novemila euro quando sono stato licenziato, ormai ne restano sì e no tremila. Devo trovare un modo per guadagnare, la letteratura non credo sia quello giusto.

«Saverio, guardami negli occhi. Cosa significa?».

In mano ha dei pezzi di carta strappati. Li ricompone sul tavolo.

«Cos'è?» chiedo.

«Dimmelo tu. A te cosa sembra?».

«Non lo so. Mai viste».

«Saverio, sono scivolate dalla tasca dei tuoi pantaloni. Sono ricevute».

«Ricevute?».

«Ricevute di scommesse. Leggi. Ci sono i nomi e accanto le quotazioni».

Leggo. Acque minerali dei monti Sicani vs Atletico Fondo Anfossi: 1 a 1,50; X a 4,50; 2 a 7,50.

«Non ci capisco niente» scuoto la testa.
«Sono le quotazioni, vedi? Se il risultato è 1 la posta viene pagata una volta e mezzo. In caso di pareggio, la vincita è di quattro volte e mezzo la puntata. Se la vittoria è del Fondo Anfossi l'allibratore paga sette volte e mezzo il valore della puntata».
«Come sai queste cose?».
«Lo scorso inverno ho lavorato in una sala scommesse».
«Mi sorprendi».
«No, mi sorprendi tu, Saverio. Non sono scommesse regolari, come quelle che si fanno su internet o nelle sale. Sono scommesse clandestine. Vedi che le ricevute sono stampate al computer, uno scarabocchio come firma? Non c'è nessun riferimento. Chi gioca non ne ha bisogno, sa a chi deve rivolgersi. Ti hanno picchiato per questo? Hai chiesto soldi in prestito a brutta gente?».
«Suleima, te lo giuro. Non so come sono finite nei miei pantaloni».
«Non ti credo».
«Forse le ho trovate. Ecco, ora ricordo. Qualcuno le aveva buttate a terra e io le ho raccolte».
«Per la tua collezione?».
«No, per tenere la città pulita».
Si spalanca la porta. Piccionello.
«Buongiorno, Peppe. Ti svelo una verità: se bussi non ti cadono le mani».
«Saverio, grandi notizie. Hanno messo di nuovo l'attak».

«Hai scambiato questa casa per una caserma dei carabinieri? Chiama il maresciallo Guareschi».

«Saverio, hanno messo l'attak nelle serrature del Bar Pipitone. Il Bar Pipitone, hai capito?».

«Non so nemmeno dov'è».

«Lo sai benissimo. Ieri sera ci siamo fermati proprio lì davanti, dove c'era il motorino giallo».

«Siamo sospettati?».

«No. Ma se non siamo stati noi, allora chi può essere stato?».

«Bartolo. Alla faccia dell'antiracket».

«Lamanna, sempre sulla notizia, vero?» dice il maresciallo Guareschi.

«Magari ci scrivo un libro».

«Guardi che se non ci mette pure me la faccio arrestare» dice il maresciallo.

«Ma che fa scherza? Lei è il protagonista».

«Che ha fatto al naso?».

«Ho combattuto contro i Templari. Com'è la situazione?».

«Stessa tecnica usata a Màkari. Anche qui il proprietario sostiene di non aver mai ricevuto minacce o richieste».

«Non vedo i vigili del fuoco».

«C'è un ingresso secondario, dietro il locale, che per fortuna non è stato danneggiato».

Penso al sollievo del signor Pipitone, alla delusione dei vigili del fuoco oggi costretti a domare i soliti roghi sul Monte Cofano.

«Forse era nascosto dietro al locale» sussurra Piccionello.

«Chi era nascosto dietro il locale?» chiede il maresciallo.

«Chi?» ripeto come un fesso.

«L'avete detto voi».

«Peppe, l'hai detto tu?» chiedo.

«Maresciallo, ieri siamo passati qui davanti verso le due di notte. Ci siamo fermati per fare pipì».

«Per fare pipì?».

«Sì, lei sa bene che c'è un grande piacere a fare pipì all'aperto di notte».

«È vero».

«Non c'era nessuno. O meglio, ci è sembrato di sentire un rumore. Abbiamo pensato a un gatto. Forse era l'attentatore nascosto dietro al locale».

Sudo freddo. Peppe sta camminando sul filo.

«E poi?» fa il maresciallo.

«E poi ce ne siamo andati. Tutto qui» dice Piccionello serio serio.

«Questo pomeriggio passate in caserma per un verbalino di testimonianza».

«Certo, maresciallo, sempre felici di dare un contributo alla giustizia».

«Bene. Ora vi lascio, devo concludere gli accertamenti».

Tiro il fiato.

«Ma un tempo i siciliani non erano omertosi?» faccio a Piccionello.

«Non è vero, sempre assai hanno parlato».

«Questa volta potevi fare l'uomo di panza».
«Vedi che sei cretino. Fai conto che Bartolo o qualcun altro era veramente lì dietro e ci ha visti. Se racconta al maresciallo che eravamo qui alle due di notte, quello ci fa arrestare. Così invece ci siamo messi al sicuro».
«Sono ammirato, Peppe. Parli come un cassazionista».
«E tu come il minchione che sei. Eccolo, è arrivato».
«Chi?».
«Racket di notte, antiracket di giorno».
Viene accanto con il suo Zoomer color tuorlo d'uovo. È di nuovo con Alida, la sua ragazza con gli occhi belli e il polpaccio mediterraneo.
«Ciao Bartolo. L'assassino torna sempre sul luogo del delitto, giusto?» dico.
«Anche voi, a quanto vedo».
Fa finta di non capire. O capisce troppo bene.
«Che le è successo in faccia?» mi chiede.
«Ho combattuto contro la mafia» rispondo.
«Ironia fuori luogo. Ci vuole il morto per sapere che è mafia?».
«Bartolo, ho qualche anno più di te. Di mafia, purtroppo, me ne intendo perché sono di Palermo. Tu non eri ancora nato, e io avevo già visto ammazzare troppa gente. Quindi, non venire a farmi la lezione. Questa non è mafia».
«Hai sentito, Alida? Il signor Lamanna ha le idee chiare».
«Bartolo, ti racconto una storia. Avevo un compagno di scuola, era come te: fissato con la mafia. Conosceva a memoria i libri di Attilio Bolzoni e di Saverio Lodato. Sapeva i nomi dei magistrati della procura di

Palermo meglio della formazione della Juve. Ogni volta mi riassumeva l'ultima puntata della trattativa tra Stato e mafia. L'hanno arrestato due anni fa perché faceva affari con un mafioso di Campobello di Licata».

«E allora?».

«Allora, significa che è troppo facile andare in giro con la maglietta di Addiopizzo di giorno, ma devi stare attento a dove vai di notte».

«Non capisco».

«Pensaci, Bartolo mio. Pensaci bene».

«Ma vaffanculo, stronzo».

L'ha presa male, è passato al tu. Si slancia contro di me, ma la sua ragazza lo blocca in tempo.

«Dai Bartolo, lascialo perdere. Andiamo via» dice Alida.

«Sì, vai via che è meglio. E cerca di non fare altre cazzate» grido.

Risalgono sul loro motorino giallo, sgasano e vanno via lasciandosi dietro un insulto che non afferro.

Guardo Piccionello.

«Come sono andato?» gli chiedo.

«È il tuo stile».

«Però gli ho fatto perdere il controllo. È stato lui».

«Secondo me non c'entra niente».

«E il motorino giallo?».

«Magari è di qualcun altro».

«Impossibile. Da qui a Roma, un altro motorino così non può esistere».

Scendo a piedi al mare nell'ora in cui il sole si smorza. La maglietta di Libera, la borsa di tela del Pisabook Festival dove ho ficcato la copia sgualcita di *Romanzo civile* di Giuliana Saladino che avevo già letto e che ogni volta mi riacchiappa. Suleima si è convinta che non c'entro niente con le scommesse, ma ho dovuto fare ricorso alla parola d'onore di Piccionello per confermare la mia buona fede.

Telefono.

«Chi lo vuole?» rispondo.

«Lamanna, sono Randone. Sei tornato a Palermo e non ti sei fatto sentire?».

«Randone. Mi fai pedinare?».

«Lavoro di routine, Lamanna. Stiamo monitorando».

«Parli come un questurino».

«Sono un questurino. Mi hanno detto che hai fatto un partitone».

«Ho segnato pure un gol».

«Veramente è stata carambola, tu hai fatto da palo».

«Dettagli. Randone, stai lavorando a un'indagine sulle scommesse clandestine?».

Silenzio.

«Randone, mi hai sentito?».

«Lamanna, tu che ne sai?».

«Niente, curiosità».

«Per telefono non posso parlare. Vieni domani mattina alla mobile. Dopo le dieci».

«Impossibile, domani devo preparare le bottiglie di pomodoro».

«Smettila, Lamanna. Non ci credo nemmeno se lo vedo che fai bottiglie di pomodoro».

«Se vuoi te ne porto qualcuna».

«No, preferisco la passata del supermercato. Costa meno ed è più buona».

«Spoetizzante».

«Domani mattina, Lamanna. Dopo le dieci. Ciao».

Il motorino giallo mi taglia la strada.

«Cornuto. Vuoi ammazzarmi?» grido.

Si ferma, torna indietro. È Bartolo.

«Stavo venendo proprio da te» dice.

«Vuoi fare a legnate?»

«No. Possiamo parlare?».

«Sì, sto andando a mare. Mi accompagni?».

«Sali su. Andiamo in moto».

Nuoto piano. Penso. E ripenso. Bartolo sulla spiaggia in pantaloncini e a torso nudo, si è tolto le All Star.

Torno a riva. Una famiglia sta preparando il barbecue per la sera: sono appena le sei del pomeriggio, ma c'è un popolo intero da sfamare.

Bartolo tira sassi nell'acqua. Ha la faccia triste, mi fa pena.

«Dai, ragazzo. Su con la vita» dico, consapevole di dire una minchiata.

«Ma io adesso come mi ripresento in associazione?».

«Tu non c'entri. Non hai fatto niente».

«È vero. Infatti sono solo un imbecille».

«Non sei imbecille».

«Io mi fidavo».

«Bartolo, è solo una ragazzina».

«Mi ha preso in giro. Si è servita di me per avere uno

schermo. Chi poteva sospettare di me, di noi? Nessuno. Avevo il nemico in casa».

Mi sembra disperato. Alla sua età anche io sono stato così, qualche volta.

Siedo sulla sabbia accanto a lui. Guardo il mare, a quest'ora sembra mite.

«Ti ha spiegato perché l'ha fatto?».

«Per suo padre, te l'ho detto. Si stava giocando tutto ai videopoker. E lei ha pensato di risolvere la questione così. Si era convinta che doveva far chiudere tutti i bar della zona dove suo padre andava a giocare».

«Vedi, non era contro di te. L'ha fatto per suo padre».

«Lo sai cosa mi fa più rabbia? Il fatto che la storia dell'attak l'ha saputa da me. Le avevo raccontato che era una tecnica del racket delle estorsioni, per dare il primo avvertimento».

«Bartolo, è una ragazzina confusa. A modo suo ha voluto aiutare suo padre».

«Poteva dirmelo. Stiamo assieme da un anno, non sono tre giorni. Non mi aveva detto niente».

«Non capisci? Si vergognava».

«Ma non si vergognava di farsi prestare il mio motorino e andare in giro di notte a fare danni. Ieri era lì nascosta quando siete passati tu e il tuo amico. È così stupida che aveva lasciato il motorino alla vista. Un modello come questo che ce l'ho solo io in tutta la provincia di Trapani».

«In effetti, non passa inosservato».

«Io ero a casa, tranquillo. E quella mi sputtanava. Ora come mi ripresento in associazione?».

«Bartolo, questa storia magari ti insegna qualcosa».
«Sì, sulle donne. Mai fidarsi».
«Non sulle donne. Ma sulle persone. Spesso cerchiamo il gioco grande, ma invece il gioco a volte è piccolo. Chi ci sta vicino può essere fragile e debole, per questo dobbiamo proteggerlo».
«Che succede adesso?».
«Niente. Più tardi con Piccionello andremo in caserma e non diremo niente del tuo motorino. Tu smaltisci la rabbia, poi vai a trovare Alida».
«È finita».
«Parla con lei. E poi decidi se è finita. Ma prima incontrala».
«Scusami, Saverio, per la scenata di stamattina».
Gli metto una mano sulla spalla, è calda di sole.
«Scusami tu, Bartolo. Ho sospettato di te. Invece questa terra ha bisogno di anime come la tua».
Oddio, ma come parlo?
Hanno cominciato a rosolare le salsicce. Mi è venuta fame.

Zucchina lunga, pomodoro, patate, cipolla. Lessare a lungo, servire fredda. Meglio ancora il giorno dopo. È l'odore della zuppa estiva che detestavo da ragazzino. L'età è vendicativa.
Mentre aspetto i tempi di cottura, accendo Teresita. Lezione numero quarantadue.
¿A qué te dedicas?
Che lavoro fai?
«¿A qué te dedicas?».

Desocupado, ahora.
Estoy buscando trabajo.
«Estoy buscando trabajo».
¿Lo que gana?
Niente, Teresita, non gano un soldo.
¿Lo que gana?
Allora sei tonta.
«¿Lo que gana? Nada de nada».
¿Entonces, cómo usted vive?
Male, Teresita. Mi arrangio.
¿Entonces, cómo usted vive? Repita, por favor.
Mi infastidisce questa sua petulanza, sta sempre lì a girare il dito nella piaga. Spengo Teresita.

La minestra che alcuni chiamano pitaggio, altri canazzo, a seconda di paesi e contrade, sobbolle pian piano, com'è giusto. Sarà il profumo delle estati della mia infanzia, ma mi torna in mente Franco. I ricordi affiorano lenti, smuovono la superficie. Era lui il ragazzino con i capelli rossi che mi insegnò a fischiare con due dita in bocca.

Vuoi vedere che mi commuovo sul pitaggio?
Prendo il telefono.
«Papà?».
«Saverio, cosa c'è?».
«Niente, volevo sentirti».
«Tutto a posto, Saverio?».
«Sì, tutto a posto. Che fai?».
«Sono a casa di Mimì, stava parlando di te».
«Me lo saluti».
«Dice che dovresti scrivere un libro sul calcio».

«Ci vuole uno pratico».
«Cosa? Ah, Mimì dice che c'è uno bravo, Maurizio de Giovanni, di calcio ne capisce assai. Fatti consigliare da lui».
«Va bene, ora lo chiamo».
«Bene. Devi dirmi altro, Saverio? Perché tra poco andiamo a cena, la moglie di Mimì ha preparato polpette di sarde».
«Com'è morto Franco?».
«Te l'ho detto. Un incidente».
«Ma com'è stato?».
«Aveva appena terminato un allenamento. Stava tornando a casa, abitava a Mondello. Nel parco della Favorita è uscito di strada, è finito contro un albero. Non aveva la cintura di sicurezza, morto sul colpo. Tutto qui, purtroppo».
«Come mai è uscito di strada?».
«Chi lo sa. Forse andava veloce. C'è altro, Saverio?».
«Hai detto che Franco campava con gli affitti. Guadagnava bene?».
«Negli ultimi tempi non tanto, con la crisi che c'è. Ma sapeva arrangiarsi. Aveva sempre macchine grosse, vestiva elegante. E poi ragazze, ristoranti, viaggi. Non si faceva mancare nulla, insomma. Ci sapeva fare».
«Ci sapeva fare».
«Ma ripeti le mie parole? Vabbè, Saverio, stanno arrivando in tavola le polpette. Ci sentiamo».

Arriva in punta di piedi e mi sveglia.
«Ora che ti inventi?».

«Cosa?» dico intontito.

«Questi schemi. Partite, risultati. Sei malato. Devi andare in una clinica per guarire dal gioco d'azzardo».

«Suleima, che ore sono?».

«Le due meno un quarto. Che c'entra?».

«Mi ero addormentato».

«L'ho visto che dormivi. Spiegami cosa significa tutto questo».

Sul letto c'è il computer ancora acceso sulla pagina «Summer Club Trophy», sulle lenzuola gli appunti dove ho riportato i risultati di tutte le partite del torneo.

«Aspetta, Suleima. Ora ti spiego tutto, dammi il tempo di tornare nel mondo dei vivi».

«Prendi tempo. Ti conosco, ormai. Quando fai così ti prepari a mentire».

«No, ascolta. Mio cugino Franco giocava in un torneo di calciotto».

«L'avevi già raccontato».

«Facevano due tornei. Uno invernale e l'altro estivo. La loro squadra è sempre stata la più forte».

«E con questo?».

«Guarda qui. Ho ricostruito i risultati delle partite dall'inizio dell'estate. Vittorie su vittorie, qualche pareggio, due sconfitte. Due settimane fa giocano contro la penultima in classifica. La partita sta finendo in svantaggio per le Acque minerali, ma a due minuti dalla fine guadagnano un rigore. Mio cugino Franco è il capocannoniere del torneo. Tocca a lui tirare. Sbaglia».

«E chi se ne frega».

«Hai capito? Sbaglia. Nel sito c'è la cronachetta della partita. Leggi: Franco Rizzo smentisce la sua fama di bomber con un tiro imbarazzante. Imbarazzante, hai letto?».

«Saverio, sei malato di calcio. Non ti riconosco più».

«Ha sbagliato apposta. Per perdere».

«Mi sto perdendo io. Parli a ruota libera».

«Franco ci sapeva fare, dicono tutti. Secondo me si era messo d'accordo con qualche compagno di squadra per perdere la partita. Avevano puntato soldi sulla loro sconfitta. L'avranno fatto attraverso un amico, un prestanome. Erano i favoriti, la quotazione sarà stata altissima. Ma qualcuno ha scoperto il trucco, si è incazzato e l'ha fatto fuori».

«L'hanno ammazzato?».

«Ti sembra strano? Siamo in Sicilia».

«E ora che fai?».

«Non lo so, domani vado a Palermo a parlare col mio amico sbirro».

«Vengo con te».

«Non se ne parla».

«Non ti lascio andare da solo. Ti hanno già picchiato una volta».

«È stato il pallone».

«Appunto, è un gioco pericoloso».

I corridoi delle squadre mobili sono uguali in tutta Italia. I soliti poliziotti col marsupio e la camicia jeans fuori dai pantaloni, i soliti testimoni in attesa nei corridoi, le macchinette del caffè mezze sfasciate, gli ascensori sferraglianti. Chi passa guarda le gambe di Suleima.

«Potevi mettere una gonna più lunga» le bisbiglio.
«È la più lunga che ho».
«Tu mi farai morire, lo so».
Si apre la porta, Randone ci fa segno di entrare. Pure lui guarda le gambe di Suleima.
«Che ti sei fatto all'occhio?» mi chiede Randone.
«Il pericolo è il mio mestiere».
«Ah, è vero. Il tuo exploit calcistico».
«Il vicequestore Randone. La mia fidanzata, Suleima» faccio le presentazioni.
«Encantado» dice Randone a Suleima.
«Ti senti Antonio Banderas?» gli dico.
«Sa, signorina, i miei avi venivano dalla Spagna. Mio nonno materno era un Martinez».
«E i miei venivano dalla Normandia, mia bisnonna era Costanza d'Altavilla. Randone, dai, non perdiamo tempo».
«Il nostro amico Saverio è geloso. Ne ha ben donde, d'altronde».
«Sì Randone, ne ho ben donde. È d'uopo però che tosto tu pervenga al nocciol della quistione».
«Sedetevi. Caffè, orzata, latte di mandorla per la signorina?».
«Randone, sei un barista? No, sei uno sbirro. Allora fai lo sbirro. Come sta tua moglie, Giovanna Curtopelle? E i bambini? Saranno in vacanza, e tu tutto solo in città, vecchio marpione».
L'ho rimesso in riga.
«Saverio, ora parliamo off the records, come dicono a Scotland Yard. Da qualche mese abbiamo in pie-

di un'indagine su alcuni mafiosi, le solite storie. Segui questo e segui quello siamo arrivati ai campetti di calcetto dove hai giocato tu. Il custode è parente di un boss, ogni tanto lì ai campetti si riuniscono un po' di questi galantuomini. Abbiamo informazioni che il custode sarebbe in contatto con un latitante».

«Matteo Messina Denaro?».

«Saverio, non facciamo nomi. Così ci siamo messi alle sue costole. Facciamo le nostre attività, le cose che puoi immaginare, non è il caso di entrare nei dettagli. E sei spuntato tu».

«E le scommesse clandestine?».

«Ci siamo accorti che il custode gestisce un po' di scommesse clandestine, ma questo è secondario rispetto alla nostra indagine. Naturalmente, lo fa con il nulla osta di Cosa Nostra perché uno come lui non si muove senza autorizzazione».

«È stato lui ad ammazzare mio cugino?».

Randone spalanca gli occhi.

«Tuo cugino ha avuto un incidente, Saverio».

Gli rifaccio la storia dei tornei, delle partite, delle vittorie, delle sconfitte, del rigore sbagliato.

Randone annuisce.

Annuisce ancora.

«Potrebbe starci. Intanto faccio controllare la macchina di tuo cugino, prima che la rottamino. Signorina, sa che il suo fidanzato a volte sembra quasi intelligente? Aspettate che chiamo l'ispettore Bugea».

Spiega al telefono a Bugea cosa deve fare. Poi chiama un altro, lo convoca nel suo ufficio.

«Aragonese, mi porti le pagelle di Gianni Brera?» dice Randone.

«Gianni Brera? Il grande Gianni Brera? Ma non era morto?» chiedo appena restiamo soli.

«È un modo di dire. Uno dei poliziotti che segue l'indagine è appassionato di calcio. Per questo lo mandiamo a vedere tutte le partite del torneo. Ci va con i figli, con qualche amico, per non dare nell'occhio. Poi, riporta tutto a verbale. Ma siccome è bravo e ne mastica, oltre alle informazioni, scrive pure la cronaca della partita e dà le pagelle ai giocatori. Sono fatte veramente bene. Le chiamo le pagelle di Gianni Brera. Sa, signorina, l'ho inventato io».

Suleima sorride, ma con la coda dell'occhio mi interroga: è pazzo? Le faccio cenno di lasciar stare, Randone è fatto così.

Torna Aragonese, porta la cartellina col frontespizio Questura di Palermo. In pennarello verde c'è scritto: «Le pagelle di Gianni Brera».

«Vede, signorina? È la mia grafia. Dunque, Saverio, quando si è giocata la partita del rigore sbagliato? Due settimane fa. Vediamo. Ecco: Acque minerali dei monti Sicani contro Mezzomonreale Football. Risultato 3 a 4. Rizzo al 7', Rizzo al 15', Gagliardo al 30' per le Acque minerali. Doppietta di tuo cugino: bravo. Per il Mezzomonreale Football gol di Foti al 4', Santillo al 18', Mangano al 32', Conigliaro al 42'. Vediamo la cronaca del mio Gianni Brera. Cosa scrive? Ecco. Da questa riga in poi, leggi. A voce alta».

Leggo la cronaca sbirresca.

«Clamoroso errore del bomber Rizzo, capocannoniere del torneo con ventidue reti, sette delle quali su rigore, nel tiro decisivo per l'esito di una partita in cui le Acque minerali hanno sempre mostrato disorganizzazione nel gioco e impegno appannato. Prima del tiro dal dischetto, lunga discussione a bordo campo tra Gagliardo e Rizzo, tanto che l'arbitro deve sollecitare più volte la ripresa del gioco. Anche dalla nostra postazione è evidente la concitazione dei due giocatori su chi deve tirare: sul rigore in chiusura di partita pesa la responsabilità dell'intero incontro. Rizzo si avvicina al pallone. Due passi di rincorsa. Non c'è scampo per il portiere. Ma, incredibilmente, il pallone finisce ampiamente fuori dalla rete, rotola malinconico a fondo campo. Dopo due minuti, l'arbitro, signor Castelli, manda tutti negli spogliatoi».

«Scritta bene, vero?» dice Randone, e continua a sorridere a Suleima.

«Scritta bene» annuisce Suleima.

«Mi piace soprattutto il pallone malinconico a fondo campo. Randone, me ne fai una copia?» chiedo.

«Certo. Tanto non è su carta intestata».

«Ma spiega la morte di mio cugino».

In piazza Bonanno il punteruolo rosso ha smangiato le palme.

Mai avrei pensato che potessero morire così. Una misera fine. La linea della palma continua a salire al nord, compreso il punteruolo rosso.

Suleima si attacca al mio braccio.

«Non me l'aspettavo. Sono rimasta ammutolita» mi soffia nell'orecchio.

«Cosa?».

«Quando mi hai presentato a Randone. Hai detto la mia fidanzata».

«Cosa dovevo dire: la mia accompagnatrice temporanea?».

«Cretino».

«Mondello o Monreale?».

«Cattedrale, è più vicina».

Pago i biglietti per girare attorno ai sarcofagi di Federico II, di Enrico VI, e degli altri re normanni, mi fermo davanti al sepolcro di Costanza d'Altavilla. Non è vero che era mia bisnonna, però mi ha sempre fatto simpatia.

«Sei pensieroso» fa Suleima.

«Penso a Franco. Non l'ho mai visto adulto, ricordo solo il ragazzino con i capelli rossi. Dentro la bara me lo immagino sempre bambino».

«Usciamo fuori, è meglio».

Davanti al palazzo arcivescovile due 'gnuri, accanto alle loro carrozzelle e ai cavalli coi cappelli di paglia, litigano a colpi di figlio di pulla e to' matri buttana.

Suleima è scossa. La violenza linguistica di Palermo è sempre esorbitante.

«Colore locale» minimizzo.

Torniamo all'auto.

«Andiamo a Mondello a prendere un gelato?».

«Gelo di melone» fa Suleima.

Risalgo nel traffico fiacco, costeggio agli angoli delle strade camion che vendono cantalupo di Licata due euro e 99 a cassetta, pesche di Bivona tre euro e 99 a cassetta, meloni d'acqua di Marsala 49 centesimi al chilo, fichidindia di Santa Margherita Belice quattro euro e 99 a cassetta. Palermo capitale offre ortofrutta da tutto il regno a prezzi modici.

All'ingresso della Favorita tiro dritto, vado avanti e fermo l'auto.

«Che succede?» fa Suleima.

«Devo vedere una persona» indico l'ingresso dei campetti di calcetto.

«Chi?».

«Stai tranquilla».

«Saverio, hai sentito Randone. Questa è gente pericolosa. Andiamo via».

«Un minuto. Entro, lo guardo in faccia e me ne vado».

«Che senso ha?».

«Voglio guardare in faccia quel pezzo di merda. Così quando lo arrestano me lo ricordo bene».

«Saverio, vuoi farti ammazzare anche tu?».

«Non dico una parola, Suleima, te lo giuro. Non sono così stupido. Basta appena un'occhiata».

«Vengo anch'io».

«No, tu no. Aspettami qui».

«Allora chiamo la polizia».

«Va bene, vieni anche tu. E poi andiamo a Mondello».

Entriamo dentro. Il bugigattolo del custode è chiuso. Sarà in giro per i campetti.

«Non c'è nessuno, andiamo via» fa Suleima.

«Dai, arriviamo agli spogliatoi».

Sento rumori. Sarà lì. Mi chiedo se dire qualcosa. No,

mi basterà guardarlo negli occhi e fissarmi in mente la faccia di un assassino che mangia semenza.

Mi affaccio alla porta. C'è qualcuno. Riconosco di spalle l'uomo con la maglietta Acque minerali dei monti Sicani davanti a un armadietto aperto.

«Gagliardo» chiamo.

«Lamanna, che ci fai qui?».

«Ero di passaggio».

Gagliardo guarda Suleima, si sofferma sulle gambe.

«Complimenti. Ti è venuto fuori un bell'occhio nero» dice.

«Già, cosa fai?».

«Tolgo la mia roba. Dopo la finale appendo le scarpette al chiodo. Senza Franco non è più la stessa cosa».

«Già, non è più la stessa cosa».

«Franco almeno se ne è andato in bellezza. Con una bella doppietta di gol. Resterà per sempre il nostro goleador».

«Peccato per quel rigore».

«Quale rigore?».

Non riesco a trattenermi.

«Gagliardo, perché avete litigato?».

«Non capisco. Di cosa parli?».

«L'ultima partita, quella contro il Mezzomonreale. Hai litigato con Franco prima del rigore».

«Non ricordo».

«Ricordi benissimo. Se n'è accorto perfino il pubblico. L'arbitro vi ha dovuto richiamare in campo. Hai voluto farlo tirare a Franco, vero? Così la colpa della sconfitta è ricaduta tutta su di lui».

Si sgonfia dentro la maglietta. È uno strano fenomeno, sembra restringersi di botto. Si lascia andare sulla panchina, si passa una mano fra i capelli.

«Tanto eravamo già qualificati per la finale. Non era una partita importante. Capita a tutti di sbagliare, anche Roberto Baggio ha sbagliato ai Mondiali del '94. Non è stata una cosa grave».

«Lascia stare Baggio: ha perso solo i Mondiali, Franco per quel rigore ci ha perso la vita».

Sulcima mi tira da un braccio.

«Ti prego, andiamo via».

«No, Suleima. Fammi parlare. Franco era il capocannoniere. Perché non l'hai tirato tu il rigore? Tanto dovevi solo sbagliare, non ci voleva molto, non serviva un campione per sbagliare».

Gagliardo si affloscia ancora di più.

«Voleva tirarlo lui».

«Non ci credo. Secondo me Franco voleva farlo tirare a te, tutti sapevano che non sbagliava mai. E tu hai rifiutato. Perché?».

Ormai è piegato su se stesso.

«Paura».

«Paura. Bella scusa. Quanto avete guadagnato sulla vostra sconfitta?».

«Ventimila euro. Era stata un'idea di Franco».

«Franco ci sapeva fare. È così, no? L'hai sputtanato davanti a tutti. Franco non aveva mai sbagliato un rigore. E l'hai mandato al macello».

«Franco era mio amico. Ci penso ogni momento».

«Dovevi pensarci prima».

«I soldi di Franco li porterò a sua madre. Puoi stare sicuro».

«Sua madre te li ficca nel culo. Puoi stare sicuro. Andiamo via, Suleima, se no vomito».

Mentre usciamo dagli spogliatoi, sento ancora la voce di Gagliardo.

«Franco era mio amico. Tu non sapevi niente di lui, era mio amico».

Ora torno dentro e gli gonfio la faccia.

«Lascialo stare, Saverio. Non ne vale la pena» mi trattiene Suleima.

«Era solo un ragazzino. Un bambino con i capelli rossi».

E mi viene quasi da piangere.

Ma Nino non aver paura di sbagliare un calcio di rigore
non è mica da questi particolari
che si giudica un giocatore
un giocatore lo vedi dal coraggio
dall'altruismo e dalla fantasia.

«Se vuoi spengo».
«No, Suleima. È bella».

E chissà quanti ne hai visti e quanti ne vedrai
di giocatori tristi che non hanno vinto mai
ed hanno appeso le scarpe a qualche tipo di muro
e adesso ridono dentro al bar.

La radio su RTL, guido piano nel pomeriggio che

muore assai dolcemente. Fin troppo. Seguo la strada, seguo i pensieri.

Suleima rispetta il silenzio. Anche per questo mi piace, sa sempre cosa fare, quando farlo.

Canticchio dietro Francesco De Gregori.

Nino capì fin dal primo momento
l'allenatore sembrava contento
e allora mise il cuore dentro le scarpe
e corse più veloce del vento.

Risalgo per Custonaci. Dopo il curvone me lo ritrovo davanti. È il motorino giallo, fila verso Màkari. Accelero, sorpasso. Un colpo di clacson. Bartolo mi vede, si sbraccia a salutare. Dietro c'è la piccoletta con gli occhi belli, i capelli da sotto il casco le volano via nel vento.

«Chi sono?».

«Due che conosco».

Tanto vale cantare. Cantare e stonare in questo tramonto un po' così.

Ma Nino non aver paura di sbagliare un calcio di rigore
non è mica da questi particolari
che si giudica un giocatore
un giocatore lo vedi dal coraggio
dall'altruismo e dalla fantasia.

Il ragazzo si farà
anche se ha le spalle strette
quest'altr'anno giocherà
con la maglia numero 7.

Indice

Questo volume è stato stampato
su carta Arena Ivory Smooth
delle Cartiere Fedrigoni
nel mese di marzo 2021

Stampa: Officine Grafiche soc. coop., Palermo

Legatura: LE.I.MA. s.r.l., Palermo

La memoria

Ultimi volumi pubblicati

901 Colin Dexter. Niente vacanze per l'ispettore Morse
902 Francesco M. Cataluccio. L'ambaradan delle quisquiglie
903 Giuseppe Barbera. Conca d'oro
904 Andrea Camilleri. Una voce di notte
905 Giuseppe Scaraffia. I piaceri dei grandi
906 Sergio Valzania. La Bolla d'oro
907 Héctor Abad Faciolince. Trattato di culinaria per donne tristi
908 Mario Giorgianni. La forma della sorte
909 Marco Malvaldi. Milioni di milioni
910 Bill James. Il mattatore
911 Esmahan Aykol, Andrea Camilleri, Gian Mauro Costa, Marco Malvaldi, Antonio Manzini, Francesco Recami. Capodanno in giallo
912 Alicia Giménez-Bartlett. Gli onori di casa
913 Giuseppe Tornatore. La migliore offerta
914 Vincenzo Consolo. Esercizi di cronaca
915 Stanisław Lem. Solaris
916 Antonio Manzini. Pista nera
917 Xiao Bai. Intrigo a Shanghai
918 Ben Pastor. Il cielo di stagno
919 Andrea Camilleri. La rivoluzione della luna
920 Colin Dexter. L'ispettore Morse e le morti di Jericho
921 Paolo Di Stefano. Giallo d'Avola
922 Francesco M. Cataluccio. La memoria degli Uffizi
923 Alan Bradley. Aringhe rosse senza mostarda
924 Davide Enia. maggio '43
925 Andrea Molesini. La primavera del lupo
926 Eugenio Baroncelli. Pagine bianche. 55 libri che non ho scritto

927 Roberto Mazzucco. I sicari di Trastevere
928 Ignazio Buttitta. La peddi nova
929 Andrea Camilleri. Un covo di vipere
930 Lawrence Block. Un'altra notte a Brooklyn
931 Francesco Recami. Il segreto di Angela
932 Andrea Camilleri, Gian Mauro Costa, Alicia Giménez-Bartlett, Marco Malvaldi, Antonio Manzini, Francesco Recami. Ferragosto in giallo
933 Alicia Giménez-Bartlett. Segreta Penelope
934 Bill James. Tip Top
935 Davide Camarrone. L'ultima indagine del Commissario
936 Storie della Resistenza
937 John Glassco. Memorie di Montparnasse
938 Marco Malvaldi. Argento vivo
939 Andrea Camilleri. La banda Sacco
940 Ben Pastor. Luna bugiarda
941 Santo Piazzese. Blues di mezz'autunno
942 Alan Bradley. Il Natale di Flavia de Luce
943 Margaret Doody. Aristotele nel regno di Alessandro
944 Maurizio de Giovanni, Alicia Giménez-Bartlett, Bill James, Marco Malvaldi, Antonio Manzini, Francesco Recami. Regalo di Natale
945 Anthony Trollope. Orley Farm
946 Adriano Sofri. Machiavelli, Tupac e la Principessa
947 Antonio Manzini. La costola di Adamo
948 Lorenza Mazzetti. Diario londinese
949 Gian Mauro Costa, Alicia Giménez-Bartlett, Marco Malvaldi, Antonio Manzini, Francesco Recami. Carnevale in giallo
950 Marco Steiner. Il corvo di pietra
951 Colin Dexter. Il mistero del terzo miglio
952 Jennifer Worth. Chiamate la levatrice
953 Andrea Camilleri. Inseguendo un'ombra
954 Nicola Fantini, Laura Pariani. Nostra Signora degli scorpioni
955 Davide Camarrone. Lampaduza
956 José Roman. Chez Maxim's. Ricordi di un fattorino
957 Luciano Canfora. 1914
958 Alessandro Robecchi. Questa non è una canzone d'amore
959 Gian Mauro Costa. L'ultima scommessa
960 Giorgio Fontana. Morte di un uomo felice
961 Andrea Molesini. Presagio

962 La partita di pallone. Storie di calcio
963 Andrea Camilleri. La piramide di fango
964 Beda Romano. Il ragazzo di Erfurt
965 Anthony Trollope. Il Primo Ministro
966 Francesco Recami. Il caso Kakoiannis-Sforza
967 Alan Bradley. A spasso tra le tombe
968 Claudio Coletta. Amstel blues
969 Alicia Giménez-Bartlett, Marco Malvaldi, Antonio Manzini, Francesco Recami, Alessandro Robecchi, Gaetano Savatteri. Vacanze in giallo
970 Carlo Flamigni. La compagnia di Ramazzotto
971 Alicia Giménez-Bartlett. Dove nessuno ti troverà
972 Colin Dexter. Il segreto della camera 3
973 Adriano Sofri. Reagì Mauro Rostagno sorridendo
974 Augusto De Angelis. Il canotto insanguinato
975 Esmahan Aykol. Tango a Istanbul
976 Josefina Aldecoa. Storia di una maestra
977 Marco Malvaldi. Il telefono senza fili
978 Franco Lorenzoni. I bambini pensano grande
979 Eugenio Baroncelli. Gli incantevoli scarti. Cento romanzi di cento parole
980 Andrea Camilleri. Morte in mare aperto e altre indagini del giovane Montalbano
981 Ben Pastor. La strada per Itaca
982 Esmahan Aykol, Alan Bradley, Gian Mauro Costa, Maurizio de Giovanni, Nicola Fantini e Laura Pariani, Alicia Giménez-Bartlett, Francesco Recami. La scuola in giallo
983 Antonio Manzini. Non è stagione
984 Antoine de Saint-Exupéry. Il Piccolo Principe
985 Martin Suter. Allmen e le dalie
986 Piero Violante. Swinging Palermo
987 Marco Balzano, Francesco M. Cataluccio, Neige De Benedetti, Paolo Di Stefano, Giorgio Fontana, Helena Janeczek. Milano
988 Colin Dexter. La fanciulla è morta
989 Manuel Vázquez Montalbán. Galíndez
990 Federico Maria Sardelli. L'affare Vivaldi
991 Alessandro Robecchi. Dove sei stanotte
992 Nicola Fantini e Laura Pariani, Marco Malvaldi, Dominique Manotti, Antonio Manzini, Francesco Recami, Gaetano Savatteri. La crisi in giallo

993 Jennifer. Worth. Tra le vite di Londra
994 Hai voluto la bicicletta. Il piacere della fatica
995 Alan Bradley. Un segreto per Flavia de Luce
996 Giampaolo Simi. Cosa resta di noi
997 Alessandro Barbero. Il divano di Istanbul
998 Scott Spencer. Un amore senza fine
999 Antonio Tabucchi. La nostalgia del possibile
1000 La memoria di Elvira
1001 Andrea Camilleri. La giostra degli scambi
1002 Enrico Deaglio. Storia vera e terribile tra Sicilia e America
1003 Francesco Recami. L'uomo con la valigia
1004 Fabio Stassi. Fumisteria
1005 Alicia Giménez-Bartlett, Marco Malvaldi, Antonio Manzini, Santo Piazzese, Francesco Recami, Gaetano Savatteri. Turisti in giallo
1006 Bill James. Un taglio radicale
1007 Alexander Langer. Il viaggiatore leggero. Scritti 1961-1995
1008 Antonio Manzini. Era di maggio
1009 Alicia Giménez-Bartlett. Sei casi per Petra Delicado
1010 Ben Pastor. Kaputt Mundi
1011 Nino Vetri. Il Michelangelo
1012 Andrea Camilleri. Le vichinghe volanti e altre storie d'amore a Vigàta
1013 Elvio Fassone. Fine pena: ora
1014 Dominique Manotti. Oro nero
1015 Marco Steiner. Oltremare
1016 Marco Malvaldi. Buchi nella sabbia
1017 Pamela Lyndon Travers. Zia Sass
1018 Giosuè Calaciura, Gianni Di Gregorio, Antonio Manzini, Fabio Stassi, Giordano Tedoldi, Chiara Valerio. Storie dalla città eterna
1019 Giuseppe Tornatore. La corrispondenza
1020 Rudi Assuntino, Wlodek Goldkorn. Il guardiano. Marek Edelman racconta
1021 Antonio Manzini. Cinque indagini romane per Rocco Schiavone
1022 Lodovico Festa. La provvidenza rossa
1023 Giuseppe Scaraffia. Il demone della frivolezza
1024 Colin Dexter. Il gioiello che era nostro
1025 Alessandro Robecchi. Di rabbia e di vento
1026 Yasmina Khadra. L'attentato

1027 Maj Sjöwall, Tomas Ross. La donna che sembrava Greta Garbo
1028 Daria Galateria. L'etichetta alla corte di Versailles. Dizionario dei privilegi nell'età del Re Sole
1029 Marco Balzano. Il figlio del figlio
1030 Marco Malvaldi. La battaglia navale
1031 Fabio Stassi. La lettrice scomparsa
1032 Esmahan Aykol, Gian Mauro Costa, Alicia Giménez-Bartlett, Marco Malvaldi, Antonio Manzini, Francesco Recami, Gaetano Savatteri. Il calcio in giallo
1033 Sergej Dovlatov. Taccuini
1034 Andrea Camilleri. L'altro capo del filo
1035 Francesco Recami. Morte di un ex tappezziere
1036 Alan Bradley. Flavia de Luce e il delitto nel campo dei cetrioli
1037 Manuel Vázquez Montalbán. Io, Franco
1038 Antonio Manzini. 7-7-2007
1039 Luigi Natoli. I Beati Paoli
1040 Gaetano Savatteri. La fabbrica delle stelle
1041 Giorgio Fontana. Un solo paradiso
1042 Dominique Manotti. Il sentiero della speranza
1043 Marco Malvaldi. Sei casi al BarLume
1044 Ben Pastor. I piccoli fuochi
1045 Luciano Canfora. 1956. L'anno spartiacque
1046 Andrea Camilleri. La cappella di famiglia e altre storie di Vigàta
1047 Nicola Fantini, Laura Pariani. Che Guevara aveva un gallo
1048 Colin Dexter. La strada nel bosco
1049 Claudio Coletta. Il manoscritto di Dante
1050 Giosuè Calaciura, Andrea Camilleri, Francesco M. Cataluccio, Alicia Giménez-Bartlett, Antonio Manzini, Francesco Recami, Fabio Stassi. Storie di Natale
1051 Alessandro Robecchi. Torto marcio
1052 Bill James. Uccidimi
1053 Alan Bradley. La morte non è cosa per ragazzine
1054 Émile Zola. Il denaro
1055 Andrea Camilleri. La mossa del cavallo
1056 Francesco Recami. Commedia nera n. 1
1057 Marco Consentino, Domenico Dodaro, Luigi Panella. I fantasmi dell'Impero
1058 Dominique Manotti. Le mani su Parigi
1059 Antonio Manzini. La giostra dei criceti
1060 Gaetano Savatteri. La congiura dei loquaci

1061 Sergio Valzania. Sparta e Atene. Il racconto di una guerra
1062 Heinz Rein. Berlino. Ultimo atto
1063 Honoré de Balzac. Albert Savarus
1064 Alicia Giménez-Bartlett, Marco Malvaldi, Antonio Manzini, Francesco Recami, Alessandro Robecchi, Gaetano Savatteri. Viaggiare in giallo
1065 Fabio Stassi. Angelica e le comete
1066 Andrea Camilleri. La rete di protezione
1067 Ben Pastor. Il morto in piazza
1068 Luigi Natoli. Coriolano della Floresta
1069 Francesco Recami. Sei storie della casa di ringhiera
1070 Giampaolo Simi. La ragazza sbagliata
1071 Alessandro Barbero. Federico il Grande
1072 Colin Dexter. Le figlie di Caino
1073 Antonio Manzini. Pulvis et umbra
1074 Jennifer Worth. Le ultime levatrici dell'East End
1075 Tiberio Mitri. La botta in testa
1076 Francesco Recami. L'errore di Platini
1077 Marco Malvaldi. Negli occhi di chi guarda
1078 Pietro Grossi. Pugni
1079 Edgardo Franzosini. Il mangiatore di carta. Alcuni anni della vita di Johann Ernst Biren
1080 Alan Bradley. Flavia de Luce e il cadavere nel camino
1081 Anthony Trollope. Potete perdonarla?
1082 Andrea Camilleri. Un mese con Montalbano
1083 Emilio Isgrò. Autocurriculum
1084 Cyril Hare. Un delitto inglese
1085 Simonetta Agnello Hornby, Esmahan Aykol, Andrea Camilleri, Gian Mauro Costa, Alicia Giménez-Bartlett, Marco Malvaldi, Antonio Manzini, Santo Piazzese, Francesco Recami, Alessandro Robecchi, Gaetano Savatteri, Fabio Stassi. Un anno in giallo
1086 Alessandro Robecchi. Follia maggiore
1087 S. N. Behrman. Duveen. Il re degli antiquari
1088 Andrea Camilleri. La scomparsa di Patò
1089 Gian Mauro Costa. Stella o croce
1090 Adriano Sofri. Una variazione di Kafka
1091 Giuseppe Tornatore, Massimo De Rita. Leningrado
1092 Alicia Giménez-Bartlett. Mio caro serial killer
1093 Walter Kempowski. Tutto per nulla

1094 Francesco Recami. La clinica Riposo & Pace. Commedia nera n. 2
1095 Margaret Doody. Aristotele e la Casa dei Venti
1096 Antonio Manzini. L'anello mancante. Cinque indagini di Rocco Schiavone
1097 Maria Attanasio. La ragazza di Marsiglia
1098 Duško Popov. Spia contro spia
1099 Fabio Stassi. Ogni coincidenza ha un'anima
1100
1101 Andrea Camilleri. Il metodo Catalanotti
1102 Giampaolo Simi. Come una famiglia
1103 P. T. Barnum. Battaglie e trionfi. Quarant'anni di ricordi
1104 Colin Dexter. La morte mi è vicina
1105 Marco Malvaldi. A bocce ferme
1106 Enrico Deaglio. La zia Irene e l'anarchico Tresca
1107 Len Deighton. SS-GB. I nazisti occupano Londra
1108 Maksim Gor'kij. Lenin, un uomo
1109 Ben Pastor. La notte delle stelle cadenti
1110 Antonio Manzini. Fate il vostro gioco
1111 Andrea Camilleri. Gli arancini di Montalbano
1112 Francesco Recami. Il diario segreto del cuore
1113 Salvatore Silvano Nigro. La funesta docilità
1114 Dominique Manotti. Vite bruciate
1115 Anthony Trollope. Phineas Finn
1116 Martin Suter. Il talento del cuoco
1117 John Julius Norwich. Breve storia della Sicilia
1118 Gaetano Savatteri. Il delitto di Kolymbetra
1119 Roberto Alajmo. Repertorio dei pazzi della città di Palermo
1120 Andrea Camilleri, Gian Mauro Costa, Alicia Giménez-Bartlett, Marco Malvaldi, Dominique Manotti, Santo Piazzese, Francesco Recami, Gaetano Savatteri. Una giornata in giallo
1121 Giosuè Calaciura. Il tram di Natale
1122 Antonio Manzini. Rien ne va plus
1123 Uwe Timm. Un mondo migliore
1124 Franco Lorenzoni. I bambini ci guardano. Una esperienza educativa controvento
1125 Alicia Giménez-Bartlett. Exit
1126 Claudio Coletta. Prima della neve
1127 Alejo Carpentier. Guerra del tempo
1128 Lodovico Festa. La confusione morale
1129 Jenny Erpenbeck. Di passaggio

1130 Alessandro Robecchi. I tempi nuovi
1131 Jane Gardam. Figlio dell'Impero Britannico
1132 Andrea Molesini. Dove un'ombra sconsolata mi cerca
1133 Yokomizo Seishi. Il detective Kindaichi
1134 Ildegarda di Bingen. Cause e cure delle infermità
1135 Graham Greene. Il console onorario
1136 Marco Malvaldi, Glay Ghammouri. Vento in scatola
1137 Andrea Camilleri. Il cuoco dell'Alcyon
1138 Nicola Fantini, Laura Pariani. Arrivederci, signor Čajkovskij
1139 Francesco Recami. L'atroce delitto di via Lurcini. Commedia nera n. 3
1140 Gian Mauro Costa, Marco Malvaldi, Santo Piazzese, Francesco Recami, Alessandro Robecchi, Gaetano Savatteri, Giampaolo Simi, Fabio Stassi. Cinquanta in blu. Otto racconti gialli
1141 Colin Dexter. Il giorno del rimorso
1142 Maurizio de Giovanni. Dodici rose a Settembre
1143 Ben Pastor. La canzone del cavaliere
1144 Tom Stoppard. Rosencrantz e Guildenstern sono morti
1145 Franco Cardini. Lawrence d'Arabia. La vanità e la passione di un eroico perdente
1146 Giampaolo Simi. I giorni del giudizio
1147 Katharina Adler. Ida
1148 Francesco Recami. La verità su Amedeo Consonni
1149 Graham Greene. Il treno per Istanbul
1150 Roberto Alajmo, Maria Attanasio, Giosuè Calaciura, Davide Camarrone, Giorgio Fontana, Alicia Giménez-Bartlett, Antonio Manzini, Andrea Molesini, Uwe Timm. Cinquanta in blu. Storie
1151 Adriano Sofri. Il martire fascista. Una storia equivoca e terribile
1152 Alan Bradley. Il gatto striato miagola tre volte. Un romanzo di Flavia de Luce
1153 Anthony Trollope. Natale a Thompson Hall e altri racconti
1154 Furio Scarpelli. Amori nel fragore della metropoli
1155 Antonio Manzini. Ah l'amore l'amore
1156 Alejo Carpentier. L'arpa e l'ombra
1157 Katharine Burdekin. La notte della svastica
1158 Gian Mauro Costa. Mercato nero
1159 Maria Attanasio. Lo splendore del niente e altre storie
1160 Alessandro Robecchi. I cerchi nell'acqua

1161 Jenny Erpenbeck. Storia della bambina che volle fermare il tempo
1162 Pietro Leveratto. Il silenzio alla fine
1163 Yokomizo Seishi. La locanda del Gatto nero
1164 Gianni Di Gregorio. Lontano lontano
1165 Dominique Manotti. Il bicchiere della staffa
1166 Simona Tanzini. Conosci l'estate?
1167 Graham Greene. Il fattore umano
1168 Marco Malvaldi. Il borghese Pellegrino
1169 John Mortimer. Rumpole per la difesa
1170 Andrea Camilleri. Riccardino
1171 Anthony Trollope. I diamanti Eustace
1172 Fabio Stassi. Uccido chi voglio
1173 Stanisław Lem. L'Invincibile
1174 Francesco Recami. La cassa refrigerata. Commedia nera n. 4
1175 Uwe Timm. La scoperta della currywurst
1176 Szczepan Twardoch. Il re di Varsavia
1177 Antonio Manzini. Gli ultimi giorni di quiete
1178 Alan Bradley. Un posto intimo e bello
1179 Gaetano Savatteri. Il lusso della giovinezza
1180 Graham Greene. Una pistola in vendita
1181 John Julius Norwich. Il Mare di Mezzo. Una storia del Mediterraneo
1182 Simona Baldelli. Fiaba di Natale. Il sorprendente viaggio dell'Uomo dell'aria
1183 Alicia Giménez-Bartlett. Autobiografia di Petra Delicado
1184 George Orwell. Millenovecentottantaquattro
1185 Omer Meir Wellber. Storia vera e non vera di Chaim Birkner
1186 Yasmina Khadra. L'affronto
1187 Giampaolo Simi. Rosa elettrica
1188 Concetto Marchesi. Perché sono comunista
1189 Tom Stoppard. L'invenzione dell'amore

